異世界最強の嫁ですが、
夜の戦いは俺の方が強いようです
3
～知略を活かして成り上がるハーレム戦記～
シンギョウ ガク
画 をん
モンスター文

リシェール
マリーダ・フォン・エルウィン

「おほぉお！
身体に染みこむのう。
アシュレイ城にも
温泉が欲しいが、金がのう」
リュミナス

「マ、マリーダ様、
そのように強く絞っては
ダメだぴょん！
ベルタ
ダメ、
出ちゃう！」

異世界最強の嫁ですが、夜の戦いは俺の方が強いようです～知略を活かして成り上がるハーレム戦記～③

シンギョウ ガク

MONSTER bunko

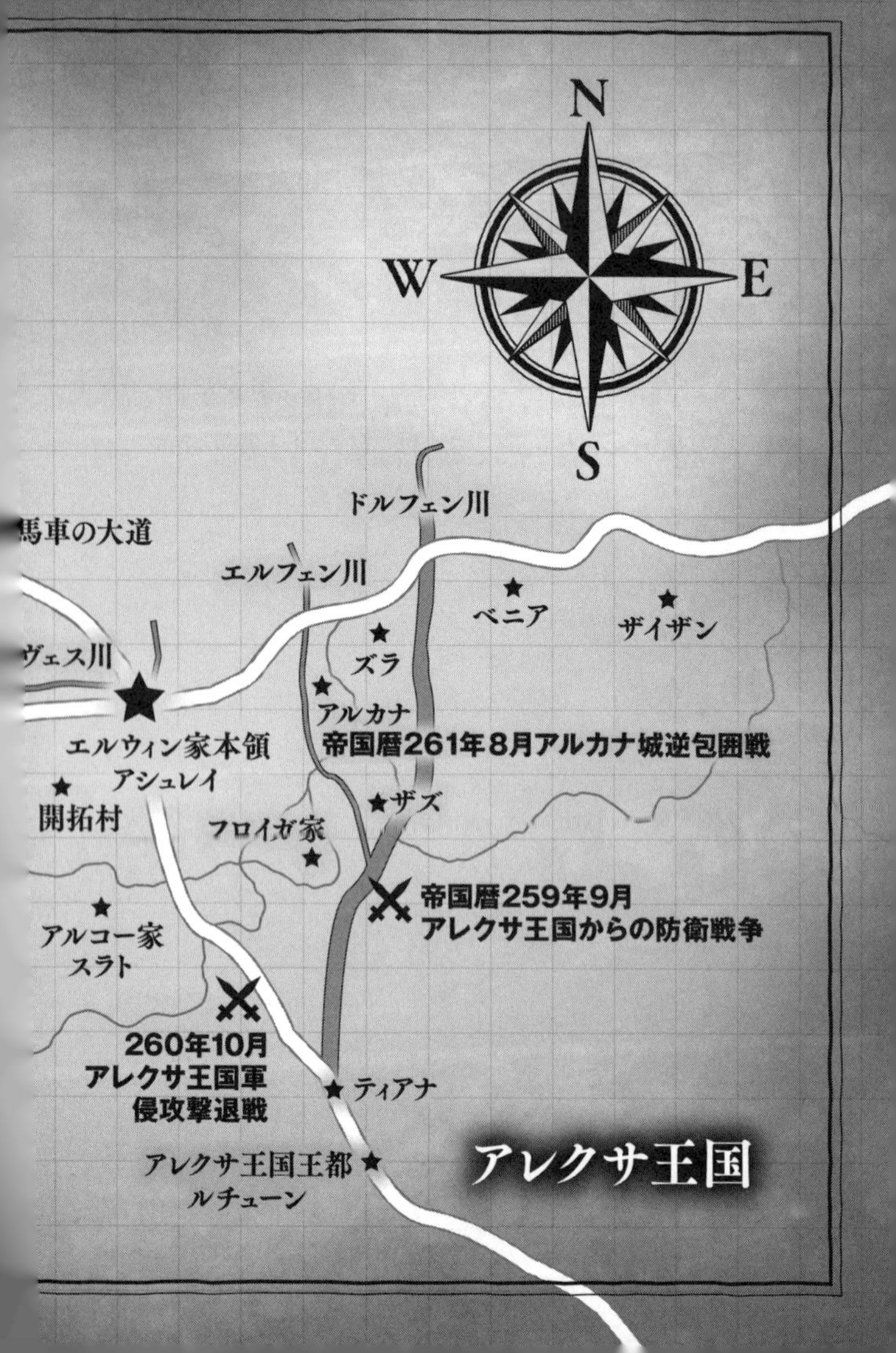
N
W
E
S
ドルフェン川
馬車の大道
エルフェン川
ベニア
ザイザン
ズラ
ヴェス川
アルカナ
帝国暦261年8月アルカナ城逆包囲戦
エルウィン家本領
アシュレイ
開拓村
ザズ
フロイゼ家
帝国暦259年9月
アレクサ王国からの防衛戦争
アルコー家
スラト
260年10月
アレクサ王国軍
侵攻撃退戦
ティアナ
アレクサ王国王都
ルチューン
アレクサ王国

エランシア帝国南部域と
アレクサ王国の都市位置図
エランシア帝国領
エランシア帝都
デクトリリス
ヴェーザー河
ゴシュート
ヴェーザー自由都市同盟
ワリハラ
山の民
山中のとりで
街道
河川

Contents

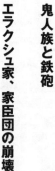

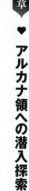

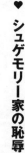

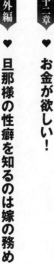

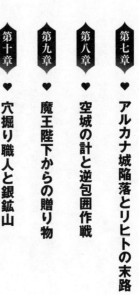

序章　シュゲモリー家の恥辱

※クライスト視点

「陛下が提案された皇帝直轄領制限の撤廃に賛成することは致しかねます！　ご再考を！」

皇城にある議場では、赤熊髭《あかくまひげ》と言われているドーレス・フォン・ワレスバーンが、こちらの出した提案に対し、拒絶の意思を大声で示した。

議場にいる他の貴族たちも、濃淡はあるが、おおむねドーレスの意見に賛成を示している。

またやつのせいで、帝国の改革が遅れていくな。

古臭いうえ、内輪もめの火種でしかない皇帝選挙制度や、帝国の役職を各派閥から採用するといった慣習など、不効率だと分かっていても、そのことに目を瞑《つむ》り、誰も変えようとはしない。

余が皇帝である間に、そのような旧習は一掃しておきたいが……。ワレスバーン家が賛成せねば、今回の議案を通すのは難しい。ここは、いったん引っ込めるしかあるまい。

「で、あるか。では、この件は余の方でもう一度再考することとしよう。皆の者、大儀であった」

頭を下げた貴族たちを見回すと、席を立って議場を離れ、皇城の自室に戻った。

「ドーレスのやつめ。余の施策に対し、ことごとく逆らって潰してくる」

自室の椅子に身を投げ出し、先ほどのことを思い出すと、苛立ちが再燃した。

「陛下、今回もドーレス殿によって、見事に施策を潰されましたなぁ。ワレスバーン派閥の巻き返しも勢いを増しておりますし、ここらで大きな釘を刺しておかねばなりません」

声をかけてきたのは、辺境伯として帝国の南東の守備を任せているステファン・フォン・ベイルリアだった。

彼は、余がシュゲモリー家当主になる前からの家臣であり、皇帝になってからも重用している腹心である。

「分かっている。ワレスバーンの馬鹿者に皇帝の座はやらぬ。無能者が皇帝となれば、その下に従う者が要らぬ苦労をしなければならんからな」

「先代皇帝ワーグナー・フォン・ワレスバーンの治世は酷かったとしか言えません。外との戦争では拙い戦争指導で犬死《いぬじに》する者が続出し、内部は自派閥の貴族のみで役職を独占し、国家機能を腐らせ、腐敗に反発した貴族が敵への寝返りを繰り返し、夢も希望も抱けない暗い時代でした。陛下の父上と兄上の戦死の件は、帝国に大きな損失をもたらした痛ましい事件だったと思います……」

ステファンの漏らした言葉で、父と兄を失った時の余の絶望が思い出された。

「父上はワーグナーの治世の歪みを正そうと、改革を訴え続けたゆえ疎まれ、北部守護職であるヒックス家が救援を求めた、蛮族討伐に援軍として派遣され、道も分からぬ北の凍土に置き去りとなり、一緒に従軍していた兄上とともに飢えと寒さで苦しむ中、蛮族どもの奇襲で還らぬ人となったのだ」

「あの時の陛下の怒りと絶望は、私も忘れておりませんし、シュゲモリー家に属する全ての家臣は忘れたくても忘れられませんぞ」

父と兄を失った北部でのいくさは、シュゲモリー家に与えられた最大の恥辱として派閥の貴族家の中に刻み込まれている。

そのおかげとは言いたくないが、年若く、次男にすぎなかった自分がシュゲモリー家の当主になった際、派閥の貴族たちは明確な支持を示してくれたのだ。

「恥辱を与えたワーグナーが子を残さず死に、次代皇帝選挙になった際、余はこれで帝国を正せると思い候補者として手を挙げた。ワーグナーを憎む貴族は多く、ワレスバーン家以外はこちらに与すると思っていたが――」

「先々代皇帝の孫で、先代皇帝の甥リヒト・フォン・エラクシュの虚言が、陛下を支持していた他の派閥の貴族たちに疑念を抱かせましたなぁ。あれは本当に痛かった」

「本当にあの一言は、余に今も深刻な傷を与え続けておる。敵を破るため謀略は使わせてもらうが、父と兄を陥れたことなどないのに、いまだにそういった目で余を見る帝国貴族は多い」

伯爵にすぎなかったリヒトだが、皇帝一族の出身であり、皇家ワレスバーン家の血を引いているため、その発言を重要視した貴族が多かった。

おかげで、圧倒的優勢だった皇帝選挙の雲行きはおかしくなり、対抗馬だったドーレスの評価が相対的に上がっていき、接戦に持ち込まれ、いろんな譲歩をせねばならなくなり、皇帝になってからも自由に権限を行使することができずにいるのだ。

「リヒトの放った言葉で一番得をしたのは、分家からワレスバーン家の当主になったドーレス殿なのを皆が知らなさすぎる」

「選挙後、惜敗したことで次代皇帝候補という印象を与えたからな。今も余に逆らうのは、次代の皇帝は自分であると周囲に示したいからであろう。それにリヒトがアレクサ王国に裏切るまで、彼をドーレスが必死に庇《かば》っていたこともよからぬ秘密を共有している証拠だろう」

やつの抱える秘密を帝国貴族の集まる中で暴露し失望させ、余に対する悪印象を払拭せねば、帝国の改革を進めることはより困難さを増すであろう。

そのための布石はすでに打ってある。

「陛下がアルカナ領を与える空証文をマリーダに渡したのは、ドーレスの秘密を共有するリヒトを捕えさせる布石と思ってよろしいでしょうか？」

ステファンは頭の回る男で、マリーダに渡した空証文の意図をすでに把握しているようだ。

「ああ、その通りだ。アルカナ領は防備の固い領土だが、アルベルトが鬼人族たちを上手く使ってやってくれるだろう。そして、やつは余に対し、点数稼ぎをしてくるはずだ。そのために一番いい献上品が何かを理解しておるだろう」

「今の陛下に対し、一番の献上品はリヒト・フォン・エラクシュの身柄でしょうな」

「そうだ。生きたまま身柄を引き渡してくれたら、余はアルベルトの仕事に対し、いろいろと報いてやろうと思う。ステファン、もしアルベルトが協力を求めたら、極力手を貸してやってくれるか?」

「承知しております。大事な義弟の頼みであれば、やれることはどんなことでも手助けしようと思います。それによってリヒトの身柄を押さえ、シュゲセリー家の恥辱を晴らすことができるなら、家臣冥利《みょうり》に尽きるというものです」

「うむ、無理を言うが余を助けるつもりで、アルベルトに手を貸してやってくれ」

ステファンは、深く頭を下げた。

生きてリヒトを捕えれば、帝国貴族たちを大広間に集めた戦勝報告会の席上にて、皇帝選挙でドーレスの口車に乗り、虚言を弄したことを白状させ、余に対する悪い印象を払拭させ、ワレスバーン派閥の力を削いでやる。

そして、ワレスバーン派閥の力を削いでいった先に、四皇四大公制による皇帝選挙という帝国最大の非効率な統治者選出法の廃止という道も見えてくるはずだ。

四皇四大公制による皇帝選挙がなくなれば、皇家の内輪もめも派閥内外闘争も減り、エランシア帝国はさらなる強国への道を歩むことになる。

その道筋を付けるのが、皇帝となった余の仕事であるはずだ。

「では、私も領地に帰り、いろいろと準備を始めさせてもらいます」

ステファンがもう一度頭を下げると、自室から出ていった。

第一章　アルカナ領への潜入探索

帝国暦二六一年　柘榴石月（一月）

昨年末の激務の疲れを癒す正月休みも今日で終わりとなり、明日には仕事始め式が予定されている。

夕食を終えた俺は、マリーダの寝室で彼女の身体をマッサージしていた。

「マリーダ様、くれぐれもお身体を冷やさぬように、まだまだ寒い日が続いております」

「そうじゃのう。寒いのじゃ。リゼたん、妾の近くに寄ってまいれ」

「マリーダ姉様……お腹触っていい？」

「よいのじゃ。きっと男じゃのう。最近は妾の腹の中で激しく暴れておるわ」

フリフリの衣装を着たマリーダのお腹に、リゼがそっと手を当てる。

妊娠6か月に入ったマリーダのお腹は大きくなり始め、中に宿った俺と彼女の子供はすくすくと成長をしている。

あと4か月ほどで、俺の子がこの世界に生まれて来てくれると思うと、不思議な気持ちだ。

マリーダと俺の血を継いでる子だし、男だったらイケメン、女だったら美人になるだろう。

あとは、バトルジャンキーな鬼人族の血を抑える理性を学ばせるため、生まれてくる子の守《もり》役《やく》の選定も急がないと。

「アルベルト様、1つご相談したい件がありまして……」

マリーダの寝室で生まれてくる子のことを考えていた俺に、リシェールが声をかけてきた。

「相談？　いいだろう。内容を聞こうか」

リシェールが持ちかけてくる相談となると、諜報組織の実行部隊の増員の件か？　でも、ゴシュート族の増員もしたし、かなり人数的には充実したはずだ。となると、別の要件での相談かもしれないな。

「ありがとうございます。実は乳母を雇ってもらいたいと思いまして」

「乳母⁉」

予想外の相談内容に驚き、思わず大きな声が出てしまった。

「はい、マリーダ様とアルベルト様の御子の面倒を見てくれる乳母です。奥向きの仕事はあたしが兼任してますが、さすがに御子の世話までとなると……」

諜報組織の運営とマリーダの世話に加え、子育てまでは、さすがのリシェールもキャパオーバーってわけか。イレーナは政務で忙しいし、リゼもアルコー家当主の仕事があるし、リュミナスは城を留守にすることが多い。

マリーダは子育てより、いくさだろうし、俺も参加はしたいが、全部は見きれないってなると、子育てを託せる人がいないから、乳母は必要ってことだ。でも、大事な子を託すのに足る信頼できる者がいるんだろうか？

「乳母が必要なのは分かったけど、リシェールに誰か心当たりがあるのかい？」

「実はマリーダ様の懐妊が発覚した昨年から選定を重ねておりまして、候補者が数名。年末はアルベルト様が忙しそうにしていたため、時期を今にズラしました」

リシェールは、候補者の情報が書かれた紙を差し出してくる。

「乳母候補は、独身であること、子守り経験があること、マリーダ様に忠誠を尽くせる者といった観点で選抜しております」

「乳母候補なのに、独身者？　普通は子を持つ女性が採用されるはずじゃ……」

「はい、基本的にそうですね。でも、今回は女官採用となりますし、マリーダ様が気に入れば、アルベルト様の側室になる者です。なので、その際、問題が起きぬよう独身者のみ候補に残しております」

さすが、リシェール。お手付きになることまで見越して、候補者を選んできたか。ということは、みんなそれなりにマリーダと俺の好みに合う子たちってことだな。

リシェールが渡してくれた書類の内容に視線を落とす。

鬼人族の娘、山の民の娘、アルコー家の家臣の娘、商家の娘、いずれも側室入りして子が生まれると、今側室になっている者との間に、揉め事が起きそうな子だな。となると、兎人族の娘が最有力の候補か。

兎人族は、エルウィン家がアシュレイ領主になる前から、この地域に住んでいた先住の亜人種だが、いくさには向かない大人しい種族だと聞いている。

争いを好まないため、脳筋一族の鬼人族とも共存し、気性の大人しさから、メイドや執事、料理人や庭師といった使用人としてアシュレイ領内の富裕層に仕えている種族だった。

ベルタという名の子は、その兎人族の中で有力な人脈を持つ家の娘だと書類に書かれている。

兎人族なら、家庭内の仕事をそつなくこなしてくれるって話だし、ベルタが俺の側室として子を産み、貴族入りすれば、種族としてもエルウィン家に忠誠を誓ってくれるようになるか……。

領内に住む亜人種としてはけっこうな人数がいる種族だし、仲良くするに越したことはない。

「このベルタという兎人族の娘に会うとしよう」

リシェールは、俺の返事を聞くと、追加でもう1枚の紙を差し出した。

「ベルタを採用するのであれば、イレーナさんが、マルジェ商会の新部門として提案されてるこちらの案も併せて進めておきたいのですが、ご確認頂けますか？」

「見よう」

差し出された紙には、マルジェ商会の新部門設立の内容が書かれている。

内容としては、富裕層向けの家事代行派遣サービスだ。

兎人族の者を積極的に採用し、領内の富裕層に対し、メイド、執事、料理人、庭師、ベビーシッターを格安の費用で派遣するといった内容になっている。

費用は自前で雇う場合の半額か。古くから富裕層だった家には専属の者がいるけど、このアシュレイ領で一旗揚げた成り上がりの富裕層は、新たに雇う者が多い。

そういった者へ、マルジェ商会員として雇った兎人族の者を送り込むという仕事内容らしい。派遣先の仕事がない時は、エルウィン家の仕事をさせることで雇用は守る仕組みもあるのはよいな。

あと、マルジェ商会員ということで、雇う兎人族は、領内班の諜報員ってことになっている。派遣された先で、雇い主の動向などを調べて、マルジェ商会に報告するようになっていた。

俺としても、新興の富裕層の動向把握ができるのはありがたい。

「ベルタと面会してから、採用するか決めさせてもらおう」

「承知しました。ベルタは隣室に控えておりますので、そちらへまいりましょう。マリーダ様もご一緒によろしくお願いします」

「しょうがないのぅ。アルベルト、手を貸してくれぬか」

俺はマリーダの手を取ると寝室を出て、面接会場となっている部屋に移動した。

面接会場の部屋のドアを開くと、イレーナとリュミナスと一緒に、赤い瞳と栗毛色の長い髪をしたうさ耳を持つ若い色白な肌の女性が緊張した面持ちで並んでいた。

俺はすぐにベルタの衣装に視線が釘付けになる。

以前、夜のお勤めでマリーダが着てくれた白いスケスケのバニースーツを着用していたからだ。

「は、初めまして、ベルタだぴょん。本日は乳母としての採用面接と聞いてますぴょん。一生懸命に働きますので、雇って欲しいですぴょん」

ぴょん⁉　今、ぴょんって言った⁉　言ったよね？　ちょっと待って！　兎人族ってそんな喋り方するの⁉　いやいや、ありえないはず、普通に喋る種族だって俺の知識は訴えている！

恥ずかしそうに胸元を隠し、顔を火照らせているベルタの姿を凝視すると、能力の把握をする。

名前：ベルタ
年齢：21　性別：女　種族：兎人族
武勇：8　統率：15　知力：54　内政：33　魅力：84
スリーサイズ：B95《Hカップ》W54H90
地位：兎人族の有力者の娘

本物のうさ耳、バニースーツの破壊力たけぇ……。マリーダのも可愛かったが、威力が違いすぎるだろっ！

「イレーナ様、アルベルト様のこの反応……決まりですかね？」

「リュミナスちゃん、あの反応を見れば、ほぼ決まりでしょう。随分と鼻の下が伸びていらっしゃいますし、リシェールさんもそう思いませんか？」

「アルベルト様の性癖に直撃でしょうからねー。やはり、予想通りベルタを選びましたし」

「リシェール様が、選考時から推してましたしね。さすがです」

「マリーダ姉様もああいう子が好きでしょ？」

マリーダも俺と女性の趣味を同じくしているため、ベルタの姿に視線が釘付けになっている。

マリーダさん、よだれ、よだれが垂れますからっ！　その気持ち分からなくもないけど！

「そうじゃのぅ。よいと思うのじゃ。のぅ、アルベルト。妾の子を任せられる子じゃと思うが、いちおう確認はせねばならん。確認を」

垂れかけたよだれを腕で拭ったマリーダの眼は、獲物を見つけたケダモノの眼だった。

「マリーダ様、ヤル気は満々って感じだろうけど、お腹大きくなってますから、激しい運動は控えてくださいね」

「大丈夫じゃ、優しくするつもりなのじゃ。ぐへへへ」

マリーダの視線に曝されたベルタが、ビクビクと身体を震わせた。

様子を見る限り、ベルタにはすでにリシェールたちから、側室入りの可能性を告げられてるようだ。

じゃなきゃ、あんな格好で面接を受けるってこともしないだろうし。

「が、ガンバリマスので、や、優しくしてだぴょん」

マリーダがベルタの後ろに立つと、バニースーツから零れ出しそうな大きめの胸を揉みしだく。

「ぐふふ、よい、乳じゃのぅ」

「マリーダ様、優しく触ってくださいだぴょん。激しくされては――」

「よいではないか。そちもこれからどうなるか分かって、ここに来ておるのじゃろう？」

「そ、そうですが……。あまり、激しく揉まれると、困ったことになりますぴょん」

マリーダに激しく胸を揉みしだかれ、はぁはぁと息を荒らげたベルタの頬が赤く染まる。

おっと、アレはどういうことだ？　バニースーツが濡れていくが……。

「おや、どうしたのじゃ。胸元が濡れてさらに透けておるのぅ」

マリーダがベルタの胸をさらに揉む。

ベルタの胸元はさらに透けて濡れていった。

「ふむ、これは直接確かめねばならんのぅ」

マリーダは、ベルタのバニースーツの胸元を引き下げると、色白のプルンとした大きな胸がこぼれ出す。

「形も大きさも申し分ないのぅ」

マリーダは、こぼれ出したベルタの胸をぎゅむっと絞り上げる。

「マ、マリーダ様、そのように強く絞ってはダメだぴょん！　ダメ、出ちゃう！」

頬を赤くしたベルタが、自らの顔を手で覆った。

マリーダに締めあげられたベルタの胸の先から、白い液体がポタリポタリと垂れ床を濡らす。

「ほほぅ。衣装を濡らしておったのは、母乳であったか。じゃが、そちは妊娠しておらぬだろう？　なぜ母乳が出るのじゃ？」

そう言えば、叡智の神殿にいた時、調べた本に書かれていたが、兎人族の女性には、適齢期を超えると常に母乳を作り出すようになる人もいるんだったな。

ベルタは、そういった妊娠してない時でも母乳が出る者ってわけか。

「マリーダ様、ベルタのは妊娠しなくても母乳が出る体質だと思いますよ。そういった者がいると書物に書かれておりました」

「なるほど！　では、妾の子に飲ませることもあるじゃろうし、親としては味見をせねばならんのぅ。ベルタ、これは味見である。我慢するのじゃぞ」

「は……はい。味見お願いしますだぴょん」

マリーダは、皆の前で母乳を絞り出された恥ずかしさに震えているベルタを抱えると、面接会場を出て、自室へ連れ込んだ。

「私も一緒に味見させてもらうとしよう」

俺もマリーダの寝室に向かうと、彼女とともにベッドに上がり、ベルタの母乳の味をたしかめてみることにした。

胸元をはだけベッドに横たわったベルタの胸に口を付けると、強く吸い上げる。

「ア、アルベルト様、そのように強く吸っちゃダメだぴょん！　優しく吸ってくださいだぴょん」

「アルベルト、ずるいのじゃ、妾が最初に味見をしようと思っていたのじゃぞ！」

反対側の乳房を口に含んだマリーダが、同じように強く吸い上げていく。

「マリーダ様もダメぇぇ！　強い、強すぎますだぴょん！」

俺とマリーダに乳房を吸われたベルタは、顔を両手で覆い、身体をビクビクと震わせている。

口の中でベルタの胸の先が尖ったかと思うと、ほのかに甘みのある液体が出てきた。

ふむ、独特の乳臭さはあるが、ほのかな甘み、それに適度な粘性、栄養は行き届いてそうだな。これなら、我が子に飲ませても大丈夫な気がするぞ。

「よい、味じゃ。合格としよう。のぅ、アルベルト」

「ですね。マリーダ様と私の子に飲ませてもいいと思います。マリーダ様だけじゃ足りなくなるかもしれませんしね」

「はぁ、はぁ。激しく吸いすぎですだぴょん。こんなに激しくされたら、母乳が絞れなくなってしまいます」

強く胸を吸われ母乳を出したベルタが、ぐったりと力なくベッドに横たわっている。

「絞るのは妾が手伝うので安心するがよい。どうせ、妾も子を産めば、母乳を出さねばならんからのぅ。一緒に揉むから安心せい」

「そうですね、私も時間があれば手伝いましょう」

形といい大きさといい、いいおっぱいなので、揉みがいはある。

「マリーダ姉様、アルベルト、オレも味見したい。オレが妊娠して母乳が出なかったらベルタに頼るわけだし、味見は大事だよね」

「わたくしも、確認のため御相伴《ごしようばん》に与《あずか》りたいです」

「皆さんが味見されるのなら、ボクもしてみたいです。気になるし」

「順番ですよー。並んで並んでー」

味見を見守っていた愛人たちが、自分たちもベルタの母乳を飲みたいと言い出した。

「だってさ。確認させてあげていい？」

「よろしいですけど、み、皆さん、優しく、優しく飲んでくださいね。激しいのはダメですよ」

「じゃが、身体は正直でな。激しさを求めておるようじゃぞ」

「ちが、違います！　そんなわけが——」

「可愛いのぅ。母乳をくれた褒美に濃厚なちゅーをしてやろう」

「ぬふぅ」

マリーダが、ベルタの手をどけ、舌を口に潜り込ませ、口内を蹂躙していく。

なすすべなく、マリーダの舌を受け入れたベルタは、されるがまま無抵抗だった。

「マリーダ姉様がベルタにキスしてる間に、オレとリュミナスちゃんから味見させてもらうよ。ほら、リュミナスちゃんはそっちね」

「あ、はい。ベルタさん、失礼します」

　小柄な2人がベルタの乳房に口を付け、音を立てて吸い上げていく。

　マリーダに口を蹂躙されたままのベルタは、声も出せず、身体を震わすだけだった。

「たしかに美味しいね。これなら、オレも子も満足しそう」

「ボクが妊娠して母乳が出なかったら、ベルタさんに頼めますね。安心です」

「ぷはぁ、激しいのはらめですって……。おっぱい吸われるたび、感じてたらお乳をあげられなくなってしまいますぅ」

　おや？　語尾のぴょんが消えた！　やっぱ、あれって誰かにそう言えって、言われてたんだろうな。

　俺が察するにリシェールあたりの差し金だろう。こっちの性癖を刺激するため、言わせた気がする。

「ベルタ、ちゃんと語尾に『ぴょん』を付けないと。アルベルト様やマリーダ様は、満足してもらえませんよ」

「は、はいだぴょん」

「よろしい。では、イレーナさんとあたしにも味見をさせてくださいねー」

「ベルタさんのおっぱいは皆さんのものですから」

リシェールとイレーナが乳房に吸い付き、ベルタの母乳を絞り出していく。

快楽を耐える表情を見せたベルタの顔を、俺たちはニヤニヤと覗き込んでいた。

「そうじゃのう。イレーナの言う通り、ベルタのおっぱいは、みんなのおっぱいじゃな。なので、他の者はベルタを労らねばならんのう。ぐへへへ」

「そうだね。美味しい母乳のお礼をしないと」

「そうでした。気持ち良くして差し上げればいいんですよね。ああ、ベルタさん、イク時はイクって言うのが、ボクたち愛人のルールです」

手持ち無沙汰だった3人が、それぞれ自由にベルタの身体を貪り始める。

ベルタは唇を噛んで、その快感に耐え続けた。

「んふぅ！　こんなのダメだぴょん！　らめぇぇぇぇ！」

快感に耐えられなくなったベルタは、大きく身体を震わせ、力を失うとぐったりとした。

「イク時はイクと言わないとダメですよ」

「派手にイッテるね」

「よい乳母になりそうじゃのぅ」

「ベルタ、よい母乳が出てましたよ。メイド長としては、ぜひ貴方に乳母を任せたい」

「皆様が納得するのも分かりました。マリーダ様の御子もベルタさんのお乳を欲しがるかと思います」

みんながベルタを気に入ってるようなので、乳母に関しては彼女が採用されることが決定だろう。

俺としてもベルタが、リシェールの補佐役として、子供たちの世話をしてくれると助かる。

リシェールたちが選定した候補者なので、裏切りはないと思うが、大事な子供を預ける者になるため、いちおう子が生まれるまで目立たぬよう監視は付けさせてもらうつもりだ。

もちろん、乳母の仕事をやってもらいつつ、愛人や側室としてのお勤めはしてもらうつもりだし、そっちの方面でも俺を裏切れないようにはするつもりである。

それと、例の家事代行派遣サービスも動かすことにしよう。ベルタの父親を家事代行派遣サービスのトップに据えれば、より多くの兎人族が計画に参加してくれるはずだ。

「リシェール、イレーナ、例の件は進めてくれ」

名前を呼ばれた2人は、何の件かを察してくれたようで、頷きを返した。

「ベルタ、夜はまだまだ長いのじゃぞ。休む暇はないのじゃ。安心せい。妾の愛人となれば、生活は安定するし、アルベルトの子を宿せば、貴族入りじゃ。妾たちに身を任せ、仕事に励めばいいのじゃぞ。ぐへへ」

「は、はい……よろしくお願いしますだぴょん」

「じゃあ、母乳の味見も済んだのじゃし、もう1つの仕事も頑張ってもらおうかのぅ。妾はすでに子を宿して、アルベルトの相手ができぬから、しっかりと側室としての仕事をしてもらわねばならんのじゃ」

「え？　あ、今からですか!?　あの、後日というわけには――」

「嫌なのか？」

「あ、いえ、事前に聞いておりましたので、嫌ではないのですが、急な話すぎて心の準備が！」

「大丈夫、アルベルトはおなごの扱いに長けたやらしい男じゃ。身を任せておれば、よい気持ちにしてくれるはずじゃから安心せい」

　マリーダが、ベルタのバニースーツを剥ぎ取るように脱がし、全裸にさせた。

「そういうこと。私に任せてくれれば、悪いようにはしない」

「本当にわたしで良いのですかぴょん？　ほら、兎人族ですし、いくさのお役には立てませんし、妊娠もしてないのに母乳を出しちゃう子ですし、ちゃんと責任とってもらえますか？」

　俺はベルタの耳元に口を寄せる。

「ああ、責任はちゃんと取るよ」

ベルタは目を閉じると、口を尖らせてきた。

「でしたら、約束のキスしてくださいだぴょん」

「仰せのままに」

俺は目を閉じたベルタにそっと、キスをすると、滾った物を身体の中に沈めていった。


うむ、漲る力！　これが母乳の力か！　朝のヤル気が違うな！

昨晩は、久しぶりに頑張った気がする。ここ最近、マリーダの懐妊でいろいろと控えていたけど、ベルタが加入したことで、タガが外れたようだ。

もちろん、身重のマリーダには無理をさせてない。むしろ、側室たちの方が激しかったくらいだ。

マリーダはその様子をニヤニヤとした顔で眺め、悦に浸っていた気がする。

正室もその他の側室も、ベルタのことを気に入っており、激しい可愛がりが行われ、新たに加入した側室は、即日で悦楽堕ちさせられてしまった。

「もう、無理ですだぴょん。おっぱいもうないですぅ」

俺の身体の上で力尽きて眠っているベルタの寝言が聞こえてきた。

明け方近くまで頑張っていたため、起き出す気配は見られない。

他の者はマリーダ以外、すでに起きているようだな。

「アルベルト様、そろそろ、お支度をしないといけません。マリーダ様も仕事始め式だけは出席してくださいねー」

先に起き出していたリシェールが、俺とマリーダの着替えを持ってベッド脇に来た。

「ベルタが起きてないから、ベッドから出られないよ」

「大丈夫です。こうすれば――」

うさ耳を舐め上げたリシェールによって、ベルタが目を覚ます。

「ひぐぅ！ 耳はダメですぴょん！ はっ！ お、おはようございますっ！ って、こんなところで寝てしまうとは！」

「ベルタ、すぐに着替えてきなさい。すでに仕事の時間ですよ」

「は、はい！ すぐに着替えてきます！」

ベルタは俺の上からどくと、リシェールと共同で使うことになった居室へ向かう。

「ふぁあああ！ 騒がしいのぅ。妾は今日もお休みじゃぞー。働かないでいいのは幸せなのじゃー」

「残念ですが、今日は広間に集まる家臣の前で、今年の訓辞《くんじ》をしてもらいますよ。政務は代行しますが、当主は代行しておりませんので！」

「アルベルトは、腹を大きくした妾に働けと言うのか⁉ 非道な仕打ちではないか！」

「一言喋ってもらうだけですし、すぐに終わりますよ」

「そういうことなので、マリーダ様もお召し替えをお願いしますねー」

マリーダには、お針子さん謹製のフリフリレースだらけの綺麗な衣装が差し出された。

妊娠中は身体を冷やしてはいけないため、最近はずっと露出の少ない服を着用してもらっている。

露出の高い服も似合うけど、マリーダはフリフリのレースの付いた衣装を着れば、見た目の良さも加わり、ちゃんとした令嬢に見えるのだ。

つまり、うちの嫁ちゃんは何を着せても様になるって感じだね。

「はいはい、マリーダ様、とっとと着替えましょうねー」

ベッドのシーツを剥ぎ取られ、マリーダは嫌々ながら、着替えを受け入れ始めた。

「さて、今日からお仕事頑張りますか！」

俺もベッドから出ると、手早く着替えを済ませ、朝食を終えると、家臣たちの集まる大広間に向かった。


仕事始め式は、去年と同じく、だらけた空気が流れていた。

鬼人族は、正月中ずっとどんちゃん騒ぎしてたし、文官たちも帰郷して、まったりとすごしたことで気が抜けている。

「皆、たるんでおるのぅ。そのような姿で今いくさが起きればどうするつもりじゃ。常在戦《じょうざいせん》場《じょう》という鬼人族の掟は忘れられてしまったようじゃのぅ……」

大広間の椅子に腰を下ろしたマリーダが、ボソリとつぶやくと、二日酔いっぽい鬼人族たちの表情が引き締まった。

「文官たちも、激務を乗り越え帰郷したことで、自らの職務の重さを忘れておるようです。油断なく仕事を進めねばならない者たちなのに。残念なことです」

俺の言葉を聞いた文官たちも、それまでのまったりとした顔つきが引き締まり、いつもの追い込まれた目に戻るのが見えた。

「当家は、今年度もいくさに備え、領地を豊かにし、エルウィン家の名を上げ、エランシア帝国を隆盛させねばならぬ！　そのエルウィン家の家臣が正月早々緩んだ姿を見せてよいわけなかろう！　しっかりとせよ！」

「「「はっ！　申し訳ありません！」」」

俺の言葉で家臣たちは正月気分が一気に抜け、だらけた空気は消え去った。

「マリーダ様は引き続き、御子の出産に向け、政務を休まれる。マリーダ様不在だからと、怠けるような家臣はおらぬと思うが、より一層、自らの職務に励むように！」

「「「ははっ！」」」

「マリーダ様より、訓辞がある。心して拝聴《はいちょう》せよ！」

俺は椅子に座ったままのマリーダに視線を送った。

「政務も軍務も休んでおるため、皆には苦労をかけるが、そなたたちの頑張り次第で、腹の子と時を同じくして生まれてくる者らの生活も変わってくるのじゃ！　そのため、激務が続くであろうが、今年もよろしく頼む！」

「「「心得ました！」」」

マリーダの当主としての言動も、意外と板に付いてきた気がする。

今回は訓辞の原稿を作らず、お任せしてあったが、わりとまともなことを言ってくれた。

これも、俺とリシェールの調教の成果だろう。

「あと、腹の子が元気に産まれたら、妾もすぐに軍務に復帰するのじゃ！　そして、いくさをしまくる！　それまで、武官は腕を磨いて待っておれ！　あと、文官たちはいくさのための金の調達を頼むのじゃ！」

「「「御意！」」」

御意じゃねぇえ！　勝手にいくさの約束をしないで欲しい！　しかも、文官たちまで乗せられてる！

「んんっ！　いくさに関しては私が決める！　なので、各人、それぞれの職務に励むように！」

「じゃあ、アルベルトの許可も出たし、職務に励むとしよう！　新年一発目の大規模調練だぁ──！」

「親父！　今年は会戦形式でやろうぜ！　いい場所見つけたんだ！」

「ラトール、叔父上！　妾も観戦くらいはしてもいいじゃろうな！　よい働きをした者へ褒詞《ほうし》を授けねばならぬわけだし」

職務に励めと言った途端、鬼人族たちがキャッキャと騒ぎ始める。

たしかに君たちは戦うことが職務だけど、また勝手に金を使って調練なんて始めさせるわけにはいかない。

「自費でやってくださいよ。自費で。調練代は当初予算からの増額はありませんからね。年間予定を超える回数は、自費でやってもらいます。見積もりは文官たちに出しておいてください。俸給から引いておきます」

調練しようと、キャッキャしていた鬼人族たちに向けて指を差し、勝手にやらないよう釘を刺しておいた。

「ケチじゃのぅ！　職務に励むだけであろう。調練はいくさの練習なのじゃぞ！」

「予算というものは限りがあります。際限なく調練をすれば、俸給がなくなることになりますがよろしいか？　マリーダ様も武器購入費がなくなりますよ」

キャッキャしていた鬼人族が、俸給なしに反応して、動きを止める。

さすがに鬼人族でも俸給なしになってまで、調練をしたいとは思ってないようだ。

「くっ！　俸給を盾に取られたら、ワシらは我慢せねばならんではないか……。俸給が少ないとフレイにどやされる」

「お袋に稼ぎが悪いって小言を言われるくらいなら、我慢するしか……」

「妾も武器が買えぬのは困る。さて、身体を冷やしてはならんからのぅ。部屋に戻らせてもらおう」

「よーし、今日の調練は肉体鍛錬に変更！　中庭でやるぞ！」

マリーダはそそくさと自室へ帰り、ブレストの号令に応えた武官たちは、調練をするべく大広間を出ていった。

「文官もそれぞれ積み上がった職務を片付けるように！　去年末のような地獄を味わいたいなら別だが？」

俺の視線を受けた文官たちも、頭を下げると、それぞれの職場に向け、大広間から散っていく。

「さて、私も仕事をするとしよう」

誰もいなくなった大広間を後にして、俺も執務室へ移動することにした。

執務室へ移動すると、魔王陛下からの使者の姿があった。

使者は皇帝としての正式な使者ではなく、魔王陛下が個人的に雇っている密偵の者だ。

密偵が来たということは、正規の書簡ってわけじゃないんだよなぁ。例のアルカナの件で追加の仕事でもあるのか？

使者として来ていた密偵に頭を下げると、差し出された書簡を受け取る。

「とりあえず、おめでとうございますと言っておきます。皇帝陛下もマリーダ様の懐妊をいたく喜んでおられ、今回の褒賞を授けられております。これは内示という形でありますが、アルカナ領がエルウィン家のものになれば、叙任《じょにん》されるはずです。ご確認を」

褒賞？　この前のいくさの褒賞は空証文に近いアルカナ領奪取だったはず。それ以外に何かくれるってことか？

俺は恐る恐る受け取った書簡を開き、中の文章を目で追っていく。

陞爵《しょうしゃく》！　アルカナ領を攻略し、リヒトを捕えれば、うちの当主が『女男爵』から『女子爵』に陞爵だって⁉

「こ、これは本当にされるのですね！」

「ええ、アルカナ領を攻略され、リヒトの身柄を捕縛すれば、必ずや皇帝陛下は実行致します。陛下はエルウィン家を頼みとされておりますこと、アルベルト殿もよく知っておられるはず」

魔王陛下の実家であるシュゲモリー家は、代々エルウィン家を用心棒として使い、甘やかしてきた家だ。

そのシュゲモリー家出身の現魔王陛下も、マリーダや鬼人族にはとても甘い。

でも頑なに爵位を男爵から上げなかったのは、周りへ配慮をせず迷惑をかける鬼人族だったので、帝国貴族から反対意見が多く出されたためだと聞いたことがあった。

けど、俺が婿養子としてエルウィン家を取り仕切るようになり、周りの家臣たちの評判も上々ってことで魔王陛下もついに陞爵を決めたらしい。

え？　陞爵って何って？　陞爵は功績によって爵位が上がることですよ。

異世界ファンタジー世界での出世の必須アイテムである爵位。

エランシア帝国も爵位制を持つ封建国家。ちゃんと爵位はあるんですよ。

皇家、大公、公爵、皇爵、侯爵、辺境伯、伯爵、宮中伯、子爵、男爵、騎士爵の11種類が制定されている。

それぞれの爵位と領地は、皇帝の署名が入った認可状を受け取ってのみ認められる。

なお皇帝が亡くなり、皇帝選挙で代替わりすると、忠誠を誓い直して領地と爵位を認めてもらうため、帝都で認可状を受けねばならない。

ちなみに封建国家は、皇帝が『この俺様が、貴様ら貴族の領土を悪いやつから守ってやるから、軍事費の負担か軍事力の提供してくれ。そして、俺様を親分って呼べ』って要求してて、貴族は『うちの領土の領有を認めてくれて、悪いやつらから保護してくれるなら、上納金とか兵隊を提供するぜ。それに親分って呼んでもいい。けど、あんまり無茶言うならこっちも考えがあるぞ』って感じでお仕えしてる人が多数だ。

そのため魔王陛下も広大な直轄領を持つ大領主の1人であり、派閥の貴族たちやその他の貴族の忠誠を受けて、エランシア帝国皇帝の地位に就任している。

なので、あまり無茶な要求をしすぎると、貴族たちが反発して、反乱が起きたり、暗殺される危険性もあるのだ。

皇帝なのに力が弱すぎだろって？　まぁ、そんなに権限が弱いわけじゃないけど、絶対的な権力を持てないのが、封建国家のつらいところかな。

簡単に爵位について説明していくと、エランシア帝国皇帝の辛さが理解してもらえるかと。

皇帝：エランシア帝国の最高指揮官であり、最高指導者。帝国に忠誠を誓う帝国貴族を従え、他国との戦争指導を行う責務と、国内統治の権限を与えられた存在。『皇帝』になれるのは、初代皇帝の４人の息子がそれぞれ立てた一家である『皇家《こうけ》』の当主が、皇帝選挙で勝利せねば就任できないと定められている。

皇家：初代皇帝の息子４人のみが任じられた爵位。

広大な領地を与えられ、血縁者によって襲爵《しゅうしゃく》されている。皇帝を出せるのは、初代皇帝の嫡男が興したシュゲモリー家、次男が興したヒックス家、三男が興したワレスバーン家、四男が興したノット家の『四皇家』のみである。

大きな領地を背景にした軍事力で帝国への影響力も高く、また多くの陪臣を従えている。独立した統治権を皇帝より認められており、守護職という軍事的役職も兼任するため、自由に貴族を叙任できる権限を持つ。

大公《たいこう》：建国の際に大きな領地を領有することを許された亜人種の4家を指し示す特別な爵位。ミノタウロスなリアット家、リザードマンなファルブラヴ家、半魚人なルーセット家、猫人なアマラ家の4家は『四大公』と呼ばれている。領地は独立した統治権を許されており、皇家に次いで高い影響力を持つ貴族家である。

初代皇帝が制定した皇位継承法である『四皇四大公制』による皇帝選挙で選ばれた皇帝を解任する権限を持つ家である。

皇帝解任には『四大公』家の内3家の承認が必要であり、皇帝を解任できる権限を持つため、エランシア帝国内での影響力は大きい。

公爵：エランシア帝国では大公家に匹敵する貴族の最高位。併合した他国の王を封じるための爵位。皇帝としても大公家に準ずる領地と兵力を持つため、蔑ろにできないし油断もできない大貴族。

エランシア帝国には建国から現在までに降伏して併合され、公爵に任ぜられた家が13家あり、それぞれの公爵家が四皇四大公家のどれかを推戴《すいたい》している。

皇爵《こうしやく》：血統的に現皇帝の直系の子に与えられる爵位である。皇位継承はなく、成人後は皇家を継ぐか、臣籍降下して新たに爵位を得ることになるまでの仮の爵位。領地等はなく、未成人の皇帝一族への名誉称号的な爵位と位置付けられている。

侯爵：守護職である皇家の指揮下で軍事指揮官の権限を有しており、軍司令官くらいの権限を持った役職。当然、大きな領地と軍事力を有した大貴族。重要な地域を任せられた軍事力を持つ家が任じられる爵位と言える。
エランシア帝国は、皇家が四方を守る守護職に任じられており、その下に常に数名の侯爵家があり、敵国侵攻時には、周辺の貴族たちに対する軍事的指揮権を有している。
エランシア帝国では、軍事的意味合いから、各侯爵の下に伯爵や子爵などが配され、軍事的指揮権を確立している。

辺境伯：侯爵と同じように軍事的指揮権を持った軍司令官の役職。国境付近や新たに得た領土などの政情不安定な地に配された者に与えられる爵位。
侯爵同様に周辺貴族に軍事的指揮権の優位性を与えられており、周辺の伯爵や子爵などを従え、軍事的指揮権を確立している。

伯爵：上位指揮者である侯爵や辺境伯の指揮の下、部隊を率いる部将として自分の兵を率い戦闘に参加する。自身も子爵や男爵といった貴族を陪臣として抱え、軍事的集団を形成している。

宮中伯《きゅうちゅうはく》：領地を持つ伯爵と違い、領地を持たず、エランシア帝国行政官として採用された者が叙任される爵位。封地はなく、俸給のみで雇われるサラリーマン貴族である。領地を持てなかった貴族子弟が採用されることも多く、有能さを示せば、領地付きの伯爵に格上げされることもある。

子爵：伯爵の補佐役である。仕事としては、都市や城の管理を任される。城主というべき役職。伯爵や侯爵が多くの領地を持つ大貴族なら、子爵は中小貴族といったところ。大貴族の子弟が親の爵位を継ぐまで名乗る爵位でもある。

男爵：小貴族たちの爵位。その他大勢の貴族だ。上位指揮者である伯爵や侯爵に従い軍を率いる。小隊長みたいな役目。ちなみに叙任者が誰かで、宮中における席次が変わる。

ちなみにうちの当主は、魔王陛下直々の叙任なので直臣扱い。つまり、魔王陛下から戦争の許可をもらえれば、どれだけやっても大丈夫。同じ男爵位なら最上席貴族として扱われる。
騎士爵：平民の職業軍人の中で優れた者に与える一代のみの爵位。皇帝から叙勲されれば直臣扱いで、上手くすれば、男爵など襲爵できる爵位をえられる可能性もある。戦闘技能に優れ、自らの軍馬や装備を整えられるサラリーマン戦士である。

ってな感じの爵位があって、アルカナ領を攻略し、リヒトの身柄を押さえれば、晴れて『子爵』様になれるってわけだ。

これは頑張りまくるしかねぇ！　爵位が上がれば、重要な仕事を任せられ、さらに領地も増える可能性もあがるしね。

領地が増えれば、子供たちが増えても分けて与えることもできる。

「ありがたき幸せ！　魔王陛下には、アルベルトが感激していたとお伝えください。必ずやアルカナ領を落とし、リヒトの身柄を押さえてみせます！」

「承知した。陛下に伝えておく。では、これにて失礼いたす」

密偵は一礼をすると、執務室から音もなく去っていった。入れ替わるようにワリドがどこからか姿を現す。

「おめでとうございます！　エルウィン家の繁栄は、我が一族の繁栄。そして、山の民の繁栄でもありますからな。めでたきことですぞ」

「まだ内示でしかないさ。アルカナ領を落とさねば、全ては空証文にすぎないからね」

「たしかに、その通りですな」

「それで改めて確認したいのだが、進めてもらっていた件は、実行可能か？」

「アルカナ領内の探索の件ですかな？　いちおう、アレクサ班を通じて、かの国に作ったドノヴァン商会という偽装組織によって販路を持てましたので、実行可能ですが……。本当に行かれるのですか？」

ワリドはあまり乗り気ではなさそうだが、アルカナ領内の様子をきちんと把握しておかないと、堅牢な山々に囲まれた要害の地にあるアルカナ城を落とすのは至難の業だ。

できれば、こちらの労力少なく、領地の被害も少なく、謀略を使い、敵を切り崩して、魔王陛下が望むリヒトの身柄を捕えたい。

「ああ、自身の眼でたしかめた方が、成功率も高いだろうしね。迷惑はかけると思うが、護衛の件も頼む」

「娘のリュミナスも同行させるので、護衛は万全ですが、危ないと判断すれば引き返しますぞ」

「ああ、そこはワリドとリュミナスに従うつもりだ」

「であれば、早急に向かいましょう。アシュレイ領を掠めるように流れるエルフェン川を下り、アレクサ王国のザズ領側からドノヴァン商会の者として入れば、疑われないで済むはずです」

　ワリドたちとアレクサ班が、しっかりと工作してくれたおかげで、アレクサ王国で食糧品を扱うドノヴァン商会という偽装組織を立ち上げられたし、身分を偽って敵領内に入れれば、捕縛される危険性も低い。

　この隠密探索行で、アルカナ領内を丸裸にしてこないとな。

　俺は執務室の椅子に座る間もなく、イレーナを手招きする。

「イレーナ、すまないが政務の代行を頼む。決裁の書類は戻ったらすぐに片付けるつもりだ。緊急の事案だけ、リシェールを通じて、ワリドかリュミナスへ回してくれ」

「はい、承知しました。こちらで処理できそうなものに関しては、できるだけ処理しておきます」

「すまないが、そうしてくれ」

　イレーナは一礼すると、隣接する文官たちが控える部屋へ向かい、仕事の割り振りを始める。

「リシェール、マリーダ様のお守りと、情報の管理を頼む。緊急案件はさっき言った通りにしてくれ」

「はいはい、承知ですー。ベルタもいてくれますし、あたしも少しは余力ができましたので、情報の伝達の齟齬《そご》は起きないよう頑張ります！」

「そうしてくれ。情報が命だからね」

俺は激励を込めてリシェールの肩を軽く叩く。

「よし、これで準備はできた。出発しよう」

執務室を後にした俺は、ワリドたちとともに馬車に乗り、アシュレイ領を出発した。そして、エルフェン川を船で下り、アルカナ領に隣接するアレクサ王国のザズ領に潜入することになった。


ワリドたちとともに、夜の闇に紛れ、エルフェン川を下ってきた船を降り、敵国に潜入を果たした俺は、アレクサ班の偽装組織であるドノヴァン商会の隊商と合流し、アルカナ領へ向け街道を走っている。

「ザズ領って、人がほとんどいないですね」

アルカナ領に向かって走る馬車の荷台から、外を見ていたリュミナスの言葉に釣られ視線を向ける。

視界の中には、寂れた農村と漁村を兼ねた小さな船着き場が3つしか見られなかった。

「このザズ領は、アレクサ王国でも貧困地域とされ、ほとんど領地開発の手を入れていない。おかげで領民も少ないと記憶している」

ステファンの領地にある源流から流れ出し、アレクサ王国の副都であるティアナまで続くドルフェン河と、アシュレイ領近辺から流れ出したエルフェン川の合流点であり、俺たちが今回攻める山に囲まれたアルカナ領への唯一の補給路が、このザズ領だ。

2年前のズラ、ザイザン、ベニアに向かって侵攻してきたアレクサ王国軍を奇襲して打ち破ったのも、このザズ領近辺だったはずだ。

「もったいないですね。船があれだけ行き交っているのに、船着き場がほとんどない」

リュミナスの指差した先には、ドルフェン河を行き交うたくさんの河船が見られた。

そのほとんどの河船が、対岸側の船着き場に停泊して、荷下ろしをしている。

「ここは、エランシア帝国との最前線に近いしね。船着き場を整備した後、敵に利用されたくないって思われてるところさ」

「なるほど、利用されるくらいなら、放置しておいた方がいいって判断ですか」

「そういうこと。そのおかげで、アルカナ領への物資輸送能力はそこまで高くないと思う。対岸から小舟に積み替え、ザズ領に来ないといけないしね」

合流した諜報員たちから教えられたのは、ザズ領側に接岸できて渡河できるのは、荷馬車1台がようやく乗れる小舟しかないということだ。

そのため、ザズ領へ渡河できないよう、ドルフェン河とエルフェン川の合流点を封鎖すれば、アルカナ領への物資搬入は容易に阻止できそうだ。河川封鎖をステファンに手伝ってもらうのもありかもしれない。

あとは、ティアナからアレクサ王国軍の援軍が来た場合の対処だよな。

河川封鎖して渡河を諦めてくれればいいんだけど、強引に渡河された場合は、どこかで迎撃しないと、アルカナ領に雪崩れ込まれてしまう。できれば、なるべく領地となるアルカナ領を荒らしたくはないので、鬼人族が籠って足止めできる場所がないだろうか。

ゴトゴト揺れる荷馬車は、アルカナ領へ続く急傾斜の街道を高台に向け進んでいく。

やがて、傾斜の傾きが緩やかになり、街道の両サイドが切り立った崖で狭くなった。

「停めてくれ！」

御者をしていたワリドが荷馬車を停める。

「どうされました？　何か問題でもありましたか？」

「あ、いや、ちょっとこの辺りを調べたい。時間はあるかい？」

ワリドは無言で頷くと、部下の諜報員たちに指示を出し、周囲の警戒をさせた。

俺は荷馬車から降りると、周辺の地形を見て回る。

左右の切り立った断崖が城壁代わりにできる場所っぽいな。視界の開けた高台だし、渡河してくる敵もよく見える。ここを避けてアルカナ領に抜ける道もなさそうだ。

エルフェン川を下った鬼人族たちをここに駐屯させ、簡易的な陣を築かせれば、アレクサ王国軍が数千の兵で押し寄せても、容易に押し返せるだろう。

「アルベルト様、何を調べているんですか？」

周辺警戒を終え、俺のもとにきたリュミナスが話しかけてきた。

「ああ、敵の援軍が来た場合の足止め拠点に、この場所がちょうどいいなと思ってね。調べてたところだ」

「援軍ですか？」

「ああ、アレクサ班からもらった情報によると、王位継承に危機感を募らせてるオルグスが、外征での成果を求め、リヒトの籠るアルカナ領救援に動く可能性は高いからね。その時、援軍はこの道を通っていくしかないわけさ。そこにブレスト殿、ラトールが陣取ってたらどうなると思う？」

「あのお二人が、こんな場所に陣取ってたら、撃破するのなんて無理です」

「その通り、逆に援軍できたアレクサ王国軍を蹴散らしてくれるだろうさ」

リュミナスが周囲の様子を見て、俺の説明に納得したように頷いた。

「では、この地に補給物資を事前に貯蔵しておきますかな。この地は今後ドノヴァン商会として、何度か往復することになるでしょうし」

「そうしてもらうと助かるな。ブレストやラトールも手ぶらで来られるなら、かなり早く到着できるだろう」

「承知した。アレクサ班には、この地に保存食糧やテントなどを巧妙に隠蔽して、貯蔵するよう連絡しておきます」

ワリドが部下の1人を手招きすると、耳打ちをする。部下は頷くと、1人だけ来た道を戻っていった。

「援軍が来ないかもしれないが、備えはしておいて損はない」

「アルベルト殿の言う通りですな。多少の出費を惜しんで、後で慌てるよりかは、事前の準備に金を投じた方がいい結果をもたらすと思いますぞ」

「そうなって欲しいね。時間を取らせてすまなかった。先を急ごう！　この先はもうアルカナ領内だし、人も増える。顔がバレないようにしないとね」

「そうですな。我々はアレクサ王国で食料品を扱うドノヴァン商会の者たちですからなぁ。お間違えなきようよろしく頼みますぞ。入り婿の若き副会頭のベルト殿」

「承知、承知、我が義父上たるバリド殿」

アルカナ領に潜入する俺の身分は、ワリドが扮するドノヴァン商会会頭バリドの娘をもらって入り婿になった若き副会頭ベルトって身分だ。

アルカナ領に来た理由は、新規開拓できた販路への挨拶回りを兼ねた視察だと触れ回ってある。

「アルベルト様、荷馬車の中で髪を染め、化粧をしましょう。アレクサ王国内でアルベルト・フォン・エルウィンは指名手配されておりますしね。ザズ領は、ほとんど人がいなかったですが、アルカナ領は人目もあります」

「そうだね。変装はしとかないと。よろしく頼む」

「はい、では今からやりましょう」

俺はリュミナスに手を引かれ荷馬車に戻ると、アルカナ領内に入るまでに変装を終えた。

左右の断崖に視界を阻まれ、道幅も狭い街道を荷馬車が進む。やがて、左右の断崖がなくなり、視界が開けると、目の前には攻略目標であるアルカナ領の全貌が見えた。

「地図では見ていたが、これほどまでに高低差があるとは。アシュレイ領側からこっちを見ると2000メートルくらいの差があるのも頷ける地形だね……。アシュレイ側から攻めたら、山登りするような場所だし、城へ繋がる蛇行した街道を進むのも一苦労だ」

視界の先のアルカナ領内には、山々が連なった斜面にできた猫の額ほどのわずかな平地に、いくつも小規模な集落を作り、段々畑を耕して生活していた。

その集落自体が、領主の住む山のてっぺんの断崖絶壁を使って作られた堅城アルカナ城を守るため、砦や出城になるよう作ってあり、山々が大軍の移動を阻む城壁の代わりとして立ち塞がっている。

「さすがにザズ領側からは、山肌に沿って作られた桟道《さんどう》でアルカナ城へ直通できる道が普請《ふしん》されておりますぞ」

これから進む道は山肌を削った穴に、木材を差し込んで作られた桟道が続いている。

「みたいだね。アレクサ王国側の援軍が、この桟道を使ってアルカナ城に入れば、落とすのは絶望的になるだろうね」

「ですが、そのアルカナ城を落とさねばなりませんぞ。皇帝陛下も難儀な仕事を与えたものですなぁ」

「まぁ、集めてもらった情報から攻略の糸口みたいなのは掴んでるから、この隠密探索行でしっかりと策を練らせてもらうよ」

「承知した！　では、各集落を回るとしましょう。ご挨拶がてら、領内の様子も掴めると思います」

「ああ、どこから行くかは任せる」

「はっ！　承知しました」

ワリドが馬に鞭を入れ、荷馬車の一団はアルカナ城へ続く桟道を進む。

桟道は荷馬車が1台通れるくらいの幅しかなく、馬車どうしがすれ違うには、いくつも作られた退避所《たいひしょ》で待たねばならず、スムーズな移動ができない場所だった。

この桟道では、大量の物資を運び込むのは無理だ。ザズ領の荷揚げ場の貧弱さも加味すれば、意外と干上がらせるのは容易かもしれない。やはり無理を言って現地を確認してよかった。

浮かんだ策の1つを手帳に書き留めると、ワリドの運転する荷馬車はようやくアルカナ城の前に来た。

「山頂を切り崩して、城を建ててますね。周りは山に囲まれ、攻め口が表側しかないようです」

「裏側は険しい崖だそうで、我がゴシュート族の者も裏側からの潜入は厳しいと報告を受けてますな」

これが、対エランシア帝国の最前線基地であり、リヒト・フォン・エラクシュが城主を務めるアルカナ城か。

建築当時の最高技術の粋を集め、作られた立派な防衛拠点という話に偽りはなさそうだ。

そのアルカナ城を守るエラクシュ家の最大動員数は、農民兵を含めると、500名ほど。

少数とはいえ、堅城に籠る敵をガチンコで攻めれば、いくらうちの脳筋たちが、いくさ上手でも大損害は間違いなしだろう。

ゆっくりと進む荷馬車の中からこっそりと城を見ていたら、登城中のエラクシュ家の家臣たちの様子がおかしいのに気付いた。

「おい、そこの馬鹿者ども！　誰が私たち古参の家臣と同じ道を歩いていいと言った！　脇に寄れ！　脇に！　私たちはリヒト様のお父上が皇爵だった時からお仕えしてるのだ！　貴様らごとき田舎者とは格が違う！　脇に寄って平伏しておけ！」

きらびやかな衣服をまとった者たちに、邪魔者扱いされた者たちが、脇に寄って額を地面に擦り付けるように平伏する。

きらびやかな衣服をまとった者たちは、笑いながら城へ入っていった。

「くそ、わしらが手を貸さねば、満足に領地の運営もできぬ無能者のくせに威張り散らしおって！」

「最近、ますます古参の家臣の連中が調子に乗っておる。リヒト殿が連中を増長させておるのだ」

「それに、またわしら地元の家臣団だけ上納金が増やされるらしいぞ。これまで以上に納めろでは、さすがにきつい。しかも、一部がアレクサ王国に納められるのも癪に障る」

「しっ！　誰が聞いておるか分からん。口を慎め」

残された者たちの会話が、ゆっくり進む荷馬車の中にまで聞こえてきた。

これが、ワリドたちの報告で上がってきてた古参採用の家臣と地元採用の家臣の格差の実態か。

リヒトのことを調べさせた時に判明したのだが、彼の父親が、先々代のエランシア帝国皇帝の3男で、長男が皇家ワレスバーン家を継いだタイミングで臣籍降下したそうだ。その際、リヒトの父親が、アルカナ城を与えられ、家名をエラクシュとし、伯爵家を起こした。

そんなエラクシュ家の中では、2つの派閥が存在している。1つはリヒトの父親が未成年の皇帝一族に与えられる『皇爵』だった時から近侍していた『古参の家臣団』。もう1つは、アルカナ城を与えられた後、アルカナ領内の有力者を家臣に採用した『地元の家臣団』。

この2つが存在しており、エラクシュ家内では『古参の家臣団』が上席、『地元の家臣団』

が末席と決められているらしい。

ただ、家臣の数で言えば、『古参の家臣団』が2割で、『地元の家臣団』が8割を占めるため、領地の円滑な運営には『地元の家臣団』の協力が必要不可欠であった。

そんな身分格差を抱えつつも、父親の代は何とか協力してやってきたそうだが、リヒトの代になり風向きが変わってきた。

風向きが変わった理由は、アルカナ領がエランシア帝国からアレクサ王国所属になったからだ。『地元の家臣団』は、エランシア帝国所属であったから、リヒトを領主として迎え入れ、身分格差があったとしても我慢して仕えていた。それが、領主のリヒトが自分の事情で追い込まれ、勝手に所属をアレクサ王国に変えたことで、『地元の家臣団』の不満が年々増している状況だった。

そんな状況になった訳は、十数年前リヒトが、魔王陛下の参加した皇帝選挙で、エランシア帝国の貴族たちに吹聴したデマのせいだ。

デマは皇帝選挙に立候補しているクライストが父と兄を謀殺し、シュゲモリー家当主を継いだというものだったらしい。

当時、皇帝からの依頼で、援軍としてシュゲモリー家が参加したいくさで、クライストの父と兄が非業の死を遂げていたこともあり、リヒトのデマは投票権を持つ大貴族たちを大いに動揺させたそうだ。

おかげでシュゲモリー家のクライスト安泰と言われた皇帝選挙は、ワレスバーン家のドーレス優勢にまで追い上げた。しかし、最後に競り負け、皇帝選挙はドーレスの敗退。

まぁ、あの性格の魔王陛下だから、『反対！　反対！　クライストの皇帝就任はんたーい！』って声高に叫んでたリヒトは、皇帝選挙後に身の危険を感じて、領地に閉じこもった。

領地に閉じこもったリヒトは、自らの親戚であるワレスバーン家に庇護《ひご》を求め、なんとか数年は庇ってもらったが、年々強まる魔王陛下の圧力に耐えきれず、『さーせん、喧嘩ふっかけた魔王が、俺の命狙っているんで、おたくが守ってくれませんか？』って、アレクサ王国に飛び込んだリヒトを『おっしゃ、うちが面倒見たるわ。その代わりエランシア帝国ぶっ殺すマンになれるよな』ってことで、反エランシア帝国の先鋒として迎え入れ、現在の状況が生まれたのが8年前だ。

魔王陛下もさすがに先々代の皇帝の血筋を持つリヒトが、アレクサ側に裏切るとは思っておらず、その後のゴタゴタで手を出せずじまいでいたらしい。

ところが、最近になりエルウィン家が対アレクサ王国戦で勝ちまくり、リヒトの身柄が狙える状況になったとして、昨年末、魔王陛下がマリーダにアルカナ領の空証文を出したというのが、裏の事情っぽいと判明している。

魔王陛下の私怨《しえん》も絡んでる案件なので、きっちりとリヒトの身柄を確保しないと。

幸いにして、『古参の家臣団』と『地元の家臣団』の間に深い溝があるのは、実地で確認して掴めた。謀略でその溝にくさびを打てば、エラクシュ家の家臣団は容易に2つに割れそうだ。

俺たちエルウィン家が取り込むのは、多数派である『地元の家臣団』の方だろう。そっちを取り込めれば、各集落が砦や出城のように強化された天然の要害であるアルカナ領の防衛力は骨抜きにできるはずだ。

「悪い顔になっておられますよ。ドノヴァン商会の副会頭ベルト様は爽やかな好青年でお願いしますね」

隣にいたリュミナスが、俺の頬に両手を当ててきた。彼女もまた商人の娘っぽく変装しており、いつもの忍者スタイルではなかった。

「ああ、すまない。愛しの我が妻ミナスよ。これから得られる利益を考えていたところだ」

「それは、とてもお仕事熱心ですね。でも、そういうベルト様がボクは好きですよ」

「婿殿と我が娘の中はアツアツですなぁ。孫の顔が楽しみだわい」

「そっちも頑張りますよ。義父上」

ワリドが笑うと、リュミナスが赤い顔をして俯いた。

可愛いなぁ、隠密探索行ではお世話になってるし、リュミナスにもサービスをたっぷりしてあげないと。

荷馬車はゆっくりとアルカナ城の前を離れ、坂を下り始めると、大きめの集落を目指して移動をした。

細い道のアップダウンが続き、日暮れ間近となった頃、荷馬車は大きめの集落に到着する。

ドノヴァン商会が、新たに獲得した食糧品の販売先がこの集落の主だった。

「遠いところ、よくおいでになられた！」

出迎えてくれたのは、灰色混じり黒い短髪に穏やかそうな黒い瞳を持ち、日に焼けた大柄な身体付きをした壮年の男だった。俺は能力を使い鑑定をする。

名前：ニコラス・フォン・ブラフ
年齢：49　性別：男　種族：人族
武勇：47　統率：68　知力：59　内政：67　魅力：79
地位：エラクシュ家家臣

エラクシュ家の『地元の家臣団』を束ねる男。さすがバランスよく能力が高い。

リヒトからも信任され、『古参の家臣団』たちもニコラスに対しては、尊大な態度をとらないって話は本当なのだろう。

彼が『古参の家臣団』と『地元の家臣団』の間に横たわる深い溝を繋ぎ止めている存在。

今回のアルカナ領攻略における最重要人物ってわけだ。

「ニコラス殿が直々にお出迎えとは、痛み入ります。こたびは、取引の品だけでなく、我が婿

と娘も連れてまいりました。今後ともニコラス殿にはドノヴァン商会をお引き立て頂けますようお願い申し上げます」

ドノヴァン商会の会頭役を務めるワリドが、ニコラスに丁重な挨拶を返すと、俺たちも一緒に頭を下げた。

「いやいや、こちらこそ、格安で食料品を購入できるドノヴァン商会とは、今後ともお付き合いを深くしたいと思っておるところ。今日は酒席を用意しておりますので、どうぞお上がりください」

「遠慮するのも失礼に当たるでしょうし、お言葉に甘えさせてもらうとしましょう」

俺たちはニコラスの先導で屋敷の中に入ると、歓待の酒宴が催された。

酒宴が始まると、ニコラスは自ら酒瓶を持ち、ワリドや俺たちの酒杯に特製の酒を注いでくる。

「この数年、いくさ続きのザーツバルム地方の食料品の値は上がる一方です。義父上も今回の取引の品を集めるのにかなりの苦労をしておりました」

「いや、本当に婿殿の言う通り。ザーツバルム地方の食料品の値が上がり、それに釣られて王都ルチューンも値が上がり始めておりますぞ」

「左様ですか……。そのような状況の中、今回もバルド殿にはお骨折り頂き、本当に助かっております」

ニコラスは、商人である俺たちを見下す態度を微塵も見せず、深々と感謝を示すように頭を下げた。

「こちらもエラクシュ家の重臣ニコラス殿と繋がりを持てたことで、商売が拡がり、ありがたい限りですぞ」

「わたしが重臣などと、誰が申しておるのですか？　わたしなど、エラクシュ家の家臣の末席にかろうじて名がある者にすぎませぬ」

ニコラスは謙遜《けんそん》するように頭をかいて、自分がエラクシュ家の重臣であることを否定した。

「義父上から聞かせてもらった話では、ニコラス殿はアレクサ領内で起きる方々の揉め事を解決しておられるとか？」

「いやいや、末席の家臣であるわたしは、ただ単に双方の言い分を聞いておるだけです。揉めている者同士を落ち着かせ、話を合わせ、納得させているだけのこと。落ち着けば大半の揉め事は話し合いですむんですよ」

ニコラスは笑っているが、冷静さを失って揉めている者を落ち着かせるのは至難の業だ。

血が昇っていて、忠告の言葉が耳に入っていかない者もいるし、逆上して間に入った者を襲う者だって存在する。

そんな難しい調停役を大事なく長く務めて来られているのは、やはりニコラスの持つ人間的な魅力のおかげなのだろう。

会った時からどこかで既視感があるなと思ってたが、ニコラスは山の民のもう1人の大首長ハキムと似ている気がする。

腰の低さが人を安心させ、落ち着かせる容貌、そして理性的な言葉遣いが、多くの者の信頼と尊敬を集めているのかもしれない。

「それがすごいことなのですよ」

「わたしを褒めても何も出ませんぞ」

「我が婿殿は、商才を持っておるだけでなく、人物の鑑定眼も鋭い。その婿殿がニコラス殿を気に入ったとなれば、さらによしみを通じねばなりませんのぅ」

ワリドが、空になったニコラスの酒杯に新たに酒を注ぐ。

「そのように世辞を言ってもらえるのはありがたいが、我が所領は狭く、家は豊かではないので、ドノヴァン商会を大きくできるほどの商いはできませぬぞ」

「ささ、酒杯が空いておりますぞ。私らが持ち込んだ酒の味見もお願いいたします」

「これは、すみませぬ。実に美味い酒だ」

俺がニコラスの酒杯に注いだ酒があっという間に消え去った。

すでにけっこうな量の酒を飲んでいるが、乱れた様子は全く見せないか。

酒に酔わせて、腹の中の本音を引き出そうと思ったが、底なしの酒飲みであれば、こちらが潰されかねない。

空いたニコラスの酒杯に酒を注ぎながら、彼の様子を注意深く観察する。

「お気に召したのなら、次回の取引の際、格安で提供させてもらいます。こたびは、必要最小限とのことでしたし」

「いやいや、ありがたい。ありがたい。美味い酒は皆も喜ぶはずだ」

「承知しました。では酒はいつの日か必ずお持ちしましょう。その時はニコラス殿の顔を立てる意味も含め、お安くさせてもらいますね」

「バリド殿の婿はまことに商売上手ですなぁ。ですが、商売はわたしが口を利ける範囲内でしかできませんぞ。そこのところはよろしくお願いします」

「承知しております。ニコラス殿のお役に立てれば、我々も満足ですよ」

ニコラスは柔和な笑みを浮かべつつも、俺たちドノヴァン商会が、エラクシュ家に食い込みすぎないよう釘を刺してきた。

主人であるリヒトにまでは、新参の商人は食い込ませないってことらしいな。

領主が商人に借財を重ね領地運営ができずに、取り潰された貴族家は掃いて捨てるほどいるわけだし、重臣であるニコラスもそこはしっかりと警戒してるってわけか。

意外と底を見せない用心深さも持ち合わせてる。彼をこちら側に取り込むには、相当追い込まないといけないだろうなぁ。

アルカナ領を奪取した後で、絶対に必要となる人材であるため、恨まれたくはないが……。

地元愛と、リヒトへの忠義心を、ニコラス自身によって天秤にかけさせるしかないかもな。

と言っても俺は悪い軍師様だし、悪辣な手を思いついてしまう天才なので、リヒトを裏切るという選択肢しか選べない状況に追い込んでしまうわけだが。

リヒトから寝返らせる代償は、君自身を総代官に任命して、アルカナ領を大発展させることで許して欲しい。それだけの能力、人格、人望は持ち合わせていると俺は算定したからね。

『ニコラス殿……すまない』

「ベルト殿、表情が優れぬ様子だが、どうされた？　酒を飲みすぎましたかな？」

「あ、いや。なんでもありませんよ。まだまだ酒は残っておりますし、出会いに感謝する祝いの酒ですので楽しく飲みましょう。ささ、もう一杯」

「これはすまぬ！　本当にありがたい」

俺はニコラスに新たに酒を注ぐと、返杯を受け、その夜はたらふく酒を飲むことにした。

その酒宴の最中、頭の中では、ぼんやりとしていたアルカナ領攻略作戦の概要が、どんどんと固まりつつあった。


翌日、取引の品を引き渡すと、ニコラスから新たな取引先になりそうなところを紹介してもらったため、そちらの集落を訪ねている。

「足りぬ物はございませんか？　義父上も私も商売を拡げたいと常々思っておりまして、不足の物があれば、なんなりとお申しつけください」

「ニコラス様の紹介じゃあ、無下にして帰らせるわけにもいかないなぁ。保存できそうな食糧とかあったら持って来てくれよ。あんたのところ格安なんだろ？」

ニコラスから紹介してもらった集落は、地元の家臣団に名を連ねる者が治めるところだった。

「保存食糧ですか？　よろしいですが、どれくらい入用《いりよう》でしょうか？」

集落の主は、しばらく無言でこちらの顔を窺いながら考え込んだが、意を決したように口を開いた。

「本当はあまり口外したくないが、我が集落は3年続けて不作でな。食糧事情はあまりよくないのだ。なので、我が家は籠城用に保存してた食糧が残り少ない。それに加え、ザーツバルム地方の食糧品の値が高くなる一方だし、安い保存食糧が手に入るなら、集めておきたいのだ」

ニコラスが、この集落を俺たちに勧めたのは、不作で食糧が欠乏していることを知ってたからか。彼としては、この集落の者たちが飢えぬよう善意から勧めたんだろうが、この縁は上手く使わせてもらうとしよう。

「なるほど、そういった事情があったのですね。私どもドノヴァン商会がお力になりましょう。数量は集落の規模からしてこれくらいでしょうか？」

算盤を弾いて必要な保存食糧の数量を出す。

「あんた若いのにすごいな。ほぼ正確な数量だ」

「では、これくらいの値段でいかがでしょうか？」

ドノヴァン商会は、アレクサ王国内でアレクサ班が諜報活動するための偽装組織の1つであるため、利益を出すつもりはほとんどない。そのため、破格の値段設定をしている。

「安いなぁ。いろいろ物入りで金のないうちとしては助かるが。あんた、それで利益が出るのか？」

「これからも、うちを御贔屓《ごひいき》してくれるという条件付きですが」

「ほほぅ、さすがにそこはちゃんと考えたか」

「ええ、まぁ、こちらも商売ですので」

それと、エラクシュ家の重臣ニコラスをエルウィン家に取り込むための罠として、使わせてもらうという下心も含めてますが。

この人には地元の家臣団が、リヒトから離反したい気持ちを強めるため、頑張ってもらうとしよう。

「最初の取引量としては文句ない。それで頼む」

「承知しました。お約束の品はなるべく早めにお持ちいたします」

俺は商売用の笑みを浮かべると、集落の主と握手を交わした。その後、さらに別の集落の主を紹介してもらい、5つほど集落を訪ね歩いた。

その中で集まった情報は、地元の家臣団はどこも不作の影響と、アレクサ王国への上納金を納めるのに苦慮し、現在の苦境を招いたリヒトや古参の家臣への反発心を強め、エランシア帝国への復帰を熱望している様子を感じ取れた。

隠密探索行をして鮮明になったのは、アルカナ領内の内部で起きてる様々な軋みをニコラス1人が必死で繋ぎ止めている状況だ。

ニコラスを篭絡《ろうらく》できれば、アルカナ領の大半はエルウィン家の手に落ちる。

そうなれば、堅城であるアルカナ城に籠る兵は少数でしかない。兵の足りない城を、戦闘職人の鬼人族に攻めさせれば、損害少なく落とすことは可能だろう。

リヒトは捕らえられ、魔王陛下によって首を刎ねられて、エルウィン家は晴れて『子爵家』の仲間入りとなるはずだ。

集落を回って得た情報を加えた形のアルカナ領攻略作戦の概要を手帳に書き込んでいたら、荷馬車が隠密探索行の最後の目的地に到着した。

「ベルト様、例の報告を受けた場所に到着しました」

リュミナスに声をかけられた俺は、手帳を閉じると荷馬車を降りる。

眼下にはアシュレイ領との領境《りょうざかい》とされるエルフェン川が流れており、右手にはアルカナの集落が見え、同じくらいの距離にアシュレイ領の農村も見える場所に立っている。

「ここだと、アシュレイ領の方が近いかい？」

「どうでしょうか？　アルカナ領の集落が若干近い気もします。山深い場所ですし、道らしい道がないので、馬車で来るにはとても苦労しますが」

リュミナスの答えを聞き、荷馬車が進んできたであろう場所を振り返る。

下草や雑木林だらけの斜面を荷馬車で進むのは、さすがにきついか。道の整備から始めないといけないようだ。

情報が上がってきた時は、冗談だろうと思ったが、これだけ人里離れた場所であれば、発見されなかったのも不思議ではないな。

俺は腰の剣を引き抜くと、うっそうと生えた下草を刈り、先に進む道を作る。

「この先にあるんだよね？」

「はい、間違いありません。アルカナ領内の情報を集めていた部下が、ニコラスの調査をしていた時に尾行して突き止めた場所ですぞ」

「じゃあ、確認させてもらおう。報告が本当であれば、エルウィン家の台所事情は一変するし、アルカナ領の価値は数十倍にも跳ね上がるからね」

「ですな。ワシも自身のこの眼でたしかめてみたいと思っておりますぞ」

俺たちはとあるものを確認しに、この山深い場所に来ている。そのものを確認するため、俺は下草を払ってできた道を進んだ。

しばらく進むと、さらに険しい山の斜面が見えてくる。斜面は風雨にさらされていたため、表面が黒褐色に変色していた。

「あの黒く変色した場所が、銀鉱脈が露出して酸化したところかい？」

「はい、そうだと聞いております。ニコラス殿と鉱脈を探す専門家である探鉱者たちとの会話を聞いた部下によれば、相当大規模な銀鉱脈ではとの話ですぞ」

「大規模な銀鉱脈か。こちらでも独自で調べる価値はありそうだ。斜面を適度に削り、鉱石を持ち帰らせてもらうとしよう。有望であるなら、大金を注いでも銀鉱山として開発しないとね」

「ですなぁ。銀はエランシア帝国ではあまり産出しませんし、貨幣用の貴金属として需要が非常に高い金属です。それを産出する鉱山を持ったエルウィン家は、エランシア帝国有数の金持ち貴族の仲間入りでしょうな」

「ああ、そうなって欲しい」

俺たちは鉱床と思しき斜面の一部を削り取り、鉱石を荷馬車に積み込むと、削った土を戻した。

「よし、これで隠密探索行は終わりだね。俺とリュミナスはこのままエルフェン川を越えて、アシュレイ領に戻るよ。ワリドは引き続き、ドノヴァン商会会頭として、アルカナ領の者と縁を深めてくれ」

「承知した！　リュミナス以外、護衛3名を付けます。それと、すでにエルフェン川対岸には、迎えの領内班の者が来ております。アルカナ領の国境警備の者がいない場所から合図を送れば、安全に戻れますぞ」

「手際がいいね。助かるよ。隠密探索行が成功したのは、ワリドたちの協力のおかげだ」

「我らゴシュート族への褒美は、我が娘リュミナスの子に、アルベルト殿の血をもらうことです。よろしくお願いしますぞ」

「そうだね。承知した。ここからアシュレイ城までは馬車でも数日かかるし、その間、することもないから頑張るとしよう」

俺は隣にいたリュミナスの腰を手で掴み抱き寄せた。

「え？　あ、はい！　が、頑張ります！　イレーナさんとか、他の方みたいにはできないかもしれないですが、ボクなりに頑張ります！」

「早めに孫を頼みますぞ！　あー、あと今採取した鉱石は、ザズ領経由で送り届けさせます」

「承知した。ワリドもくれぐれも油断なきよう気を付けてくれ」

頷いたワリドは、馬に鞭をくれると、器用に荷馬車を操作してゆっくりと坂を下っていった。

「さて、私たちも領内班たちとの合流地点へ急ごう」

「はい、こちらとなっております！」

リュミナスと護衛の者に先導され、俺は領内班と合流すると、アシュレイ城に帰還することにした。

そして、今はアシュレイ城に向かう馬車の中で、リュミナスとイチャイチャしている最中だ。

「父も先ほど言ってましたが、一族の者たちからアルベルト様の子を早く宿せと言われてまして……」

隣に座っているリュミナスが、俺の方へ身体を寄せてくる。

「それで、イレーナさんに聞いたら、この本がとても参考になるという話を聞いて、暇を見つけて読んでたのですが」

リュミナスが服のポケットから取り出したのは、小さな冊子だった。

えっと、『これさえできれば、生真面目な殿方も、貴方にメロメロで思いのまま。実践編』って書いてあるな。タイトルからして、ヤバい香りしかしない冊子だが。

「で、そこに瞳を潤ませて、男性を見上げるようにって書いてあったのかい？」

「はい、そうです。どうですかね？　ボクはちゃんとできてますか？」

うんうん、実に破壊力が高いよ。冊子で勉強してたって言ってくれてなかったら、もっとドキドキしてたな。

いつもは黒装束で顔を隠してることが多いけど、リュミナスもかなりの美人顔だし、まだ幼さも垣間見えるので、その表情をするのはズルいと思うぞ。

マリーダだったら、もうすでにベッドに運び込まれて、いろいろとえっちなことをされてしまっているはずだ。

俺は努めて冷静な表情を作ると、リュミナスを抱き寄せる。

「できていると思うよ。実に心がときめく表情をしている」

俺の言葉に、リュミナスの頬が赤く染まった。

「他には何か書いてあったのかい？」

「あ、はい。口角を上げた自然な笑顔を見せるって書いてあります。できてます？」

普段から護衛として、表情をあまり見せないリュミナスだからこそ、この笑顔の破壊力半端ねぇ。

「あ、あと、さりげないボディータッチって、こんな感じですかね？」

リュミナスの手が、俺の下腹部に忍び込んでくる。

いや、それはボディータッチというよりも、お触りですから！　えっちなことしてますよ！

わざと？　わざとやってるのか？　いや、えっちなことに対し純真なリュミナスだからこそ、そういう発想に至っている可能性もあるよな。

意表を突く場所にボディータッチをされ、思わず声が漏れてしまう。

「気持ち良かったですか？　正解だったんですかね？　難しいですね。さりげないボディータッチって」

わざとやっているのか、本当に知らずにやっているのか、判断がつかないけど、それはそれでなんだか興奮させられてしまう。

この俺が翻弄されるとは、リュミナス、恐ろしい子。

このままだと、リュミナスに主導権を取られそうだったので、俺は彼女の尻尾に手を伸ばす。

「さりげないボディータッチの極意は、優しく触ることさ。激しいとほら――」

「ふぁあああっ！　急にボクの尻尾を弄ってはいけませんって！」

急な刺激に身体をビクリとさせると、彼女の体温が少し上がった。

「びっくりするだろ？　だから、優しくそっと触れるのが正解」

「あっ、くぅ。ゆっくりでも尻尾はダメですよぅ。ほら、あの、そこは、触らなくても――」

「じゃあ、リュミナスはこっちの方がいいのかな？」

尻尾を触っていた手を彼女の下腹部に忍び込ませていく。

「そっちは、もっとダメです。ほら、馬車の中ですし、危ないですから。それに汗もかいてますし」

慌てたリュミナスが手にしていた例の冊子を落としたので、俺が拾って片手でバラバラと冊子のページをめくる。

「殿方は女性の匂いに反応する人もいる。って書いてあるよ。私はリュミナスの匂いが嫌いではないな」

彼女の首筋に鼻を近づけ、クンクンと匂いを嗅ぐ。例の香油をボディークリームの代わりに使っているので、柑橘系の爽やかな匂いがした。

「そ、その、でも、あの。急に言われましても準備が。それにアルベルト様も――」

「大丈夫、私は準備を終えているし、今、リュミナスの方も準備してるだろ」

「はくぅ！　そ、そうですけど。ボク1人で大丈夫ですかね？　アルベルト様のご機嫌を損ねないでしょうか？」

心配そうにこちらを見上げたリュミナスの顔を見たら、滾るものがさらなる熱を持った。

「大丈夫、リュミナスならやれるさ」

「で、でも心配なので、こちらをお飲みください。山の民の特製栄養飲料です」

小さなガラス瓶に入った緑色の液体を、リュミナスが恐る恐る差し出してきた。

えっと、これを飲むと、さらにすごいことになるんだけど大丈夫かな。

大丈夫じゃなさそうだったら、俺が我慢すればいいだけの話か。断ってリュミナスを不安にさせるのも可哀そうだしな。

「分かった。頂くとしよう」

ガラス瓶の蓋を外すと、中身の緑色の液体を一気に飲み干す。

青臭さと、土臭さと、甘ったるさが混在する液体が、胃の中に落ちると、疲れた身体中にヤル気が漲ってくる。

栄養剤であり、精力剤でもあるので、下半身の滾るものがとんでもないことになっていた。

「じゃあ、アシュレイ城に着くまで、2人で頑張ろうか」

「が、頑張ります！　あっ！　アルベルト様、最初から激しいのはダメですからね。ボク、壊れちゃいますから」

「大丈夫、優しく、優しく頑張るつもりだから」

俺はリュミナスの衣服を脱がすと、自分も裸になり、滾るものを恥ずかしがる彼女の中に沈めていった。

その後、特製栄養ドリンクの効果と、仕事をやり終えた安堵感と、リュミナスの可愛いおねだりと、ワリドの要望に沿って、めちゃくちゃに頑張ってしまった。

ほら、リュミナスって、小柄だけど意外と身体鍛えてて体力があるから、頑張れちゃうわけで、頑張られたら、俺も頑張っちゃうわけで、結果、四六時中２人でイチャイチャしてしまった。それと、リュミナスの尻尾は、彼女が最高に興奮する場所というのが判明した。

※オルグス視点

ザーツバルム地方の兵を動員し、アルコー家のスラト領奪還に失敗し、すでに3か月が経過した。

わたしのいる執務室から窓を覗くと、南部コルシ地方から動員された貴族の兵が城外にテントを張り駐屯している。

今度こそ、あの忌々しいエルウィン家と小賢しいアルベルトの首を挙げねばならん。でなければ、父上はわたしの能力に疑問を持ち、廃嫡するであろう。

廃嫡されれば、ゴランが王となり、わたしの首は胴体から切り落とされる。

それだけは絶対に回避せねばならない。そのためには外征での勝利。勝利しかない。

窓の外を見ていたら、部屋の扉がノックされた。

急いで執務机の椅子に座り、執務をしていたように装い、入室を促す。

「失礼します。殿下に申し上げたき儀がございます」

入室してきたのは、宰相ザザンだ。無能者ではあるが、コルシ地方の大領主であり、今は参戦した貴族たちの調整役を申し付けてある。

「また揉め事か？　そのような些末なことはお前のところで処理しろと言ってあるはずだ」

「そうではありません。やはり、外征を中止され、王都へ帰還された方がよろしいのでは？　政務代行者となっている殿下が、外征の指揮を執るとの理由で不在なことを、ゴランが宮廷内で糾弾しております」

目の前で跪いて報告をする宰相ザザンから、今一番聞きたくないゴランの名前を聞かされ、腹の底が煮えたぎる怒りを感じ、手にしていた筆を執務机に叩きつけた。

「ザザン、お前はわたしを王都の物笑いの種にしたいのか！」

こちらの怒気に怯えたザザンが、地面に額を擦り付け平伏する。

「そのようなことは申しておりません。ですが、このままゴランを放置すれば、彼の派閥は増える一方です」

「うるさい！　そのようなことは分かっている！」

ゴランの野郎、人が王都を不在にしている隙に、あることないこと言いふらしやがって！

こっちの参戦要請を無視してるザーツバルム地方の連中も、ゴランを王位に就ける応援を始めたとか。

少し負けたくらいで、ギャーギャー騒ぐやつらは、わたしの治世になった時、処分せねばならん。

「ザザン、ゴラン派に与した貴族の一覧を作っておけ！　連中は、わたしが王位に就いた時処刑する！」

「殿下！　その王位に就けるかが怪しくなってきておるのです！　現状を認識してください！ゴラン派は王都内だけでなく、ザーツバルム地方の貴族を取り込み始め、コルシ地方の貴族も一部が同調しております。このままの勢いだと、半数以上の貴族がゴラン支持に回ってしまいます！」

「うるさい！　王国軍の兵権はこちらが握っている！　そのわたしに逆らうやつは全て討伐してやる！」

「口をお慎みください！　そのようなこと、外で口にしてはいけませぬ！」

「わたしはアレクサ王国の王位継承第一位で、政務代行者で、王国軍総司令官なのだぞ！　そのわたしがなぜ口を慎まねばならんのだ！　ふざけるな！」

ザザンの物言いに腹が立ち、手近にあった燭台を投げつける。

ゴンという鈍い音がしたかと思うと、ザザンの額から血が流れた。

「殿下、もう少し周りを見てください！　このままでは国はまとまりませぬ」

「うるさい！　わたしに意見をするな！　もういい！　下がれ！」

別の燭台を手に取ると、ザザンは口を噤み、一礼して執務室を出ていった。

「くそが！　ゴランに言え！　あやつが王位を望まねば争いなど起きぬのだ！」

手にしていた燭台を扉に向かって投げつけると、鈍い音を出して転がった。

「荒れておられますな」

扉を開けて入ってきたのは、熊のような耳と尻尾を持ち、毛むくじゃらの髯《ひげ》を蓄えた『熊人《くまじん》族《ぞく》』という亜人だ。

エランシア帝国の皇帝の血筋の者で、かの国を領土ごと裏切り、父から伯爵位を授けられた男だった。

「何の用だ。リヒト、そちを呼んだ記憶はないぞ！」

「殿下には呼ばれてはおりませんが、ザザン殿から呼ばれておりました。が、ザザン殿は退出されてしまったようだ」

「ならば、そちもこの部屋より去れ！　亜人に使う時間などない」

「で、あれば、殿下がこのティアナの地で討ち死にするのを、黙ってアルカナ城から眺めておくことにしましょう」

リヒトがこちらをあざけるような視線を送り、背を向けて立ち去ろうとする。

「待て！　なんの話だ！　わたしがティアナで討ち死になどするわけがなかろう！　この地はアレクサ王国内部だぞ！」

「本当にそう思っておられるのなら、今年中に首を落とされるでしょうな。殿下も私も」

振り返ったリヒトが手刀を作り、自らの首をトントンと叩いてみせた。

いったいなんの話だ!?　エランシア帝国軍が、ティアナまでは攻め寄せるわけがなかろう！　だが、万が一そうなったら……。

敵将の前に引き据えられ、首を切られる自分を想像したら、勝手に足が震え出した。

「リヒト、特別に喋るのを許す！　説明せよ！」

「承知した」

ニタリと笑ったリヒトが、従者から地図らしき紙と書類を受け取り、応接テーブルの上に拡げた。

「殿下、エランシア帝国は2度大勝しております。2年前はここ、前年はここです」

リヒトは、かん口令が敷いてあるはずのアレクサ王国軍が敗北した地点を正確に地図に描き込んだ。

噂が出回っているとは聞いているが、ここまで広がっているのか！　ザザンの無能者めっ！

「お怒りめさるな。皆知っておられます。すでにズラ、リイザン、ベニアはエランシア帝国の手に落ち、アルコー家のスラトも寝返った」

リヒトは淡々とした口調で、アレクサ王国が失った領土を地図に描き加える。

「で、私の治めるアルカナ領がここにあります」

アルカナ領は突出部として、エランシア帝国の内部に突き出していた。

「そんなことくらい知っておる。それが、どうした」

「では、こちらに2本の線を加えさせてもらいます。一方はエルフェン川、もう一方はドルフェン河となります。流れ着く先はティアナ」

「ああ、そうだ。お前もドルフェン河を下って来たのだろう」

「ええ、そうです。アルカナ領から5日で、このティアナまで着きました」

「そうだろうな。河を使えばそのくらいだろう」

こちらの返答に不満げな表情を浮かべたリヒトは、自領のアルカナ領を強調するように、筆を使って丸で囲む。

「つまり、エランシア帝国が我がアルカナ領を落とせば、エルフェン川とドルフェン河を使い、5日でティアナまで進軍できるという意味です！」

「そ、そのような奇策をとるわけがなかろう」

リヒトは苛立ちを隠さず、応接用のテーブルに手を叩きつけた。

「甘い！　相手はあのクライストが率いるエランシア帝国ですぞ！　それにティアナ攻略となれば、エルウィン家とステファンが先陣のはず！　南部守護職のシュゲモリー家の兵も動員すれば、総数2万～3万でティアナを襲う。殿下は大軍に囲まれ、逃げ場を失い、首を獲られます。もちろん、ゴラン殿が仕切ってる王都から救援など一兵も出されないでしょうな！」

3万の大軍に囲まれるだと……。ありえぬ……。ありえぬと言いたいが、否定はできぬ。

「どうすればいい？　そこまで見越しているなら、策はあるのだろう？」

「アルカナ領の防衛力を高め、敵の手に落ちないようにするべきです。私があの地で睨みを利かせておけば、ティアナ奇襲はできませぬ」

裏切者の亜人領主が治める突出しすぎた領地のため、戦略的な価値がないとして、今まではぞんざいな扱いをしてきたが、それほどまでに重要な地になっていたとは……。

「支援を増やせと申すか？」

「ですな。とりあえず、食糧の支援を増やして頂きたく。あと、隣接するザズ領の船着き場を大型の河船が寄港できる物に改築してもらいたい。今の荷揚げ量ではアルカナ領に必要な物資を確保できませぬ」

「食糧支援は増やそう。そちらは少し考えさせてくれ」

アルカナ領が落ちれば、改築したザズ領の船着き場を利用される可能性がある。そちらは少し考えさせてくれ」


リヒトは不満そうな表情を浮かべたが、アルカナ領が落ちた時のことも考えておかねばならない。こちらが作った物を敵が利用して、滅ぼされたでは笑い話にもならぬ。

「猶予はあまりありませんぞ。エランシア帝国は2度、アレクサ王国軍に勝って勢いに乗っておりますからな」

「分かっておる。とりあえず、ティアナからすぐに救援に向かえるようにはしておく。敵の侵攻があれば、すぐに連絡せよ」

「アルカナ領が、殿下の命を守っていると肝に銘じておいてください。では、ごめん！」

リヒトは一礼すると、扉を乱雑に閉め、部屋から出ていった。

「分かっておるわ！」

ザザンのやつもリヒトの話を聞いて、ティアナを退去し、わたしに王都に戻れと言ったのか。

くそ、くそ、くそ！　退くのも留まるのも地獄ではないか！　外征で成果を挙げるどころか、自らの命が危うい。

だが、この場から逃げれば確実に廃嫡だ。アルカナ領を守り切り、侵攻してきたエランシア帝国軍を撃退し、それを外征成果として帰還すれば、わたしの地位は保全されるはずだ。

奪われた領土の奪還は諦め、防衛に全力を注ぐしかあるまい。

わたしは、執務机に戻ると、新たに防衛計画の策定を命じる書類を書き始めた。

第二章　デキる義兄は頼みになる

帝国暦二六一年　紫水晶月（二月）

アルカナ領の隠密探索行を成功させ、アシュレイ城に戻り、執務室で今後の策を立てていた俺のもとに、ステファンが嫁のライアを伴って、マリーダの懐妊祝いを持ってきてくれた。

「ステファン殿、ライア殿、祝いの品はありがたく頂戴します」

「姉上ー！　この服は姉上が？」

「ええ、これからまた一段とお腹が大きくなるでしょ。そのため、お腹周りは緩やかにしてあるわよ。着てみる？」

「着る！　着る！　着るのじゃ！　リシェール！　着替えをいたす！　用意するのじゃ！」

お姉ちゃん子のマリーダが、久しぶりの里帰りをした姉のライアに朝からデレデレである。

「マリーダ様、ライア殿はステファン殿の嫁ですぞ。きちんと、ステファン殿の許可を頂いてから居室へお連れください」

「妾の姉上じゃぞ！　ステファンの許可はいらぬ！」

マリーダさん、ステファンは辺境伯様で、うちの家より上席の貴族なんですがねー。

ちゃんと筋は通さないと、魔王陛下みたいに甘やかしてくれるわけじゃないんですし。

「まぁ、マリーダだから仕方あるまい。ライア、ゆっくりと里帰りを楽しめばよい」

「さすが、ステファンなのじゃ！　話の分かる義兄は嫌いじゃないぞ。さぁ、姉上、まいろう！」

「はいはい、じゃあ、これから着てみてね」

「承知なのじゃー。ベルタ、姉上にお茶を持ってくるのじゃー！」

ワイワイと騒ぎながら、マリーダがライアを伴い、奥の居室へ消えていく。

「ご配慮、ありがとうございます」

「いやいや、ライアも楽しみにしておったしな。別に気にせんでもいい。うちは唯一の親戚だからな。それにしてもマリーダが子を持つとは……のぅ」

「頑張りましたので、子ができました。次期エルウィン家当主として、私がしっかりと養育するつもりではあります」

「それがよいな。マリーダたちに任せれば、鬼人族の風習に染まった者になってしまう。アルベルトが養育者であれば、さぞかし賢い子に育つであろう。知力体力を備えた英主が次代を担えば、エルウィン家は安泰だ」

「そうなるよう頑張ります！　城下に用意した屋敷に返礼の酒席を設けておりますので、そちらにまいりましょう」

「城下の屋敷？」

「ええ、ここでは少し話せないことの相談に乗ってもらいたく」

俺の言葉に、ステファンの眉が片方持ち上がる。

懐妊祝いを持ってきたという話だが、ステファンはきっと独自の諜報網でアルカナ領のことに気付き、うちの様子を確認しに来たと思われる。

それくらいの諜報網は整備しているし、うちからも意図的にステファンに情報が流れるようにはしてあったからだ。

こっちから頼むにしても、向こうにも利のある話にしておけば、お支払いも安上がりに済む。

前年の『勇者の剣』への謀略で作った貸しは、ベイルリア家の領土となったズラ、ザイザン、ベニアとアシュレイ領の交易路開設の負担金として今年度予算から拠出してある。

帝国金貨2000枚ほどかかるが、ぼったくられたというレベルの負担金ではないので、メリットも考えてニコニコ顔で受け入れていた。

「よかろう。アルベルトが頭を悩ます相談に、わしが応えられるか分からぬが、聞くだけは聞くとしよう」

「ありがとうございます！　イレーナ、リュミナス、馬車を回してくれ！　例の屋敷に行く」

俺とステファンは馬車に乗り、城下の片隅に作られたマルジェ商会所有の屋敷へ向かった。

人払いをして、俺とステファン2人だけになった屋敷の一室で酒を酌み交わす。

「昨年末、わが主君マリーダ様が新たにアルカナ領を魔王陛下より、下賜されたのはご存知だと思いますが」

「ああ、知っておる。魔王陛下もマリーダとアルベルトであれば、あの難攻不落のアルカナ城を落とせると見越して、先んじて下賜したのであろう」

「ですが、現状はリヒト殿がアルカナ城に居座っております」

「であるな。あのアルカナ城があるせいで、東西の街道は監視され、野盗どもがアルカナ領から出入りして、隊商を襲う事件も続いておる。まことに面倒な城だ」

「ステファン殿であれば、あの城をどうやって落とされます？」

「相談事とは、アルカナ領攻略の話か？」

「ええ、そうです。ステファン殿も、うちがどう動くのか、確認しにまいられたのですよね？」

酒を飲んでいたステファンの手がピタリと止まる。

「アルベルトの眼は誤魔化せぬか。その通り、エルウィン家がどうするつもりか探りにきた。で、どうするつもりなのだ？　攻めぬのか？　攻めるのか？」

酒杯をテーブルに置いたステファンが、こちらの返答を促す。

「我が家は攻めます！」

「勝算はあるのか？　あの要害だぞ！　万の兵がいたとしても落とせるかどうか」

「万の兵はいりませぬ！　エルウィン家独力でアルカナ城は落とします」

「馬鹿なことを申すな！　あのアルカナ城をいくさ上手とはいえエルウィン家だけで落とすなどと」

「冗談ではありません」

「アルベルトがそこまで言うなら、すでに策はできておるのだろう？」

「はい、できております。ただ、ステファン殿の御力もお借りする部分もあります。ですが、アルカナ城が我がエルウィン家の物になれば、ステファン殿の負担も減るはず」

東西の街道を行き交う隊商を襲う野盗の隠れ家を潰せるし、アルカナ領を警戒して配置している兵も別の場所に転用できる。

それだけで、ステファンにとってかなりの利益にはなるはずだった。

「我が家としても、アルカナ領に居座るリヒトを排除できるのはありがたい。策を聞かせよ」

昔、ステファンがアレクサ王国と他方面で戦っている時に、リヒトの軍勢に国境を食い破られ、領地を荒らされたことで、優勢だったいくさを止め、停戦したという話も聞いている。

いくさとなれば、熊人族の血を持つリヒトも強い。ただし、野戦であればだ。

城に籠らざるをえない状況を作り、味方を信じられない状況に追い込めば、さして強さを発揮する男とは思えない。

今回のアルカナ領攻略作戦は、リヒトの強みである野戦はさせないつもりだ。難攻不落の堅城であるアルカナ城の中に閉じ込め、その間に手足である家臣をもぎ取り、最後に身柄を捕縛させてもらう。

「承知しました。アルカナ領攻略のための策ですが……」

俺が合図を送ると、奥からリュミナスが現れ、ステファンの前に地図を広げていく。地図は鬼人族に作らせた精巧なアルカナ領内のものであった。

「ほぅ、すでにこのような精巧な地図まで作られておったか」

「もともとエランシア帝国領でしたからね。帝国資料室から資料を取り寄せ、地図を作り、密偵たちの報告を加味してあります。なので、そこまで手間でもないです」

「いやいや、それはアルベルトの諜報力と鬼人族の力があるからできるのだぞ。わしもここまで詳細な地図は持っておらぬ」

「では、返礼の品として差し上げましょう。我がエルウィン家とベイルリア家は親戚ですから」

地図を渡す意味は2つ。1つは親戚としての信頼の証。もう1つはエルウィン家が衰退しアルカナ領を保持できない時は、ベイルリア家に任せるという意味だ。

「ふむ、よかろう。地図は頂く。アルベルトがいる限り、エルウィン家が途絶えるということはないだろうがな」

「ありがとうございます。では、策の説明をさせてもらいます。今回は調略を行って、エラクシュ家内部を切り崩していこうと思います」

　地図には、すでに隠密探索行で収集した情報やマルジェ商会のアルカナ班が集めた情報をもとに、エラクシュ家の家臣名が、色分けされて書かれている。

　ドノヴァン商会の者として、エラクシュ家家臣の各家を訪問し、商売の話をしながら、当主やアレクサ王国についてどう思ってるかをさらに詳しく聞き出してくれた。

「青がアレクサ王国派、赤はエランシア帝国派で色分けしてます」

「ふむ、アレクサ王国派は臣籍降下した際の『古参の家臣』が大半か。赤は地元の有力者から家臣になった者たちと。地元民はやはりエランシア帝国に復帰したいようだな。経済圏的にもエランシア帝国の方が近いし、領主とは考え方に違いがあるようだな」

　さすがデキる義兄ステファンだ。

　色分けと、家臣の名前を見ただけで、アルカナ領内の内情をほぼ言い当てた。

『ちょ、マジでいつの間にか周りが敵だらけじゃん。うちってヤバくね？　元エランシア帝国領だし、降参して領主の首を差し出そうや』って考える地元採用のエランシア帝国派と、『この程度でビビってんじゃねえぞ。帰ったら殺されるし、今にアレクサ本国から大軍呼び寄せて、周囲のエランシア帝国領主、ぶっ殺したるわ』っていう古参のアレクサ王国派に分かれ、一触即発の状況だ。

「地元で採用され家臣になった有力者たちが、周囲を敵に囲まれた現状にビビッているってことだな。たしかに周囲を敵国に囲まれ、後方も危ういとなれば、動揺するなという方がおかしい。わしも周辺に密偵を送り込んでいたが、ここまで質の高い情報は得られなかったぞ」

「ステファン殿にお褒め頂き、恐悦でございます。部下たちが優秀であって、私が優秀なわけではありません」

「いや、情報の取り方はアルベルト殿の指示であろう。でなければ、このような細かい情報の拾い方などせぬはず。もしや、自身で潜り込んだのではあるまいな⁉」

やっぱ、ステファンはすげえな。俺が直接乗り込んで諜報活動してたことまで考え付いたらしい。

魔王陛下のお気に入りで腹心と言われるだけのことはある。頭の回転の速さはうちの鮮血鬼の何十倍もありそうだ。

だからこそ、ステファンには仕えたくないんだよなぁ。自分の持つ能力を根こそぎ使い切らないと、功績を認めてもらえなさそうだし。

その点、うちの嫁ちゃんは戦闘さえさせておけば、家の仕切りは任せてくれて勝手放題にやらせてもらえる。それがうちの当主様の最大にして最高の美点だと言えよう。

「ステファン殿には敵いませぬな。その通り、私が自らの眼でたしかめてまいりました」

「自らが赴いたか……」

ステファンも、さすがに俺が自身で乗り込んで、情報を取ってきてるとは、本気で思ってなかったようで、驚いた顔をしている。

それができたのもゴシュート族やマルジェ商会のアレクサ班の協力のおかげだ。

彼らがいなければ、俺も敵地に潜入しようとは思わない。

信頼して身を預けられる者がいるから、できた隠密探索行だ。

「はい、その結果。エランシア帝国復帰を目指す地元派の家臣を調略し、こちらへ取り込みたく思っております！　ですが、そのためには、彼らに裏切りの土産を与えねばなりません。そこでステファン殿に骨折りをして頂きたく」

「魔王陛下へ裏切った者の所領安堵をするように口添えして欲しいと？」

「さすがステファン殿は話が早い。そうして頂けるとありがたいです。裏切った者は、うちの家臣に組み入れます。対アレクサ王国の先鋒として扱き使いますので、なにとぞ陛下から所領安堵の勅許を頂きたく」

「ふむ、所領安堵の勅許であるか……」

アルカナ領は孤立しやすい地形のため、地元の支持を得ないと、奪取した後の領地経営は上手くいかないからな。

治安の安定こそが、安心安全の領地運営を行う基礎。そのためにどうしても調略に応じた者への所領安堵が必要になってくる。

「よかろう。その件、わしが請け負った。魔王陛下には、わしから経緯《けいい》を伝える」

「ははっ！　助かりまする。こういった話は、うちの当主では上手く説明できませぬからな。ステファン殿にお任せできて助かります」

「たしかにマリーダに任せるにはいささか不安があるな。勅許の件は任せておけ。他にもわしの出番はあるのだろう？　早く申せ」

「はっ！　勅許の件とは別に、こちらの場所を封鎖してもらうよう軍を出して頂けると助かります」

俺が地図で指差したのは、隣接するザズ領にあるエルフェン川とドルフェン河の合流地点となる地域だった。

「ほう、なぜ、この場所を封鎖せねばならん？」

俺が示した地域が意外だったようで、ステファンが意図を尋ねるような視線を送ってくる。

「河を封鎖し、アルカナ領への物資搬入を阻止して欲しいのです」

「ほう、アルカナ領を兵糧攻めするつもりか？　だが、糧食は貯め込んでおるはずだ」

俺は新しく1枚の紙をステファンに差し出した。

「まさか……このような事態だったとはな。河を封鎖し、食糧の流入を阻止すれば、飢餓状態になるとは」

差し出した紙には、ドノヴァン商会の者に扮した諜報組織が、各集落の備蓄状況を調べてまとめた一覧が載っている。

すぐに封鎖すれば、アルカナ領の各集落は2か月待たずして備蓄食糧を食い尽くす状況だ。

もともと、食糧は自給できる分では足りない土地であり、エランシア帝国側だった時は、アシュレイ領から輸入していたし、アレクサ王国側になった後はドルフェン河対岸の領地から輸入していた。

アレクサ王国に変わってからも、何とか食糧の確保はできていたが、この数年領内は不作、輸入先だったザーツバルム地方の食糧品高騰で、保存食糧の確保ができず、補充より消費の方が増えている。

「最長で4か月ほど封鎖して頂ければ、アルカナ領を落としてみせます」

「ふむ、封鎖で食糧危機となれば、地元派はさらにアルベルトが差し出す調略の手を取りやすくなるか」

「はい、そのようになるようすでに手は打ってあります」

隠密探索行の終了後も、アルカナ領内の集落にはドノヴァン商会が格安の食糧品を提供できると吹聴し、既存の商人たちとの切り離し工作は進んでいる。

ステファンが、例の地点の封鎖をしてくれれば、既存商人は完全にアルカナ領には到達できず、ドノヴァン商会が持ち込む食糧頼りになる事態となるだろう。

「であれば、すぐに臨検と巡視という形で、ドルフェン河とエルフェン川を周遊させる部隊を展開させよう。対岸のザーツバルム地方の兵は城に籠り、国境付近はほとんどおらぬからな。

こちらの封鎖を阻止するとすれば、ティアナからの援軍くらいであろう」

「ですね。ティアナから援軍が来たら、無理せず封鎖を解いて撤退して頂ければけっこうです。ステファン殿には国境で睨みを利かせてもらうだけで、十分に敵からしたら脅威でしょうしね」

「承知した。そのようにさせてもらうとしよう。いくさで鬼人族の獲物をかっさらうと後から文句を言われるであろうからな」

「ご配慮ありがとうございます！　アルカナ領陥落の報告の折には、魔王陛下にはステファン殿のご尽力のおかげだと書き添えさせてもらいます」

「ふむ、では急いで動かねばならんな」

ステファンが手を振ると、音もなく黒装束の者が奥から現れた。

俺の警護には、ステファンの手の者は、通しておくようにと通達してあるため、リュミナスも相手の登場に驚いた様子は見せていない。

「城に戻り、ドルフェン河とエルフェン川を封鎖するよう部隊を編制させ、すぐに出すよう伝えよ。あと、エルウィン家の調略対象から外れた者は、我が家で仕掛けろ。揺さぶりの生贄にする」

「はっ！」

黒装束の者は、ステファンの指示を受けると、すぐさま部屋を飛び出していった。

「これで数日中には、封鎖が始まるはずだ。エラクシュ家の調略に関しては、エルウィン家は徹底してよい味方を演じられるのだろう？」

「そうです、なので悪役はステファン殿に頼ってもよろしいですか？」

「任せておけ、アルベルトがいる限り、アルカナ領は我が領土にはならぬからな。徹底的に悪い役を請け負ってやろう」

上司としたら、とってもやりにくい人だけど、親戚となると、とても頼りになる。

ここは義兄に甘えさせてもらうのが、一番いい結果を招くだろう。

「では、お願い申し上げます」

「うむ、任された。では、ライアはしばらく逗留させるが、わしは明日には帝都に向かうぞ」

「承知しました。では、ライア様の送迎はエルウィン家が責任をもって請け負います」

「ふむ、よろしく頼む。エルウィン家が護衛であれば、道中の安全は問題なかろう」

その後、俺たちは夜更けまで酒を酌み交わし、両家の発展やアルカナ領を占領後のことについて、詳しく話し合うことになった。

ステファンが帝都に旅立ち、数日後。ライアがステファンの領地であるファブレス領へ帰還する日となった。

「姉上ー！　まだ、ここにいてよいじゃろう？　帰るのは早いのじゃ！」

「私もマリーダとまだまだお話ししたいことはたくさんあるわ。でもね、ファブレス領は今、旦那様も不在だし、妻として夫の帰る場所は守らなければならないのは、マリーダも分かるでしょ」

「じゃがのぅ、ベイルリア家は大身の貴族なのじゃ！　姉上がおらずとも大丈夫なのじゃー！」

「マリーダ様、わがままを言ってはいけませんぞ。ライア様はベイルリア家に嫁入りされた方。あちらの家での仕事をせねばならぬ身です」

「アルベルトのいじわる！　妾は姉上とまだまだ一緒にいたいのじゃー！」

床に転がってジタバタと暴れ出そうとするマリーダを、俺はとっさに抱きかかえる。

「マリーダ！　貴方の身体は1人のものではありませんよ！　アルベルト殿との大事な御子が宿っている身体を粗末に扱うのであれば、金輪際、私はマリーダには会いません！」

「姉上〜、そんなのは嫌じゃー！　謝るので許して欲しいのじゃ！」

温和なライアが、あそこまで怒気を見せるのは珍しい。ステファンとの間にまだ子ができてないのを気にしてるのかもしれないなぁ。

「マリーダ様、御子が生まれたら、またファブレス領へ挨拶にまいりますので、我慢してください」

「アルベルト、絶対じゃぞ！　嘘を吐いたら許さぬのじゃぞ！」

「はいはい、分かっております。私がマリーダ様に嘘を吐いたことがありますか？」

マリーダは無言で考え込み始めた。

「あらあら、まぁまぁ、夫婦の仲はアツアツねー。では、アルベルト殿、私は帰るので、マリーダのことよろしく頼むわね」

「承知しました。ライア様も道中お気をつけて」

「よーし、ライア姉さんを無事にファブレス領まで送り届けるぞ！　邪魔するやつは全部蹴散らす！　しゅっぱーつ！」

護衛部隊を率いるラトールが、部下の兵を連れ、ライアの乗った馬車を囲い、城門を出ていった。

「はっ！　姉上～絶対にすぐにまいるのじゃ！　待っててくれなのじゃ～！」

えぐえぐと号泣したマリーダが、ライアの馬車が見えなくなるまで両手を振り続けていた。

その後、紫水晶月（二月）の中旬には、ベイルリア家によるドルフェン河とエルフェン川の封鎖が始まり、物資の搬入路を押さえられたアルカナ領民たちが不安を抱き始めた。

そして、下旬にはステファンの政治力により、魔王陛下から調略対象者の所領安堵を認める勅許が下され、俺は不満の高い地元派の家臣から切り崩し工作を始めることにした。

※リヒト視点

城内の空気は張り詰め、居並ぶ家臣たちが私に向ける視線は、猜疑《さいぎ》に満ちたものだ。

食い物がなくなるかもしれない。ただ、それだけで家臣たちの忠誠が音を立てて崩れ去っていく。

「領内の食糧事情はどうなっておる。報告せよ」

「はっ！　エランシア帝国による河川封鎖でザーツバルム地方からの食糧支援は途絶。現在、一部の商人が河川封鎖をかいくぐり持ち込むもので耐え忍ぶ状況。備蓄はもって2か月あるかないかです」

家臣の報告を聞き、ギュッと拳を強く握りしめる。

アレクサ王国とのいくさに2度も大勝したエランシア帝国が、この私の身柄を狙ってくるとは思っていたが、自分が想定していた今年の青玉月（九月）よりも動き出しが早かった。

ティアナのバカ王子に要請した食糧支援は、エランシア帝国の辺境伯ステファンが行ったドルフェン河とエルフェン川の河川封鎖によって、対岸の街で山積みになり、こちら側に渡っていない。

「ティアナのオルグス殿下に使者を出せ！　ステファンの河川封鎖を解かせるため、ティアナの軍を北上させろと伝えてこい！　アルカナが落ちれば、次はティアナだと言い添えるのを忘れるな！」

「はっ！　すぐに使者を立てます！」

家臣の1人が、大広間から飛び出していく。

あの無能王子が、ティアナの軍を北上させられるかを即断できるかが、アルカナの運命を決める。

そう思うと分の悪い賭けすぎて、胃の辺りがキリキリ痛み出した。

「今しばらく耐え忍べ！　このアルカナは天然の要害。敵も簡単には侵攻などしてこぬ！　オルグス殿下がステファンを追い払えば、食糧の輸入は再開されるはずだ！　各集落で節約するよう努めよ」

居並ぶ家臣たちの眼に浮かぶ猜疑の色は、私の言葉で消える様子を見せないでいる。

まだ私が独断でアレクサ王国へ裏切ったことに対し、遺恨を持つ者がいるようだ。

アレクサ王国がエランシア帝国に敗れた噂が流れるたび、地元の家臣たちから向けられる視線が冷たさを増していた。

あのまま、クライストが皇帝になったエランシア帝国にいたら、私の首は落とされていたのだ！　命を守るための決断だったのだ！

我が家臣なら、当主の決断を良しとして黙って従うのが忠義であろう！

地元の家臣たちから投げかけられる冷たい視線に、いたたまれなくなった私は、集まった家臣たちに大広間から出るよう無言で手を振った。

「リヒト様、お待ちください！　節約だけではどうにもなりませぬ！」

張り詰めた空気を打ち消すように発言したのは、重臣のニコラスだった。地元の家臣だが、父の代から仕え、いろいろと調整を担ってくれている人材だ。

「では、ニコラス、現状を打開する策を申せ」

「策はござらぬが、エランシア帝国の河川封鎖を密かに抜け、食糧を運び込んでくれているドノヴァン商会をもっと活用するしかござらん」

「だが、新興の商人ごときに全てを委ねるわけにはいかぬ。引き続き、アレクサ国内の商人に食糧を運び込んでもらえるよう掛け合っておる。それにティアナの軍が動くまでの辛抱だ」

ニコラスはまだ何か言いたげな様子を見せたが、私はもう一度、家臣に退室を促すため、無言で手を振った。

私の様子を見たニコラスを含めた家臣たちは、何も言わず頭を下げると、次々に大広間を去っていく。

「オルグス殿下、頼むから弱気を見せるなよ」

再び胃の痛みを覚えた私は、大広間を去ると、休養するため自室に戻ることにした。

第三章　鬼人族と鉄砲

帝国暦二六一年　藍玉月（三月）

河川封鎖が始まって動揺するアルカナ領内で、うちの諜報組織が作ったドノヴァン商会が、唯一食糧を持ち込む商人として、シェアをどんどん伸ばしている。

もちろん、素性を疑われないよう最低限の食糧しか持ち込ませていない。

それでも、食糧輸入の道が途絶えたアルカナ領の者には、重宝されているそうだ。

おかげでいろいろとエラクシュ家の情報も手に入りやすくなっており、調略も徐々に進みつつある。

今の進捗度でいけば、来月にはニコラスを揺さぶるところまでは進めそうであった。

なので、今の俺は、来月の調略に備え、アシュレイ城で溜まった政務を処理しているところだ。

「アルベルト様、兎人族の例の件、第一次採用者が決まりました。選考はリシェールさんとリュミナスちゃんで行っています」

イレーナが差し出した書類に目を通す。

ふむ、第一次採用者は30名か。女性15名、男性15名。執事5名、メイド10名、料理人5名、庭師10名。

年齢層も幅広く採用してあるな。これなら、いろんな派遣要請に対応できそうだ。

「仕事の受注はどうだい？　来てる？」

「すでに3件ほど、商談に入っているそうです。いずれも最近アシュレイ領内で台頭してきた新興の商家ですね」

「予想通りの需要はありそうだね」

「はい、アシュレイ領は人口も増加してますし、商取引も以前よりさらに活発になっており、富裕層も増えております。需要は今後も順調に増えていくと思われますね」

家事代行派遣業で稼ぎつつ、領内の諜報網も拡充できて一石二鳥だな。

「とりあえず、業務に当たる者には無理をさせないことを徹底してくれ」

「承知しております。リシェールさんとリュミナスさんも、採用者にそこは徹底しておりました」

情報収集は副次的な仕事なので、危険を冒してまで手に入れる必要はなく、本業をしっかりとやってもらうのが大前提だ。

情報提供も仕事中に聞いた噂話、密談、来訪者氏名、派遣先の業績、知人友人関係などを提供するだけでいいとしてある。

こういった家の中の話は、専属で使用人を雇ってるところからはあまり流出しないが、うちの格安派遣サービスを使うと確実に流出してしまう。派遣先の顧客の情報を漏洩すると、信用問題に発展するが、人件費をケチった方が悪いと言うしかない。

それに、収集した情報は俺が使うだけで、派遣された先の者が悪いことを企まなければ、悪用するつもりはない。

まぁ、悪いことしようとしたら、即座にお取り潰しにする理由として使わせてもらうけども。その時は、マルジェ商会に迷惑が掛からないよう、告発者を別に用意させるつもりだ。

俺の諜報組織の隠れ蓑であるマルジェ商会との繋がりを、公に知られるわけにはいかないしね。

今だってマルジェ商会には、会頭として別人を立てているし、ワリドやイレーナやリシェールにも繋がりをたどられないよう、十分に気を付けて運用管理するように言ってある。

そのおかげもあり、俺とマルジェ商会の繋がりを知る者は少ない。

エランシア帝国内だと、魔王陛下とステファンがうっすら気付いている感じだが、知らんぷりをしているようで、他国に関してはほぼ気付いている者はいないと思われる。

そのマルジェ商会も領内班はマルジェ商会本店所属、国内班はマルジェ商会各支店所属、アレクサ班は偽装商会であるアレクサ王国のドノヴァン商会所属、国外班は山の民の行商人という形にして、繋がりを容易にたどれないようにしてある。

それらの各組織を指揮監督するのがワリド、上がってきた情報を統合整理するのがリシェール、資金融通をするのがイレーナで、リュミナスは防諜担当兼護衛官となっていた。
今のところ、この布陣で問題なく運用できて、十分な情報も手に入るため満足している。

「兎人族の件は、需要に応じて今後も人員を増やす予定です」

「ああ、そこは任せる。これはそちらで処理してくれ」

俺はマルジェ商会の案件を書いた書類をイレーナに差し戻す。

「承知しました。では、次はこちらの書類をよろしくお願いします」

イレーナは新たな書類を俺の前に差し出してくる。

内容は、リゼがどうしても、アルコー家の家臣に採用したい人物がいるという件か。

アルコー家はエルウィン家の保護領であるため、家臣の採用にマリーダの決裁もしくは、代行者となった俺の決裁が必要ではあるが。

いつもなら、俺が推した者をリゼがそのまま採用するという形だったはずだ。

そんなリゼが、家臣を雇いたいと頼みごとをしてくるのは、珍しいな。

「リゼ、ちょっといいかい？」

空席となっているマリーダの席の隣で執務をしていたリゼを手招きする。

「あ、うん。例の件だね」

執務の筆を止め、俺の前に来ると、リゼが1枚の書類を差し出してきた。

「この人をうちで雇いたいんだけど。ほら、去年、バフスト領の強制査察で大活躍した人」

リゼが差し出した書類に書かれていた名は、バフスト領で『勇者の剣』の残党を匿った罪で死罪となった村長の息子だった。

名はミラーといい、父の罪を恥じ入り、自らの村の兵を指揮して奮戦し、リゼの強制査察を大いに助けた男だ。

その後、父や兄弟は死罪を言い渡されたが、ミラーとその家族は、リゼとマリーダからの除名嘆願があり、皇帝直轄領になったバフスト領からの追放処分だけで済んでいる。

リゼはそのミラーという男をアルコー家の家臣に召し抱えたいと申し出ているのだ。

「気持ちは分かるが、魔王陛下の眼もあるし、家臣として召し抱えるのは、厳しいのではないか?」

バフスト領で見たミラーの指揮は、勇猛にして果断、視野も広く、兵を上手く使い、人望も厚い良将タイプで、エルウィン家には存在しない耐えて守れる指揮官にも思えた。

俺も欲しいとは思ったが、父親がグライゼ家の謀反に加担していたため、魔王陛下の印象が悪い。

「だからこそ、うちのアルコー家で召し抱えるの。エルウィン家が彼を召し抱えると、魔王陛下もマリーダ姉様と喧嘩になって困るだろうしさ。うちはマリーダ姉様のおかげでシュゲモリー派閥に復帰できたけど、まだまだ戦功を稼がないといけない家だし、魔王陛下もいつでも潰せると思ってるから、案外許してくれるかもって思うんだ」

「ふーむ……」

「迷ってるみたいだね。アルベルトが本人を面談して決めてくれないか？　それでもダメならオレも諦める！」

リゼがミラーをここまで欲しがるのは、あの卓越した指揮能力を欲してるからだろうなぁ。

バフスト領の強制査察の最後の方、リゼは総大将として号令を下すだけでよくて、彼女の家臣たちであるスラト衆の信任を得たミラーが仕切ってた感じだったしなぁ。

リゼは人望があるが、いくさの指揮は拙い、そこにミラーが指揮官として加われば、アルコー家のスラト衆の戦闘能力は激変する可能性があるんだよなぁ……。

面談し能力査定をして、採用するべきか判断した方がよさそうだな。

「いいだろう、面談して判断させてもらう」

「いやったぁ！　おーい！　アルベルトが面談してくれるってさ！」

文官たちが仕事をしている部屋に向け、リゼが声をかけると、日焼けした肌で茶色の髪をした大柄な人族の男が背を丸め、扉を開けて入室してきた。

リゼは俺が面談すると見越して、すでにミラーを隣室に控えさせていたらしい。

「アルベルト殿には、ご迷惑をおかけしております！　助けて頂いたこの命！　どうかアルベルト様のために、使わせてもらえませんでしょうか！」

ミラーは執務室へ入ってくると、すぐに俺の前で平伏した。

そのミラーに対し、能力を発動させる。

名前：ミラー
年齢：28 性別：男 種族：人族
武勇：64 統率：78 知力：61 内政：54 魅力：71
地位：元バフスト領の村長の息子

バフスト領の強制査察で見せた指揮能力通り、バランスがいい良将タイプだった。

喉から手が出るほど、今の俺には欲しい人材だ。

指揮能力はラトールが秀でているが、鬼人族の特性もあって、攻勢にしか使えないし、我慢ができない。

守勢で我慢できそうなミラーの存在は、希少性が高い人材だ。

裏切りを嫌う魔王陛下を納得させるには、対アレクサ王国戦でガンガン戦功を挙げさせてやるしかないか……。

それにリゼの言う通り、忠勤を頼りにしているエルウィン家の家臣でなければ、魔王陛下の険悪感も多少は和らぐ可能性はある。

今のミラーには、アルコー家の家臣としてスラト衆を指揮してもらうのが、一番波風が立たずにすむと思われた。

そして、ミラーがスラト衆を率いて戦功を挙げ、魔王陛下の猜疑が晴れたら、エルウィン家の家臣に昇格させるのは、ありかもしれない。

ミラーを使って、アルカナ領を攻略するとして、もう1つくらい魔王陛下が喜ぶ手土産も用意しないとなぁ。

「悪いが今のお前では、私の下で働くことは叶わぬ」

顔を上げたミラーは絶望したかのように、項垂れてしまった。

「や、やはり、父の件が……」

「そうだ。我がエルウィン家は魔王陛下に絶対の忠誠を誓う家。その家に謀反者を家臣として雇うわけにはいかぬのだ」

「……はい、やはり叶わぬ願い……でした」

立ち上がったミラーは、俺に視線を合わせぬよう一礼して部屋を出ていこうとする。

「待て！　早まるな！　まずはアルコー家に仕え、その家臣としてリゼを盛り立て、魔王陛下への忠勤を示せ！　その忠勤を魔王陛下に認められれば、お前はエルウィン家の家臣とする！」

立ち去ろうとしたミラーが足を止め、こちらに振り返った。

「私をリゼ様の家臣にしてもらえると！　そして、忠勤を示せば、アルベルト様の下で働くことも……」

「できる！　リゼ、それでいいかい？」

「オレはそれでいいよ」

「リゼ様、アルベルト様、ありがとうございます！　このミラー、アルコー家のため、エルウィン家のため、エランシア帝国のため、この命の限り一生懸命に尽くしてみせます！」

号泣したミラーが、俺とリゼに向け拝礼を行った。

指揮は冷静なんだけど、意外とハートは熱い男だよな。将来、リゼとの間に生まれた子の守役にするのもありかもしれないなぁ。

アルコー家はそのうちエルウィン家に併合して、家老格の家になる予定だし、ミラーみたいな男が当主を支えてくれると、非常に助かる。

「では、本日付でミラーをアルコー家家臣として採用することを決定する」

俺はイレーナからもらっていた書類に決裁印を押すと、決裁済みの箱に書類を入れた。

あとでマリーダと連名の書簡を送って、リゼの擁護をしておかないとな。

アルカナ領攻略でも、リゼの率いるアルコー家に戦功を挙げさせる形で予定しておこう。

「とりあえず、ミラーは指揮官としての採用。スラト領にて兵の調練をお願いしとくよ。これはオレからの任命書と指示書。スラト城の代官に見せてもらえば、すぐに対応してくれるはず」

リゼはすでに用意してあった書簡をミラーに渡す。

「はっ！　私ごときが指揮官で大丈夫でしょうか？」

「ああ、大丈夫、大丈夫、バフスト領の強制査察で、みんなミラーの指揮に感心してたからさ。反発する者は少ないと思うよ。もし、反発する者がいたら、アルコー家当主のオレに直接言うようにって指示書に書いてある。兵を鍛えるのが、ミラーの仕事。よろしく！」

「はっ！　承知しました！　スラトの兵をエルウィン家に負けないよう鍛え上げます！」

ミラーは俺とリゼに拝礼すると、書簡をしまい部屋を出ていった。

「これで、うちの兵もへっぽこって鬼人族の人たちに笑われなくなるといいなぁ」

「ミラーの手腕に期待しておこう」

「そうだね」

それから午前中の決裁を終えると、昼食休憩を挟み、午後の一番にインフラ整備部隊『土竜の爪』の指揮官レイモアと城内の一室で面会となった。

「アルベルト様、今月を持ちましてヴェス川とヴェーザー河の合流点の堤防工事完了いたしました！」

「うむ、ご苦労！　約束通り、貴殿を戦士長へ推薦し、領内の農村1つを領地として与えるつもりだ」

「で、あれば、もらい受けたい村がありますが、お聞き届け頂けますでしょうか？」

税が多い村がいいということだろうか？　いちおう、大工たちの雇用代を多少なりとも賄えるよう、税収が高い村を与えるつもりではいるが。

「即答はしかねるが、意見は尊重しよう。申してみよ」

「はっ！　では、恐れながら申し上げます！　わたしに拝領頂ける村は、開拓村よりお選びください！　まだ税が上がらぬ地ではありますが、自らが手を入れ、村民と一緒に作った村を賜りたく！」

開拓村だと⁉　あそこは、あと2年間は無税という場所だ！　マリーダ様との取り決めが優先されるため、レイモアに与えても一切税は取り立てられない。

そんな開拓村の1つを領地として与えて欲しいとは……。何か他の理由もあるのか。

「理由は自らが手を入れたことと、村民との繋がりだけか？」

「堤防工事をしつつ、水路が開通した開拓村の開墾作業も見ておりましたが、あの地はよく肥えております！　畑にすれば作物の実りはアシュレイでも上位に入ると見越しております」

たしかにレイモアの見立ては間違ってないだろう。開拓村近辺は、数年以内にアシュレイ有数の豊かな実りをもたらす地域に変貌すると思われる。

「だが、数年は待たねばならない。それまで税収は一切レイモアの懐に入らぬ。『土竜の爪』が解散となってしまっては私が困るのだ」

「アルベルト様のご懸念、心配無用にございます！　自腹を切っていた大工仕事は、エルウィン家から潤沢な資金が頂けますし、なにより予算の余り金を『土竜の爪』の運営費に回してもよいとのアルベルト様のご配慮により、資金面の不安はありませぬ」

レイモアにインフラ整備の予算見積もりをさせているが、特別に過大な予算見積もりを出してきてる印象はなく、厳しい目で予算管理をするミレビスも見積もりは問題ないとしている。

もちろん、イレーナもチェックしてオッケーしてるし、俺も問題ないと決裁した。

だから、余り金はほとんど出ないと思い、いちいち返納せず、レイモアの懐に入れていいと通達してあった。

それも、大工集団『土竜の爪』の運営に、資金がかかると見越して与えた特典だ。

「ご不安なら、堤防工事及び開拓村の水路開削で発生した余り金をまとめたこちらの書類をご確認ください」

レイモアが差し出した書類を受け取り、中身を確認する。

帝国金貨350枚ほど、余り金が出たのか。だが、予算の見積もりではこれだけの余り金は出なかったはず。

「仕事はきっちりやっております。指定された建材、工法、労働時間を遵守し、堤防と水路の完成検査は鬼人族の方にやってもらいました」

完成検査を任せた鬼人族には、破壊する時用に堤防や水路が絵図面通りに作られているかを徹底的に調査させた。

いくさに関することになれば、異常な集中力と職人気質を発揮する鬼人族の完成検査もクリアしているため、資材や工法を勝手に変えて発生させた余り金というわけではない。

「ここまで余り金が出たからくりを教えてくれるか？」

「はっ！　1つは鬼人族の方の協力です。規定の賃金を支払っておりますが、作業量が常人の5倍以上。つまり5人分の仕事をされ、工期の総人員数が削減できました」

非番時のバイトとして、鬼人族たちには、水路開削や堤防工事を推奨していたが、それが予想以上の成果を生んだということか。

「あと1つは？」

「あと1つは、追加人員として投入されたアレクサ王国軍の捕虜の数が、こちらの予想を上回り、当初より人件費の削減ができております」

昨年のアレクサ王国軍の侵攻も大勝利で、捕虜にした者で身代金を取れないやつは、無料労働力として、堤防工事に送り込んでたからなぁ。

それらの予想外の要因で、あれだけの余り金が出たというわけか。

「よく分かった」

「では、なにとぞ開拓村の1つをわたしにお与えくださいますよう、今一度お願い申し上げます」

「その願い聞き届ける。戦士長への昇格と領地の下賜は追って沙汰をする。今後とも仕事に励め」

「はっ！　ありがたき幸せ！」

レイモアはとても喜んだ様子を見せた。

村民たちとの絆も深いし、大工衆の維持管理も問題ないのであれば、希望の場所を与えて機嫌を取った方がいい。

「領地の件はこれでよいとして。本日呼び出したのは、もう1つレイモアの力を借りたいことができたのだ」

「私の力を借りたいことですか？　それは大工仕事に関するということですかな？」

「少し違う。そこの木箱の中身を見てくれるか？」

部屋の片隅に置かれた木箱を指し示す。執務室ではなく、わざわざ人のいない城の一室にレイモアを呼んだのは、木箱の中身が理由だった。

レイモアは言われるがまま、木箱の中身を確認する。

「これは……石……。いや、なにかの鉱石ですかな？」

「ここから先の話は、絶対に外に漏れぬようにしてくれ」

レイモアは人のいない部屋に呼ばれた理由を察し、無言で頷く。

「実はアルカナ領には銀鉱脈がある。規模は分からないが、その鉱石はそこから採取したものだ」

「なんと！　銀の鉱脈ですと⁉」

「声が大きい！」

「はっ！　失礼しました！　あまりにも突然のことで……」

やっぱレイモアでも驚くか。俺も驚いたしね。近場に手付かずの銀鉱脈があると知って冷静でいられる者はいない。

俺はレイモアの前に行くと、木箱の鉱石を取り出す。

「実はこれを鑑定できる者を探しているんだが、レイモアのところには探鉱の経験者はいないかい？」

「探鉱者ですか……。井戸掘り職人とかならいるのですが……。探鉱者はおりませんな。アシュレイ領内は平野が多く、鉱山もありませんので、探鉱者は近づきませんし」

インフラ建築をずっと手掛けてきたレイモアの部下になら、探鉱の経験者もいると思ったが甘かったか。

となると、領外から実績のある探鉱者を招聘《しょうへい》するしかないか。

国内班に有力な探鉱者を探すよう指示はしてあるが、どこも莫大な契約金を前金で用意しろとの返答をしてきている。

ニコラスが銀鉱脈を見つけても、鉱山開発まで手を付けられていないのは、俺と同じように探鉱者に莫大な契約金を払うあてがないためだろう。

エランシア帝国内で、鉱山開発を独力でやれるのは広大な領地を持つ大貴族である『皇家』や『大公家』くらいで、他の貴族家は複数家で探鉱者を雇い、鉱山開発を行い、出資した金に応じた利益を分配される方式が取られている。

本来なら、エルウィン家もどこか別の貴族家と金を出し合って、探鉱者を雇わねばならないが、できればアルカナ領の銀鉱山の開発は独力で行いたい。

独力で銀鉱山の開発に成功すれば、莫大な富をエルウィン家で独占でき、領内をより一層充実させることができるからだ。

もちろん、魔王陛下に目を付けられないよう、上納金としていくらか納めるつもりではいる。

マリーダや鬼人族に甘い魔王陛下なので、金遣いの荒い鬼人族が生活に困らぬよう富を持つためと、対アレクサ王国への戦費調達のためという2つの理由を付け、上納金を納めれば、鉱山の領有は容認してもらえると見越している。

そのため、なんとしても探鉱者を雇いたいのだが、頼みの綱だったレイモアの大工衆に探鉱者が存在しないことで独力での鉱山開発計画は頓挫するかもしれない。

となると、親戚のステファンと共同開発って、形にするしかないか。

「我が『土竜の爪』に探鉱者はおりませんが、実はわたしの知り合いに鉱山技術者の集団がおりましてな。エランシア帝国でいくつも鉱山を作り上げており、腕の方はたしかな者たちなのですが——」

「名を申せ！　契約条件は？　すぐに来られるのか？」

俺はレイモアの肩を両手でつかむと、激しく揺さぶる。

「は、はぁ、それが酷く偏屈な男たちでして……。何度も雇い主と喧嘩別れをしております」

「雇い主との喧嘩の内容は契約金か？」

「あ、いや、穴を掘るのが生きがいみたいな男たちで、契約金はそこまで高くないと思われます。ただ、探鉱者と違い、彼らは鉱山技術者の集団です。そのため、鉱山の開発計画にも関わり、異常な安全対策を施すため、金主の貴族と喧嘩になることが多くて、評判は芳しくありません」

その連中が、腕が立つのに国内班の情報網に引っ掛からなかったのは、出資した貴族の評判が悪かったからかもしれない。

それにしても気になるな。契約金は高くないというのが一番だが、鉱山の安全対策を異常に施すってところも気になる。

俺としてもしっかりとした鉱山を作って欲しいので、安全対策にはしっかりと留意しようとは思っているところだ。

会ってみるのもありか。条件が折り合わなければ、鉱石の鑑定だけをしてもらうのもありだろうし。

「レイモア、その鉱山技術者集団と内密に連絡は取れるか？」

「ええ、まぁ、今は仕事がなくて、定住地に戻ってると思いますので、連絡は取れますが。お雇いになるのですか？」

「条件面が折り合えばというところだ。彼らの提示する契約金と安全対策費が、うちの用意できる予算を超えなければ雇うつもりだ。折り合わなかったら秘密を守るよう金を渡して帰ってもらう」

「承知しました。仕事がなく暇な連中なので、スラト城からゴシュート族の集落までの街道を通すのに、邪魔な山に穴を掘ってくれと依頼します。鉱山の話をするにしても領内に留め秘密保持はしないといけませんでしょうしな」

「秘密保持をしてくれるのはありがたい。だが、それで来るか？」

「まぁ、来るでしょうな。穴を掘ってないと落ち着かない連中でしょうし」

レイモアの言葉に、ほんのり鬼人族と同じ匂いを感じる連中な気がした。

でも、まぁ、会ってみないと分からない。

「よかろう。それでは、招聘する役はレイモアに任せる」

「御意！　では、まずこちらに来るよう連中との交渉に入ります」

レイモアは俺に一礼すると、部屋から出ていった。

「さてと、鉱山の件は、レイモアの交渉結果を待つしかない。交渉がまとまるよう祈るしかないな」

俺は部屋を出ると、イレーナとリゼが待つ執務室へ戻ることにした。

藍玉月(三月)も下旬に入り、南国生まれの俺やリシェールが寒さに震えずに済む日が増えた。アルカナ領の情報は随時ドノヴァン商会経由で入り、食糧不安から『古参の家臣』と『地元の家臣』たちとの間で小競り合いの喧嘩が起きていることを掴んでいる。機が熟すまでは、あと少しといったところだろう。

調略の仕込みも進み、アルカナ領への侵攻も近いため、鬼人族の技術者に制作を依頼していた試作品の兵器をマリーダやブレスト、ラトール臨席のもとで検分することになった。

「試作品は、アルベルトが考案した兵器という話じゃが、あんな棒っきれが使い物になるのか?」

「まぁまぁ、見ててください」

俺が鬼人族の技術者に依頼し、試作を重ねていたのは、前世の記憶をもとに設計した火縄銃だ。黒色火薬を使用し、前装式の滑腔銃身を持つ、着火に火縄を使うマッチロック式のマスケット銃。全長130センチ、銃身長100センチの標準サイズの物を作らせた。

「標的は人を模した藁人形に鎧を着せて立たせてあり、30メートル、50メートル、100メートル、200メートルで設置してあります」

試射を行う鬼人族の技術者が、マリーダたちに火縄銃を見せ、説明を行っていく。

「能書きはいい。いくさで使い物になるかだけ、見せろ」

「親父の言う通りだ。その棒切れが役に立つところを見せろ」

「叔父上とラトールの言う通りじゃ。いくさに使えるのか、使えないのかは見れば分かるのじゃ」

武具に関する鬼人族の査定は異常に厳しい。彼らにとって武具はいくさで命を託す道具であるため、要求されるスペックが高い。

「では、説明は後にして、試射を見てもらおう」

俺が鬼人族の技術者に、一番近い場所の標的を狙うよう指示を出す。

頷いた鬼人族の技術者は、腰に下げた弾帯から、火薬と弾丸を紙で包んで蜜蝋で固めたカートリッジを取り出し、端を噛み切り、火縄銃の銃口に押し込むと槊杖《さくじょう》で突き固める。

「まどろっこしいのぅ。手間が多いのじゃ」

「いくさで、あのようにもたくさしてたら、死ぬぞ」

「ダメだな。使い物にならねぇって」

すでに鬼人族の3人には大不評らしい。たしかに準備に時間はかかるが、デメリットを消して、あまりある威力を持っている。

「御三方ともお静かに」

槊杖で突き固め終えた鬼人族の技術者が、火縄を取り出し、マッチロックの板バネに挟み込んだ。

「火縄の匂いでバレるのぅ」

「夜襲では使えんな。明かりのない場所で、火縄を点ければ、それだけでこちらの位置が露見する」

「雨が降ったら終わりだろ」

武器を見る目はたしかな鬼人族であるため、初見であるはずの火縄銃の弱点を次々に言い当てていく。

鬼人族の技術者が、火蓋を切ると、一番近い30メートルの標的に向け、弾丸を発射した。

「煙が多いのぅ。視界が遮られるのは頂けぬのじゃ」

「音もデカい。敵に対し、ここにいるぞって知らせてやるようなもんだな」

「ふーん、標準の鎧は貫通か。あの距離で当たれば即死だな。当たればな。あんな遅い弾、鬼人族なら子供でも避けるぞ」

えーっと、めちゃくちゃ不評ですか？　いちおう、敵を一撃で倒せる武器ですけど。

欠点の指摘は、ある程度見越していたが、食いつくと思っていた威力に鬼人族たちは興味を示さない。

なら、交戦距離の優位性を見てもらうか。

「つ、次、50メートルを狙え！」

鬼人族は次弾装填を終えると、50メートルの標的を撃ち抜く。

マリーダたちは、標的に近づき、火縄銃の威力を確認した。

「ダメじゃ。50メートルでも敵は撃ち抜けておるが、欠点がありすぎじゃな」

「その程度では、石を投げた方が敵を倒せる」

「これは使えない武器だ」

あれれ？　評価厳しすぎないですか？　火縄銃ですよ！　火縄銃！　戦場を一変させる最新兵器なんですけど！

「ま、まだ標的は残っております」

鬼人族の評価の厳しさに焦りを見せた俺は、次の標的を狙うよう指示を出した。

放たれた弾丸は、胸部を逸れ、腹部に当たった。

「命中精度が低いのぅ。交戦距離100メートルでは、騎馬で駆け込まれたら次弾装填中に斬られてしまうのじゃ」

「鎧も内側に凹んでおるが、これでは行動不能にするのが精いっぱいというところか」

「アルベルトが戦場を一変させる武器だって言うから期待してたが、これじゃあなぁ」

え？　え？　マジで？　貴方たちは、このロマン武器にときめかないの？　おかしくないですか？

「ま、まだ200メートルの標的が――」

「アルベルト！　その武器が役に立たぬことをワシが教えてやる！」

愛用の槍を手にしたブレストが、30メートルの標的の前に立った。

「その火縄銃でワシを狙い撃て」

は⁉　何を言って⁉　死にますって！　弾が出るんですよ！　弾、ものすごい速くて見えない弾が！

「ブレスト殿、気でも触れられたか？」

「触れておらんわ！　速く撃て」

鬼人族の技術者が、ためらいなく装填作業を進め、銃口を向けると引き金を引いた。

「はっ⁉　本当に撃つとは何てことを」

煙を押しのけて現れたブレストは、火縄銃を構えた鬼人族の技術者の首元に槍を突き付けていた。

ブレストの身体には、銃弾による傷は見られない。

「外れた？」

「違うわ。弾を斬った。あんな遅い弾など、我ら鬼人族にとって脅威ではない。ゆえに敵も容易に避けるか、斬り捨てられ、身体に傷を与えることなどできぬ。ゆえに使えぬ武器よ」

鬼人族が変態的な戦闘狂とはいえ、鉄砲の弾を斬るなんて、大道芸みたいなことができるわけが――。

標的の近くでゴソゴソして戻ってきたマリーダが、手の中の物を俺の前に差し出した。

「叔父上は嘘を申しておらぬ。あの程度の速度であれば、身重の妾でも斬れるのぅ。やってみてよいか？」

差し出された弾丸は真っ二つに断ち切られていた。

「ダ、ダメです！　って言うか、弾を斬るとかありえない！」

「いやいや、オレだってできるって」

今度はラトールが父親と同じ場所に立ち、鬼人族の技術者に撃つよう要求する。

結果は同じく、銃弾は断ち切られ、ラトールの身体は無傷だった。

「いやいや、ありえない。ありえないですから。マリーダ様やブレスト殿、ラトールだけができる技でしょ？」

「そんなことないと思うのじゃ、従士どもにやらせてもよいぞ。連中でも斬れる」

「そうだな。この程度が斬れぬやつが従士になる資格はないだろうし、ラトール、従士たちを集めてこい」

「おう、分かった。とりあえず、当たったやつは従士の資格はく奪だろうな」

「そうじゃのぅ」

は？　こいつら、変態なの？　言ってる意味が分からないんだが……。

その後、ラトールによって集められた従士たちも、ブレストと同じように30メートルの距離で放たれた銃弾を叩き斬るという技をやってのけた。

どうやら、俺はいまだに鬼人族の戦闘力を過小評価していたらしい。いや、でも普通、銃弾の弾が斬れるなんて思わないでしょ……。

それでも火縄銃の量産を諦めきれない俺は、後日、試作で作った全20丁の火縄銃を集団運用し、火力をあげるという運用法をマリーダたちに提示したが――。

鬼人族は飛んできた銃弾を避けるか、叩き落とすかして、無傷のまま火縄銃隊へ到達した。

何度も、人を替え、試したが火縄銃の弾速では鬼人族を捉えることができなかった。

「私の目論見が甘かったようだ……まさか、そこまでとは……」

「アルベルト、火縄銃はまだまだ改良の余地ありで、実戦には使えぬ」

「マリーダの言う通りだな。鬼人族には要らぬ兵器」

「おもちゃとしては楽しいけどな」

鬼人族たちの火縄銃への評価は『採用不可』だった。

「承知しました。でしたら、農民兵用の供与兵器としての採用を目指します。彼らの損耗を減らすための兵器として、ご意見をもらいたく」

採用先変更の提案をしたため、火縄銃を手にしたマリーダたちが、額を寄せ合って話し合いを始める。

先ほどまでの武器の評価は基準が『鬼人族』だった。それをいくさで臨時に動員される『農民兵』が使う兵器として再評価してもらっている。

話し合いが終了したようで、マリーダが火縄銃を俺に返してきた。

「農民兵への供与であれば、採用はやぶさかでもない。腕の差が出る近接武器や弓とは違い、一定の動作でそれなりの命中精度は出るし、訓練もそこまで必要とせず扱える。高所の陣地に籠り、交戦距離100メートルで狙い撃てば、敵の反撃は受けず一方的に蹂躙できると思うのじゃ。改良点があるとすれば、近接戦闘用の武器を取り付けられるとよいのぅ。長さ的にも短槍くらいはあるので、そこを活かしたい」

「農民兵への供与する兵器であれば、改良を重ね、採用という道もあるな」

「農民兵どもは弱っちいからな。連中が遠くからそれなりに正確に狙える武器って感じならありだと思うぜ」

マリーダの出した農民兵への供与兵器としての火縄銃総評に、ブレストもラトールも頷いてくれた。

「ありがとうございます。では、農民兵へ供与する兵器として改良試作を拡大させてもらいます」

こうして頓挫しかけた火縄銃の量産化は、マリーダたちの賛同を得て、一歩進むことになった。もちろん、火縄銃の技術は、国外に流出しないよう厳重に管理して開発をしている。

相手が鬼人族では、役に立たない兵器でも、一般兵にならば相当な脅威と火力になるはずなので、アルカナ城攻略の際、どこかで実戦投入をしてみたい。

そんなことを思いながら、マリーダの指摘した改良点をもとに新たな絵図面を起こし、鬼人族の技術者に渡して、改良作業に取り組ませた。

※オルグス視点

「殿下、リヒト殿からの救援を求める使者が、またまいりました！　こちらが書簡です！」

近侍の者が執務室に走り込んできて、わたしの前に書簡を差し出してくる。

どうせ、また同じ内容であろう。ティアナの軍を北上させ、ステファンの河川封鎖を解けというやつだ。

傍らにいたザザンが、近侍から書簡を受け取ると、中身を開く。

「殿下、どうされるつもりですか？」

「待て！　今考えておる！　ステファンが、船を出して河川を封鎖しておる場所にのこのこと軍を進めれば、どこからか奇襲を受けるかもしれぬだろう」

リヒトの要請に従い、アルカナ救援のため、ティアナの軍を動かすとなれば、わたし自身が兵を指揮しておらねば、地に落ちつつある父の評価を上げることは叶わぬ。

だが、下手にティアナから出て、敵の奇襲を受ければ、自らの命を危険に曝しかねないため、足の震えが止まらなかった。

「殿下、このままではアルカナは落ちますぞ！」

「分かっておるわ！　馬鹿者が！　アルカナ領の救援は急がねばならぬが、エルフェン川を下り、エルウィン家がティアナを狙っているという話もあるのだ！」

「殿下、エルウィン家がアルカナ領を落とさず、このティアナを狙うなどということはありませぬ！　ここはすぐに兵を北上させ、ステファンを打ち払うべきです！」

ザザンが、珍しく語気を強めて、わたしに出兵するよう促してきた。

「だが、ステファンと戦っている間に、あのアルベルトがいるエルウィン家が黙っているわけなかろう！　こちらを出し抜く策を狙っておるはずだ！」

「だったとしても、進むべきです！　殿下が、このままティアナで手をこまねいていれば、アルカナ領は食糧不足で降伏し、後方基地を確保したステファン軍とエルウィン軍が押し寄せますぞ！　そうなれば逃げる先は王都のみ！　外征の成果なく王都に戻れば、殿下は廃嫡され、私も宰相の任を解かれ、責任を取らされるでしょう！　それでもよいのですか！」

いつも卑屈な態度を見せ、床へ這いつくばっているザザンが初めて見せた鬼気迫る表情に気圧される。

「わたしに、そこまで言うからには、ザザンも来るのであろうな！」

「当たり前です！　先陣は私が務めますぞ！　さぁ、早くお支度を！」

本当に今が出陣する時であろうか……。ティアナの軍は5000名。ステファンが河川封鎖をしている部隊は全部集めても1000名ほど。普通に戦えば、負けるわけがない。だが、アルカナ領侵攻にみせかけ、こちらを誘いだしているのではないのかとの疑念が晴れない。

罠でないという確証が欲しい。前年の侵攻で総大将を務めたブロリッシュ侯爵も多数の護衛兵に守られていたが、首を獲られ命を失っている。

やはり、もう少しだけ相手の出方を待ち、それから救援に向かう方が罠ではないという確証を得られるだろう。

「やめだ！　出兵は取りやめだ！　まだ、出ぬ！　リヒトには今しばらく耐えよと、使者を送れ」

「殿下！　この期に及んで臆病風に吹かれたか！」

「違う！　臆病風などではない！　わたしにとっては人生を賭ける一戦！　確実に成果を挙げられる時を狙っておるのだ！　それくらい分かれ！」

ザザンは手にしていたリヒトからの書簡を破り捨てると、怒気を隠さずそのまま退室していった。

「わたしは負けるわけにもいかぬし、命を失うわけにはいかぬのだ！」

軽率な出兵をして、敵に打ち破られ絶対に死にたくはない。わたしはアレクサ王となるべき人物なのだ。絶対に死にはしない。

足の震えは、先ほどよりも強くなり、いくら叩いて止めようとしても、震えは収まる様子をみせなかった。

第四章　エラクシュ家、家臣団の崩壊

帝国暦二六一年　金剛石月（四月）

臨月を迎えたマリーダの近くにいたかったが、エラクシュ家家臣への調略を進めねばならず、俺は再びドノヴァン商会の副会頭ベルトとして、アルカナ領に入り、エラクシュ家の家臣の家々を訪ねていた。

今のアルカナ領は、ステファンが行った河川封鎖の影響で深刻な食糧危機の真っ最中だ。

ドノヴァン商会以外の商人は、河川封鎖のリスクを嫌ってアルカナ領への物資搬入を断り、うちが持ち込む食糧だけが、アルカナ領の大半の集落を飢餓寸前からギリギリ守っている。

うちとの取引を断った集落は、すでに保存食糧を食い尽くし、野草や小動物を食べているらしい。

アルカナ領内は、サバイバル生活も真っ蒼の危機的な状況に追い込まれている。

「うちに卸してくれるって言った量の1割もないじゃないか！　これじゃあ、飢えてしまう」

面会した地元派の家臣に対し、ワリドと俺が頭を下げた。

「も、申し訳ござらん。実は、古参の家臣の方が食糧を持ってこいと言われまして……。私どもとしても商売の約束を守らねばならぬと申したのですが、地元の家臣の連中など、捨て置けと申されまして、勝手に持っていかれてしまったのです」

「義父上は、相手の方に抗い、このような仕打ちを」

ワリドは、顔に青あざに見える化粧を施していて、それを見た地元の家臣は顔を真っ赤にした。

「もう我慢ならぬ！　食糧を運んでくれる大事な商人であるバリド殿に、このような仕打ちをしただけでなく、我が家が購入する予定だった食糧を掠めるとは！　槍を持て！　そいつを討ち取ってやる！　いつまでもこちらを見下しやがって！」

怒気を発した地元の家臣は、槍を手にして集落の若者を集め、持ち込んだ食糧を掠めとった古参の家臣の集落へ向かっていった。

「ニコラス殿に止めてもらうよう至急連絡を」

「は、はい！　すぐに伝えてまいります！」

近くにいた若者が、ニコラスのいる集落へ向け駆け出していく。

食糧危機が深刻となり、食糧を巡る小競り合いは激化の一途をたどっていた。

というか、俺たちが激化させているんだけどね。

わざと古参の家臣への食糧供給を多めにし、地元の家臣は減らすことで、両者に横たわる深い溝にくさびを打ち込み続け、溝を拡げ続けた。

おかげで、アルカナ領は古参の家臣と地元の家臣でいがみ合い、お互いに協力をして難局を乗り切ろうという気持ちは失せている。

　そして、２つの家臣団を繋ぎ合わせていたニコラスも頻発する小競り合いの仲裁によって、疲れ果て、アルカナ領の未来を憂い、エラクシュ家への忠誠も揺らぎ始めている。

　ニコラスが自らの集落の者を率い、騒動を収めに走ったのを確認すると、荷馬車に戻った俺たちは、人気のない場所に移動する。

「そろそろ頃合いでしょうな。３名ほど、ステファン殿の仕掛けた調略に乗った地元の家臣をリヒトに差し出しましょう」

「ステファン殿には、後で礼をたっぷりとせねばいけないね。うちが所領安堵する者のリストから外した者を釣り上げてくれたわけだし」

「ええ、こちらの調略が上手く進むよう助力してくれたというわけですな」

　リヒトと、地元の家臣の間を完全に引き裂くため、生贄にする家臣を釣り上げる汚い役目をさらっとやってくれる頼れる義兄には惚れてしまいそうだ。

　生贄とする家臣を自分たちで釣り上げていたら、ニコラスを説得できない可能性があった。

だが、その汚れ役を義兄が肩代りしてくれたおかげで、エルウィン家は地元の家臣をキチンと守るという大義名分を掲げることができるのだ。

　ライアの件もあるし、今度訪問する時、山の民謹製の精力剤を送るのもありだな。

「ステファン殿から提供してもらった生贄を使い、リヒトが裏切者を処分するよう仕向けてくれ」

「はっ！　すぐに敵の手に書簡が渡るようにいたします。書簡を手に入れたリヒトは、古参の家臣に押し切られ、近いうちに裏切り者を処分するでしょうな」

「ドノヴァン商会の名前もそろそろ使い捨てる時期が来てる。アレクサ班は、新商会へ移行したかい？」

「はい、すでにアレクサ班の人員の9割は新商会に移っております。ドノヴァン商会がエルウィン家の息のかかった商会だとバレても、アレクサ班の人員を捕捉できないようにしてありますぞ」

「ちょっと、もったいない気もするが、敵国内に作る偽装商会は、謀略ごとに使い捨てないと危険だからね」

「諜報は組織の安全を第一に考えねばなりませんぞ。まぁ、アルベルト殿に言うことではありませんが」

「正体を掴ませないのが大事。よし、リヒトが地元の家臣を処刑した時点でドノヴァン商会の活動は停止する。活動停止後、残りの人員は、速やかにアルカナ領を脱出し、身分を変え、新商会へ合流するよう通達を出すように。そして、私がニコラスへの面会後は、諜報活動の担当を国内班に移行する」

「はっ！　承知しました」

「リヒトが動くまでは、しばらく休憩だな」

それから、3日ほどがすぎ、事件は起きた。

河川封鎖を続けるステファンへ内応する旨を記した地元の家臣の書簡が、古参の家臣の手に渡り、リヒトによって呼び出された3人が、城内で誅殺され、城の前に首を晒された。

おかげで、アルカナ領内は朝から蜂の巣を突いたように騒がしくなっている。

古参の家臣は『地元の家臣』たちが反乱を企てているとして、リヒトに討伐するよう進言を続けているし、地元の家臣たちはニコラスのもとに集まり、誅殺された3人のせいで、主君はこちらを見限ったと騒ぎ立てていた。

情報の錯綜《さくそう》、混乱、様々な者の思惑、目の前に迫った飢餓や敵国の影に、アルカナ領民は誰もが混沌とした状況に投げ込まれ、正常な判断をできずにいる。

「これでようやくニコラス調略の下地が整ったようだね」

「面会にまいりましょう。すでにドノヴァン商会は活動停止。護衛と国内班の者は脱出路に配置完了しております」

「手早い仕事には感謝だね」

「アルベルト様のお命は、ボクが必ずお守りしますので、ご安心を！」

「頼りにしているよ。リュミナス」

ワリドの運転する荷馬車は、地元の家臣でエラクシュ家の重臣であるニコラス・フォン・ブラフの集落へ向かった。

ニコラスの集落には、リヒトの処刑に動揺した地元の家臣たちが押し寄せ、酷い人だかりになっていた。

「ドノヴァン商会のバリド殿だ！　通せ！　通せ！」

こちらの荷馬車を見つけた者が脇に除け、集落へ入る道ができる。

「すみません、ニコラス殿へ面会をしにきたので通してもらえますか」

詰めかけていた地元の家臣も世話になっているドノヴァン商会に気を使い、次々に脇に寄っていく。

「おぉ！　バリド殿、よくぞいらしてくれた！　皆の者、これより私はバリド殿と話し合うことがある。とりあえず、今日は各自の集落に戻られよ。話はきちんと聞く」

やつれた顔のニコラスが、押しかけた地元の家臣たちに集落へ戻るよう頼むと、1人、1人、集落へ戻っていった。

「ふぅ、お見苦しいところをお見せした。ささ、屋敷の中へ。ご相談したいこともありまして」

「ご苦労されておるようですな。心中お察しします。こちらも婿がご相談したいことがあると申しておりましてな」

「ベルト殿が？」

ニコラスは、俺の顔を見ると、一瞬考え込んだが、すぐに屋敷に迎え入れてくれた。

屋敷の一室に通されると、早速ニコラスの方から話を切り出してくる。

「バリド殿、もう少し、食糧の方はどうにかならぬだろうか？　このままでは収穫前に餓死者が出てしまう状況なのだ。食糧が足りぬため、諍《いさか》いが絶えず起き、領内は騒然としておる」

「ですが、エランシア帝国の軍が、ドルフェン河とエルフェン川を封鎖しておりましてな。我々も敵国の眼を盗んで運び込むには限度があります」

ワリドの返答を聞いたニコラスは、さらに表情を暗くした。

地元の家臣たちの集落で、食糧を融通し合っても1か月後には、どこも食糧が尽きるはず。

古参の家臣は、食糧の融通に協力し合う気はゼロ。

そして、領主リヒトは領内の多数派を占める地元の家臣の反乱を恐れて、ニコラスからの提案に聞く耳を持たない。

彼は板挟みになって、にっちもさっちもいかなくなっていた。

このまま、無駄に時をすごせば、アルカナ領内は餓死者で溢れる状況だ。

「どうやら、とてもお困りのご様子。で、あれば、私からニコラス殿へのご提案をお聞き頂いてよろしいでしょうか？」

「ベルト殿の提案か。よかろう、聞かせてもらう」

「はっ！　では、ご提案させてもらいます。アルカナ領内の惨澹《さんたん》たる状況を回避するには、隣接するエルウィン家によしみを通じるべきと心得ます」

俺の提案を聞いたニコラスは、驚いた表情を浮かべた。

「な、なにを申される！　エルウィン家は、敵国だぞ！　そことよしみを通じよとは！」

「ですが、アルカナ領の食糧危機を回避するには、豊富な食糧を持つ、エルウィン家に頼る道しかございません。義父上もそう思いませぬか」

「婿殿の言う通りですな。すでに周囲をエランシア帝国に囲まれ、河川も封鎖されたアルカナ領は食糧を自前で補えませぬ」

「バ、バリド殿までそのような！　正気ですか⁉」

「正気ですぞ。エルウィン家によしみを通じることこそ、アルカナ領の未来を明るいものにする道です」

「わ、私はエラクシュ家の家臣だ！　信頼するドノヴァン商会のバリド殿やベルト殿の言葉とはいえ、敵国と通じることはできぬ！」

「地元の家臣は、エランシア帝国領でいたかったのに、領主のリヒト様が、自分の都合で勝手にアレクサ王国に鞍替えして、今のような状況になっているのに、まだそのようなことを申されるのですか？　ニコラス殿の眼には飢餓に苦しむ領民たちの姿が映っておられないのですか？」

「ぐぅ！　領民の苦しみは日々感じておるわ！　だが、主君を裏切るわけにはいかぬ！」

「主君は、ニコラス殿のその言葉を信じておりませぬ。疑っており、城で地元の家臣を謀殺しております」

俺の言葉にニコラスは動揺を隠せないでいた。

「バリド殿、ベルト殿、お主らは何者だ！　商人ではあるまい！」

腰の剣に手を掛けたニコラスに対し、リュミナスが動きを牽制するように立ちはだかった。

俺はニコラスが動かないことを確認すると、ゆっくりとベルトとしての化粧を落とす。

「ニコラス殿、お初にお目にかかる。エルウィン家のアルベルト・フォン・エルウィンです。以後、お見知りおきを」

「っ⁉」

俺をドノヴァン商会の副会頭ベルトだと思っていたニコラスが、正体を知って目を見開く。

驚くのは当然だ、境を接する敵国の家臣が目の前にいるのだから。

「商人だと身分を偽って、アルカナ領の内情をいろいろ探っていたことは、お許しください」

「最初から計算して、我らに近づいたのか……」

「いいえ違います！　我々エルウィン家として欲しいのは、領主リヒトの身柄のみ。そのためだけに、元は同じエランシア帝国民であるアルカナ領民を飢餓に陥らせる河川封鎖はやめるべきだとステファン殿に言上しました。ですが、ステファン殿は我らの意見を取り上げず単独で河川封鎖を実施してしまいました。これでは大量の餓死者が出ると思い、内情を探るため使っていた商人の身分を使い、密かに食糧の提供を続けていたのです！」

ステファンには、事前に悪者になってもらうという内諾は得ている。

そのおかげで、うちはアルカナ領民を救うため、救援活動をしていたことにできた。

「ぐぅ……」

「重ねて申し上げます。我らエルウィン家が欲するのは、領主リヒトの身柄のみ。そのためだけにアルカナ領民を苦しめたくなく、このような仕儀《しぎ》と相成りました。ニコラス殿、エルウィン家を頼られよ。アルカナ領民に明るい未来を見せられるのは、エラクシュ家ではなく、エルウィン家のみ！」

「黙れ！　敵と話すことはない！　命は取らぬから出ていけ！」

剣を抜かず、こちらに退室を促すニコラスの顔は、苦渋に満ちている。

まぁ、当然の反応。食糧輸入の最後の頼みの綱が切れ、ニコラスは領民を食糧危機から守るか、主君を敵国から守るかで、心がせめぎ合っているのだろう。

ニコラスの天秤は、俺が作り出した状況で、大きく揺れ動いている。

「ニコラス殿がエルウィン家に降《くだ》れば、アルカナ領民への食糧供給は私が保証します。アシュレイの地は食糧が豊富であり、エランシア帝国領だった時は、アルカナ領へ輸出していた繋がりもあります！　それに地元の家臣の皆様の所領を安堵する勅許も魔王陛下より頂いており、今までと同じ待遇でエルウィン家へ召し抱えさせてもらいます。ですので、何卒、我が軍門に降られよ！」

俺はエルウィン家へ降伏することで得られる条件をニコラスに示した。

「うるさい！　出ていけ！　二度と顔を見せるな！」

剣を抜かないということは、ニコラスもまた迷っている状況が続いている。

あとは仕上げの謀略を絡めれば、ニコラスは折れ、地元の家臣はこちらになびくはずだ。

「承知した。今回は帰らせてもらう。降伏への回答期限は2週間。2週間すぎれば、エルウィン家はアルカナを攻めます。食糧のないアルカナ領を落とすのは幼児の手を捻るのよりも簡単です」

ニコラスは喋る気力も失ったのか、追い払うかのように手を振った。

俺たちは襲われることなく、そのまま屋敷を出ると、門の前で家人や集落の者に聞こえるよう、もう一度ニコラスへ念押しすることにした。

「ニコラス殿、エルウィン家アルベルト・フォン・エルウィンとの約定！　お忘れなく！　アルカナ領の未来は貴方の決断にかかっておりますぞ！」

これで家人や集落の者もニコラスが、エルウィン家の軍師と面会していたという事実ができた。俺が今のところ欲しかったのは、『ニコラスが俺と会った』という事実だけだ。

その事実があれば、古参の家臣といがみ合い、領主への忠誠を失っている地元の家臣たちの調略は容易に進む。

なぜなら調略は、調略だけでなく、謀略も混ぜると劇的な効果をあげるからだ。

すでに主君から心が離れている地元の家臣たちの拠り所は、人望の篤《あつ》い重臣ニコラスだ。

そんな者たちの耳に、『ニコラス殿も敵国と面会している』って囁くわけさ。

あとは相手が勝手に想像してくれる。俺は事実しか言っていないしな。

拠り所としているニコラスが、エランシア帝国に与するなら、自分もって動く者が増える。

エルウィン家へ内応を承諾する者が増えれば、いずれリヒトも事態を捕捉するだろう。

地元の家臣の内応を恐れ、追い込まれたリヒトは、事態を収拾するため、重臣ニコラスを処断する選択を下すしかなくなる。

ステファンの策略によって裏切った地元の家臣と同じように、城へニコラスを呼び出し謀殺するはずだ。

こちらへの内応を約束した地元の家臣たちを使い、ニコラスの登城を引き止めれば進退に窮した彼は、領民の命を選び、こちらの手に落ちるだろう。

こちらにニコラスが落ちれば、あとは八百長のいくさを申し合わせ、いくさに敗れて捕虜となってもらい、リストに載せた者ともどもアシュレイ領に家族ごと移送し、身柄の安全を確保する。

ニコラス始め、リストに入れた者たちは、アルカナ領奪取後の領地経営に必要な者たちだ。

そのため、1人たりとも失うことなく、なんとしても助けたい。

謀略の第一段階を達成した俺たちは、ニコラスの集落から姿を消すことにした。

翌日から地元民に扮したマルジェ商会の国内班が、アルカナ領内を走り回り、地元の家臣たちに『ニコラス殿がエルウィン家の軍師と密談した』という話を流し始めると、瞬く間に噂は広がった。

ニコラスが、エルウィン家への内応を考えていると、早とちりした者は、こちらの調略にすぐさま反応し、所領安堵と食糧支援を受け入れ、内応者となった。

その後も続いた調略の結果は、リストに載せた地元の家臣全員が、エルウィン家への内応を約束してくれるという形になった。それと同時に、リヒトの呼び出しに応じないよう、ニコラスを守ることにも合意してくれた。

※リヒト視点

どうしてこうなった。自分が何を間違えたのか分からない。

大広間に並ぶ家臣たちは、櫛の歯が欠けたように数を減らしている。

ステファンに内応を約束していた地元の家臣3人を、古参の家臣たちに押し切られて、城内で謀殺してから風向きが激変した。

これ以上反乱を企まぬよう、裏切り者を斬って首を晒し、引き締めを図ったつもりだったが、あれ以来地元の家臣たちは病気と称し、1名たりとも城に登城してこなくなってしまった。

エランシア帝国を裏切った私に対する忠誠心が薄かった地元の家臣たちは、あの一件でこちらを見限った可能性は非常に高い。

それに加え、領内の食糧事情が危険な領域にまで達している。

原因は、唯一領内に食糧を運び込んでいたドノヴァン商会すらも来訪しなくなったせいだ。

今年の麦はまだ実を付けておらず、食べられそうなものは、食べ尽くしたという集落も出てきており、食糧を巡り家臣同士での騒動も絶えない。

「オルグス殿下の軍はまだか……」

「時機を窺うため、今しばらく耐えよとのこと」

報告を聞いた古参の家臣たちの視線がこちらに向くと、胃の痛みが増した。

肝心なところで弱気を見せおったか……。あのような者が王位継承者では、アレクサ王国は長くないかもしれんな。私も裏切る国を見誤ったようだ。

「ワレスバーン家に使者を送れ、アルカナ領が持ちこたえられそうになかったら、そちらに亡命すると」

現当主のドーレスには、現皇帝のクライストへの虚言を仕掛け、皇帝選挙で追い上げを演出してやり、借りを作ってある。

選挙には負けたが、皇帝になってから、やたらと強権を振るいたがるクライストのことでも、苦々しく思っているだろう。

以前は分家出身のドーレスに対し、恩着せがましくあれこれと私が意見したため、関係がこじれたが、こちらが低姿勢に出れば、同じ熊人族でワレスバーン家の血を引く者として、きっと亡命を受け入れてくれるはずだ。クライストの眼の届かない僻地《へきち》に小さな領地をもらい、捲《けん》土重来《どちょうらい》を期すしかあるまい。

できれば、そんな事態を避けたいが、自分の命がかかっているため、念には念を入れて安全策を講じておく。

「はっ！　すぐに使者を送ります！」

ワレスバーン家への亡命を口にしたことで、古参の家臣たちの視線も幾分か厳しさが緩んだようだ。

これで離反は阻止できるはず。あとは、クソッタレ王子が重すぎる腰を上げるまで食糧が持つかというところだが……。仕方あるまい、城の備蓄を放出するしか、今の危機を越えられぬ。

「各集落へ城の備蓄を放出する。食糧の乏しい者はすぐに申告せよ。ただし、備蓄を放出するのは、ここにいる者だけだ。登城しておらぬ者へは放出せぬ」

古参の家臣たちは、自分たちがもらえる量が増えると思い、喜色を浮かべている。

2割の兵でしかないが、ゼロよりはマシだ。

「本日の会議はこれにて終了。各自、それぞれの責務を果たせ」

「「「おぅ！」」」

大広間から家臣たちが立ち去っていく中、1人の家臣が周囲の様子を窺っていた。

「リヒト様、内密に申し上げたいことがあります。お時間は取らせませぬ」

退室せずに残っていた古参の家臣の様子が、いつもと違うため、手招きして呼び寄せる。

「ありがとうございます！」

古参の家臣が差し出したのは、一通の書簡だ。

『家臣の中に、またステファンと通じている者がおります』

渡された書簡を開くと、中には古参の家臣の名が記されている。

中身を読み進めると、ステファンが兵を率いてアルカナ城へ侵攻した際、城門を開き内応すると書き記されていた。

長く仕えて、所領も多い、重鎮とも言える者の名が記された書簡を床に叩きつけた。

「どいつもこいつも裏切りか！」

「どうされますか？」

書簡を拾い上げた家臣が、裏切り者の処遇をどうするか尋ねてくる。

「決まっている。裏切る前に処分する。本日決まった備蓄の放出の件で話があると呼び出せ」

「はっ！　承知しました。首を討つ者もご用意します！」

「うむ。重鎮の家臣であろうが、私を裏切ればどうなるか示してやれ」

無言で頷いた古参の家臣が、大広間を駆け出していった。

夕刻となり、こちらの呼び出しに応じた重鎮の家臣は、大広間で捕縛され、その場で首を刎ねると、そのままずっと大広間に晒した。

大広間に晒された重鎮の首によって、私を裏切ればどういう末路をたどるか示せているはずだ。

あとは、なんとか耐えきって、オルグス殿下がティアナの軍を率いて北上するのを待つしかない。クソ王子、早く動け。このままだと、ワレスバーン家に頼らざるをえない状況になる。

痛む胃を押さえ、今日も会議を行うことにした。

第五章　重臣ニコラスの陥落

帝国暦二六一年　翠玉月（五月）

調略が予定以上に順調に進み、ニコラスに言い渡した約束の2週間が瞬く間に過ぎ去った。

あまりに順調に地元の家臣の調略が進んだため、オプションだった謀略を発動させてある。

地元の家臣たちが出仕をしなくなったことに、焦りを感じた古参の家臣から、ステファンの調略に吊り上げられる者が出たのだ。

それを新しい生贄として、使わせてもらった。

もちろん、リストに入れてない古参の家臣であるため、うちに受け入れる気はない。

なので、その者が内応を約束すると書いた書簡をリヒトの手に渡るように仕込んだ。

おかげで効果テキメン。疑心暗鬼に陥ったリヒトは、古参の家臣すらも城内で討った。

俺はその報告を、国内班が諜報活動の拠点としている民家でワリドから聞いていた。

「アルカナ城内は、古参の家臣の内応者を処刑したことで、相互不信に陥っていますな」

「こちらが攻めれば、進んで城門を開いてくれる使い捨ての内応者は残しておいてくれ」

「承知しておりますぞ。怪しまれない者を2～3名は確保しておきます。エラクシュ家を沈む船と見切った者が、内応するため、多数接触してきておりますからな」

「まぁ、リストには残してないし、今頃になって騒ぐ連中はいらない」

「心得ております。内応後は鬼人族の方に処分してもらいましょう」

ワリドが底意地の悪い笑みを浮かべる。俺も彼と同じような顔をしているんだろうな。

多くの者を騙し、命を奪うであろう俺が、この世界で生を終えた後は、地獄に落ちるだろうが、そんな些末なことはどうでもいい。

今生きてる世界で栄耀栄華を極め、子供や嫁に楽な暮らしを与えるのが俺の使命だからな。

そのためには、いくらでも冷酷になれる自信はある。

「これでアルカナ城が落ちれば、アルベルト殿の名は知れ渡り、エルウィンの『鬼使い』と呼ばれるでしょう」

「その異名、何とかならないのか?」

「いくさ職人である鬼人族を従え、凡庸な者の発想では及ばない領域の神算鬼謀を発揮しうる者として『鬼使い』ほど、ぴったりなものはないと思いますが。リュミナスもそう思うだろ?」

「え? あ、はい。ボクも『鬼使い』の異名は、アルベルト様に似合っておられるかと思います」

もっとこうなんか『独眼竜』とか『麒麟児』とか『驍将《ぎょうしょう》』とかって厨二心をくすぐるのがあるでしょ。『鬼使い』って……。

「異名はよしとしても、名が知れ渡るのは困るなぁ。今回みたいな潜入での謀略が仕掛けにくくなる」

「ですね。アルベルト様は、アレクサ王国では大金をかけられた賞金首になっておられますし、気を付けねばなりません」

「分かってる。で、この2週間で、リュミナスの構築した警戒網に捕まった暗殺者や密偵は何人？」

「20名です」

意外と多かった。それだけ、俺の命や情報を欲しがる者がいるってわけか。

潜入中の身バレは、気をつけないとな。

「アルベルト殿には、そろそろ影武者も必要かもしれんな。派手な衣装をして顔を誤魔化しておくといい。そうだ、この仮面なんかどうであろうか？」

ワリドが国内班の密偵が使っていたと思しき銀色の仮面を差し出してくる。

仮面か。目立つが顔が隠せ、影武者を作るのが容易になるし、顔バレ防止になるか。

俺は受け取った仮面を付け、鏡の前に立つ。

案外悪くない。目元が隠れるだけで、かなり誤魔化せるようだ。

「とりあえず、公の場には今後この仮面を付けて出るよ。そうすれば、俺と同じ体格の者を影武者にしやすくなるだろ？」

「それがいいかと。ボクも警護がしやすくなります。常時3名ほど同じ格好で行動させれば、敵は狙いを絞れませんしね」

あと、神出鬼没な人間を演出できる効果もある。今は俺が不在になると、敵も情報を掴みやすいが、影武者がいればそれも回避できる。

「よし、影武者の件は進めてくれ」

仮面を外し、リュミナスに手渡した。

「承知しました。選定をしておきます」

「では、本題であるニコラスの回答を聞きに行くとしよう」

俺たちは国内班が諜報拠点にしている屋敷を出ると、ニコラスの集落へ馬車を走らせた。

「ニコラス殿、回答期限がまいりましたので、再び会いに来ました」

「………………」

ニコラスは、2週間前よりも、さらに痩せこけている。

リヒトに内応を疑われ、弁明のため城へ登城するよう言われているが、エルウィン家への内応を決めた地元の家臣たちが必死に押しとどめ、今日の日を迎えた。

「エラクシュ家の家臣団はいがみ合い、領主リヒトは家臣たちに対し疑心暗鬼。領民は明日の食糧がなく飢えている。この状況をどうにかできるのは、ニコラス・フォン・ブラフ殿しかおらぬと以前も申したはず」

「…………」

ニコラスは黙して語らず、自らの両手をジッと見つめたままだった。

「領主リヒトに殉じて、アルカナ領民をさらに苦しめる籠城戦を行うか。アルカナ領民の未来のため、エルウィン家にその身を託すか。この場でご返答頂きたい！　ニコラス殿の返答なくば、即開戦となり、いくさの常道として、敵に利用されぬようこのアルカナの土地を荒らさねばならない。私はそれをしたくないのだ！　頼む！　エルウィン家に身柄を預けられよ！　アルカナ領民のため、ニコラス殿のその力を使って欲しいのだ！」

俺はニコラスの手を握る。

彼が降り、もともと親エランシア帝国である地元の家臣たちをまとめ上げ、アシュレイ領から食糧を運び込めば、リヒトを見限っている者が多いアルカナ領は、すぐに落ち着いた統治を行える場所になるはずだ。

「魔王陛下より、すでに所領安堵の勅許は頂いております。我らエルウィン家が欲するのはエラクシュ家当主リヒトの身柄のみ！　アルカナ領民の命では非《あら》ず！」

「うぬぅ……」

ニコラスの天秤は、内応に傾いているようだが、最後の一歩が踏み切れないらしい。

領主への忠誠、領民の命ともに彼にとってはどちらも大事なことだ。

　これだけ真剣に悩むニコラスへ、俺は最後の一歩を踏み切らせる策を告げることにした。

「でしたら、私も最大限の譲歩をいたします。ニコラス殿は、我がエルウィン家の軍勢に捕らえられてください。近々、我らはアルカナ領に軍勢を進めます。その際、こちらに戦闘を挑んで欲しい。力及ばず、捕らえられたという形で、我が家の捕虜になって頂けば、領主への忠誠は尽くしたと言えるはず！　捕虜となり、進退窮《きわ》まったニコラス殿は、我が家に仕える。この筋書きであれば、貴殿の忠義も面目が立ち、アルカナの領民の命も救える！」

　俺の策を聞いたニコラスは、顔を上げる。

「…………。承知した。アルカナ領民のため、この身をエルウィン家に託すとしよう！」

　内応を許諾したニコラスが、俺に対し深々と頭を下げた。

　やっと落ちた。苦労したが、ここまでやれば、エラクシュ家からの内応に対し悔いはなくなり、アルカナ領民とエルウィン家のために、力を尽くしてくれるはずだ。

「承諾して頂きありがとうございます！　早速ですが、ニコラス殿を始め、地元の家臣たちの一族郎党ごと安全にアシュレイ領に脱出してもらうための、偽りのいくさの話し合いをさせてもらいます！　ニコラス殿は、すぐに主だった者を集めてください」

「わ、分かりました。おーい、集落に詰めている者たちを呼んでくれ」

　ニコラスは、別室にいた家人に指示を送る。すぐに内応を決めていた地元の家臣たちが集まってきた。

アルカナ領内でいくさをするにしても、うちもできるだけ損害は避けたいし、ニコラスたちは大事な領地経営を担う人材であり無事保護したい。俺はわがまま軍師なので、2つの目標を達成できるよう計略を用いることにした。

集まってきた者たちの前に、鬼人族が作り上げた詳細なアルカナ領の地図を広げる。

「こんな詳細な地図初めて見たぞ」

「エルウィン家はこんな地図を使っているのか！」

「これでは丸見えではないか」

詳細な地図に驚きを見せた地元の家臣たちを手で制する。

「では、今後行われる皆様との偽り戦争に関して、談合《だんごう》を始めさせてもらいます。まず、エルウィン家は、翌月初め、エルフェン川を越え、アルカナ領に侵攻します。アルコー家当主リゼ・フォン・アルコーとその家臣ミラーが率いるスラト衆とアシュレイ領の農民兵を合わせた500名」

地図に将の名と兵力を書いた緑の札を置く。地元の家臣たちが領有する集落には青い札を置いた。

「侵攻軍が集落に来たら、各集落は鏃《やじり》を外した矢や、穂先を外した槍で応戦してください。こちらが赤い旗を挙げたら、門を開け降伏し、輸送隊が持ち込む食糧を受け取ってくださいね。集落の主である家臣の皆様はエルウィン家の捕虜となり、アシュレイ領に用意した陣地で侵攻作戦が終わるまで待機してもらいます。待機期間は最小1か月、最長でも3か月くらいですね」

説明を聞いた者たちから、どよめきがあがる。

まぁ、驚くのも仕方ない。完全に八百長のいくさであり、しかも降伏した側が勝者側から食糧をもらうという、とんでもないいくさの提案だからね。

でも、これで自軍に損害なく、地元の家臣たちの集落は抜け、大事な人材の身柄の確保はでき、食糧危機も回避でき、領民たちに恩を売れるという一石五鳥の計略だ。

「ちょ、ちょっと待ってください！　これだと、古参の家臣の集落は頑強に抵抗しますよ。彼らはアルカナ領の要所を領土として与えられているわけですし」

赤い札を置いてあった古参の家臣の集落は、アルカナ城へ続く道を阻止するように配置されている。

ここを少数の兵で抜くのは、たやすいことではない。鬼人族でも苦戦するだろう。

なので、彼らにはアルカナ城へ籠ってもらうつもりだ。

俺は新たに出した黒い板にエルフェン川を下らせ、隣接するザズ領を通過させ、例のアルカナ城へまっすぐ通じる桟道の入口付近に置いた。

「ブレスト殿、ラトールの率いる鬼人族の兵200名をここに置く」

「アルカナ城へ通じる桟道か！　なるほど！　そこに鬼人族が陣を張ると、古参の家臣たちは集落を空にしても、リヒト様の要請に応じて城の防衛にまわらねばならんな！　これは素晴らしい作戦だ！」

「リゼの率いるスラト衆と農民兵が各集落の解放を終えれば、農民兵は帰還させ、スラト衆と鬼人族でアルカナ城を包囲し、降伏勧告という筋書きです」

「アルカナ城内に備蓄食糧はほとんどない。古参の家臣も食糧の蓄えはギリギリ。抗戦しようにも食い物がなくて開城するしかないか……。アルベルト殿の軍略には舌を巻くしかない」

地図を用いた偽り戦争の談合が終わると、ニコラス始め、内応を決めている地元の家臣たちの眼に、俺への尊敬の色が加わっていた。

「とはいえ、これは地図上でのこと。突発事態も発生する可能性はありますので、ここにいるワリドや我が手の者とよくよく連絡を取り合うようにお願い申し上げます！　あと、エルウィン家の侵攻までに食糧が足りぬところがあれば、すぐに持ち込ませます！」

俺は居並ぶ者たちに深く頭を下げた。

「心得た。上手くいくさと偽り、エルウィン家に捕らえられることにする。食糧の件もリヒト殿に捕捉されぬよう、要求は最小限度に留めさせてもらう」

「ニコラス殿、よろしく頼みますぞ！」

俺はニコラスと固い握手を交わすと、ワリドに後を任せ、リュミナスとともにアシュレイ城に戻った。

「マリーダ様っ！　臨月で予定日も近い身体なのに、いくさに行くなどもってのほかですよ！　大人しくしていてください！」

俺たちがアシュレイ城に戻ると、どこからかいくさの気配を察知した鬼人族たちがソワソワしており、その気配を察知したマリーダも膨らんだ腹を隠さずに、鎧を持ち出そうとしているところに遭遇した。

「アルベルトっ！　リシェールが酷いのじゃ。お腹の膨れた妾には、いくさをさせぬと申しておるのじゃ！」

「なんとっ！　それは一大事だ！」

俺はマリーダに駆け寄り、彼女の大きくなったお腹に耳を当てる。

「ママがいくさに行きたいって言ってるんだが、君はどう思う。うんうん、いくさの最中に生まれちゃいそうだからダメ。だよねー。そうだよねー。君はママみたいに、臨月の出産間近な身体で、いくさに行こうって言うような人になっちゃダメだからねー」

「むうう。アルベルトも酷いのじゃ！　妾の子を一族から軟弱者と言わせるつもりか。たかが出産ごときに後れを取る妾ではないわ！」

「ダメですよ。当主様でも妊娠中の者のいくさへの参陣は、私が認めませーん」

「嫌じゃ！　妾も行くのじゃ！　散々我慢したのじゃぞ！　少しくらい――」

「では、このことをライア様に連絡せねばなりませんなぁ」

ライアという言葉に反応したマリーダが、俺の肩をガシリと掴んだ。

「妾がいつ出産するか分からぬ身体で、いくさになど行くわけがなかろう。アルベルトも冗談が通じぬ男よのぅ」

相当、姉のライアに子供のことで怒られるのが嫌らしい。あれだけ行きたがっていたいくさのことを諦めるとは。筋金入りのお姉ちゃんスキーだな。

「そうでしたか。冗談だったとは。よかったでちゅねー。ママは、話の分かる人みたいでちゅよー。君も安心して生まれてくれていいからね。生まれたら、パパがしっかりと面倒を見るから。鬼人族は近づけさせないから、大丈夫でちゅよー」

すでにお腹の子に対し、脱脳筋に向けての英才教育を始めている。こういうのは最初が肝心。放っておくと、母親の影響を受けて『いくさだヒャッハー』とかみたいなことを言い出す、ヤバい子にしたくないので、胎児の時から言い聞かせているのだ。

「我が鬼人族は由緒正しき皇家南部守護職シュゲモリー家の護衛を務める一族なのじゃぞ。アルベルトは、我ら鬼人族をそこらの野蛮人みたいな扱いをしておらぬか？」

してます。されて当然の蛮行を重ねてます。愛しい子供をいくさスキーにしたくないんです。

「私は息子を『思慮深く』したいだけさ」

マリーダの大きく張ったお腹を手で撫でて、もうじき生まれてくる子に想いを馳せる。

　とりあえず、いろいろと考えることはあるが、今は無事に生まれて来てくれればというのが第一の願いである。

「この子は男の子なのじゃ。最近は元気に妾のお腹を蹴っておるからのぅ。思慮深くさせるのは、アルベルトに任せ、武芸の鍛錬は妾がキチンと躾てやるのじゃ」

「とりあえず、それは禁止させてもらいます。マリーダ様だと勢い余って大変なことが起きそうだし」

「酷いのじゃ！　言いがかりなのじゃ！　我が子を調練するのは当主の務めなのじゃ。妾も幼少から父上に武芸を仕込まれ戦場で育ったのじゃぞ」

　マリーダが、父親に一緒に付いて回り、戦場を遊び場として、成長してきたのは知っている。だからこそ、マリーダが同じことをすれば、脳筋ができあがるので、俺がしっかりと指導して、鬼人族の血の気が程よく抜けた子に育てたい。

「その件はマリーダの意見を尊重するけど、今のところは保留で。私の子でもあるし」

「納得いかぬのじゃー！　妾は腹の子の母なのじゃぞー！」

　プンスコと怒り出したマリーダには、自分のベッドに戻ってもらうため、俺が身体を抱き上げて寝室に連れていくことにした。

　マリーダを抱え、寝室に入ると、ベルタがベッドのシーツを交換していた。

「ちょうどよいところに戻ってこられましたぴょん。今、交換が終わりましただぴょん」

相変わらず、健気な乳母候補のベルタは、うちの悪いメイド長に指示されたことを忠実に守っている。

採用から数か月が経ち、信頼に足る人物となっており、すでに監視は解いてあった。

「ご苦労なのじゃ！　ベルタのおかげで妾は快適な妊婦生活を送っておる。リシェールは厳しすぎるからのぅ」

「マリーダ様が無茶をなされるからですよ」

俺はマリーダを優しくベッドの上に下ろし、身体を冷やさないよう毛布を掛ける。

「そもそも、妾の子なのじゃから、そろそろポンと出てきてよいのじゃぞ――」

マリーダは大きくなった自分の腹をさする。予定日まではまだ少しあるため、俺が出陣する時に間に合うかは微妙なところであった。

「マリーダ様？」

「なんか痛いのぅと思っておったが、破水したようじゃ」

それまで何事もなく、平気そうな顔で喋っていたマリーダの形相が厳しいものに変化した。

「ぐぎぎ……なんという痛み……。これが、フレイの言っておった出産間近の陣痛というやつか……」

「マリーダ様!?　陣痛ですと!?　リシェール、ベルタ、薬師と産婆を呼んでくれ！　う、生まれてしまう！」

「は、はい！　すぐに！　ベルタは産婆をあたしは薬師を連れてきます！」

「承知ですだぴょん」

「アルベルト、痛いのじゃ、妾はこんな痛み初めてなのじゃ……！　くぅ！」

俺は厳しい形相で、痛みに耐えるマリーダの手を握ることしかできずにいる。

「マリーダ様、私がそばにいます。安心してくだされ！」

「た、頼むのじゃ。妾はこのまま死んでしまうかもしれぬ」

「お気をたしかに！」

絶対に死なせてたまるか、大事な嫁のマリーダも俺の子も！

「マリーダ様の命は私が絶対に守ります！」

「アルベルト……」

それからしばらくして、産婆と薬師が連れてこられ、予定日よりも早い出産となった。

マリーダの陣痛が始まり、すでに半日が経過している。いまだ子供の産声は聞こえてこない。

メイド長であるリシェールを始め、リゼやイレーナ、リュミナス、ベルタたちが寝室に陣取り、陣痛に苦しむマリーダを励ましている。

俺も先ほどまで一緒に室内にいたのだが、あまりに落ち着きがないと言われたため、産婆とともに出産の陣頭指揮を執っているブレストの嫁のフレイから退出処分を喰らっていた。

いや、でも自分の嫁が悲鳴上げてたら、焦るし、落ち着くことなんて無理だろ！　絶対無理！　それにもうすぐ、自分が父親になると思うと、ソワソワが止まらないし、マリーダが無事に出産を終えられるかも分からない。

「アルベルト、落ち着け。子などポンっと生まれてくるぞ」

「ブレスト殿！　うちの子は家畜の子ではありませんぞ！　それにマリーダ様も心配だ。産後は清潔にせねばならぬし。あぁ、湯を沸かさねば！　あぁ、心配だ」

「アルベルト、あのマリーダ姉さんが、出産くらいで簡単に死ぬわけないだろう」

「ラトール！　うちの嫁はああ見えて繊細なんだ！　私がそばにいないと不安になってないか心配で、心配で、落ち着けない！　マリーダ様！　大丈夫ですかっ！」

執務室をウロウロとしている俺を気にした２人が、声をかけてくれているが、気が散ってしょうがない。

ちなみに男女両方とも名前は決めてあった。

忙しい仕事の合間に、ちまちまと考えに考え抜いたキラキラネームだ。

男であれば戦闘神アレキシアスをもじって、『アレウス』、女であれば『アレスティナ』。

戦闘神アレキシアスの名を子に付ける理由は、病気に強く、身体が丈夫になるらしいからだ。

迷信とか信じねぇとか思ったけど、この時代の乳児死亡率を考えたら、神の力でも、なんでもいいから、子を健やかに育てたい。

そのためなら、名前が邪神キラキラネームになるくらい我慢できた。

そんなことを考えながらもソワソワと歩き回っていると、寝室の方から大きな産声が上がった。

「「生まれた！」」

即座に寝室へ飛び込んでいく。

そこには生まれたままの姿の子供が、まだ血に塗れていて、大きな産声を上げている。

額に鬼人族の証である小さな角を持ち、俺と同じ黒髪で黒目、そしてマリーダと同じ色白の肌をした超絶可愛い男の子だった。

子供を取り上げた産婆が、白い産着を着せ、こちらに手渡してくる。

受け取った俺の手を子供の小さな手が握り、大きな声で泣いた。

俺の子、俺とマリーダの子。生まれてくれてありがとうな。これから、パパとしてよろしく頼むよ。

「ふぅ、戦場働きよりもシンドイ仕事じゃったぞ。死ぬかと思ったのじゃ」

「マリーダ様、よくぞ、ご無事で！」

「アルベルトが外で騒いでおるから、落ち着いて出産もできんかったのぅ。まぁ、妾にぞっこんなのは分かったので、それはそれでよい経験だったのじゃ」

「醜態をさらしました！　が、無事であれば、それもよしです」

半日の激闘を終えたマリーダは、ベッドでぐったりとしている。

子供を大事に抱きかかえた俺は、彼女の隣に座ると、一緒に顔を覗き込む。

「この子は、アルベルトに似て、良い面構えの男になりそうじゃ。妾の乳を飲んで育てば、知勇を兼ね備えた英主となりそうじゃのう。それで、名は決まっておるのか？」

マリーダがベッドに身を沈めながら、息子の名前を聞いてきた。

「ええ、決めてあります。男だから『アレウス』。アレウス・フォン・エルウィン。いい名前でしょ？」

「戦闘神アレキシアスをもじっておるのか。やんちゃに育ちすぎても、妾の責任ではないぞ」

俺はアレウスを抱きかかえながら、大役を果たしたマリーダをねぎらう。

「マリーダ様が頑張って授けてくれた子だ。どんな子になっても丈夫であれば、問題なしです。さぁ、今日は疲れたでしょう。しばらくはゆっくりと休んでください。アレウスの面倒は俺とみんなで見るよ」

「じゃあ、旦那様の言葉に甘えさせてもらおうかのぅ」

マリーダが疲れて眠ると、俺は他の女性たちと見飽きることなく嫡男アレウスをあやし続けた。

いやあぁ、マイベイビーが可愛すぎて仕事なんてしてられねぇな。ずっと見てられるぜ。

帝国暦二六一年、翠玉月（五月）末日、俺は初めて自分の子を持った。

※オルグス視点

リヒトから救援を求める使者が何度も訪れ、食糧の欠乏やステファンからの調略を受け、事態が切迫していることを伝えてきていた。

ザーツバルム地方の領主たちからは、リヒトの救援に向かわず、ティアナに居座るわたしへの当てつけがましい意見書まで送られてきている。

敵の仕掛けた罠でなければ、とうに救援に向かっておるわ！　ザザンのやつもあれ以来呼び出しても顔も見せぬようになった。後見人であれば、きちんと後見人らしい仕事をしろ！　クソがっ！

机を叩くことで苛立ちを発散しようとするが、手の痛みだけが残り、苛立ちは消えずにいる。

「殿下！　一大事です！　ザザン様が兵１０００を率いて勝手にアルカナ救援へ出撃しました！」

駆け込んできた近侍の家臣が告げた言葉の意味が、一瞬分からなかった。

「殿下！　ザザン様が――」

「くっ！　どいつもこいつも勝手に動きやがって！　クソガァアアア！　ザザンを追う！　あいつがいないとコルシ地方の領主がまとまらぬ！　すぐに出陣の支度をしろ！　アルカナへ向かう！」

「はっ！　すぐに用意させます！　殿下もいらっしゃるので？」

「当たり前だ！　わたし自ら陣頭指揮を執る！　ザザンには勝手に軍を動かした罰を与えねばならん！」

ザザンへの怒りの方が勝り、勢いで出陣を口にしてしまった。マズいと思ったが、ここでまた意見を翻せば、わたしの指示に誰も従わなくなるだろう。

クソ、クソ、クソ！　エランシア帝国の仕掛けた罠であったら許さぬぞ！　ザザン！

勝手に兵を出したザザンの顔を思い浮かべ、腰に差した剣で机を斬るが、手も足も震えが止まらず、剣は机に傷を付けただけだった。

ザザンのやつが、参陣しているコルシ地方の領主たちに何かを吹き込んでいたのか、翌日には4000の兵の出陣準備が整い、ティアナからドルフェン河を遡上して、ステファンが河川封鎖を続けるザズ領近辺を目指すことになった。

5日後、先に出陣したザザンがザズ領の対岸に構築した陣に入る。

「殿下！　よく、決断されましたな！」

出迎えたザザンは、いつものような卑屈さはなく、勝手に軍を動かしたことに悪びれたようすも見せない。

「ザザン！　貴様のせいで、わたしがティアナから出なければならなくなったのだぞ！　首を差し出す覚悟はあるんだろうな！」

「ありますぞ。ですが、この一戦が終わってからにして欲しいものですな！」

こちらの恫喝に怯えた様子を見せず、泰然とした返答を返してくる。

「ステファンは、こちらの動きに勘付き、河川封鎖をしていた兵をズラ領へ戻し、こちらの出方を窺っております。アルカナ領を支援するための物資が、この陣に到着次第、殿下にはこの陣をコルシ地方の領主と堅守してもらい、私がザーツバルム地方の兵1000を率いて、ザズ領へ渡河し、荷揚げ場の整備を進めます！　大型の川船が係留できれば、大量の食糧も運び込め、エラクシュ家は持ち直すはずです」

反対意見を言わせないという気迫が、ザザンから伝わってくる。

くそ、ザザンのくせにいきがりおって！　だが、ティアナを出してしまった以上、手ぶらでは帰れぬし、やつの言う通りにするしかあるまい……。

今のところ、ステファンがこちらを狙う様子は見せておらぬし、案外このまま対岸へ渡河させてくれるかもしれぬな。

「よかろう、ザザンの意見を採用する。ただし、失敗すればその首が繋がっておると思うな！」

「承知しております。では、ごめん」

ザザンはわたしに軽く頭を下げると、天幕の奥へ消えていった。

それから、アルカナ領への支援物資が集まり、ザザンが兵を率いてザズ領への渡河に成功したのまでは問題なく進行した。

だが、建設に入ったザズ領の荷揚げ場が原因不明の火災で焼失したり、船も火の不始末から燃えて何艘も沈没して、支援物資の移動は遅々として進まず、ようやく荷揚げ場を整備し、アルカナ領へ向かう準備に入れたのは月末ギリギリであった。

第六章　まやかし戦争勃発

帝国暦二六一年　真珠月（六月）

アシュレイ領内は、当主マリーダが産んだエルウィン家の次代当主アレウス・フォン・エルウィンの誕生でお祭り騒ぎの真っ最中である。

「マリーダ姉様！　アレウスが泣いてる！」

アレウスをあやしていたリゼが、突然泣き出したことに焦った様子を見せている。

「もう、お乳の時間か。よく飲むのぅ。妾の分だけでは足りぬのじゃ。ベルタを雇っておいて正解だったのぅ。ベルタ、手助けを頼む」

「承知しましただぴょん。リゼ様、アレウス様をこちらへ」

アレウスを受け取ったベルタが、授乳するため奥の寝室へ連れていった。

今からあれだけ母乳を飲むとなると、アレウスたんは、めちゃくちゃデカく成長するんじゃなかろうか。

身長はきっと追い越されるだろうな。鬼人族の血を継いでるし。10年後、俺は息子と剣の稽古ができない気がするぞ。

「よく飲み、よく寝て、よく育つのじゃ」

「アレウスの成長が楽しみです」

「妾はアルベルトとの間に子を為したので、次はリゼたんの番じゃな。こたびのいくさは、妾は留守居役、戦場には一緒に付いていけぬ。なので、リゼたんがしっかりとアルベルトの世話をするのじゃぞ。その腹にアルコー家の世継ぎを宿さねばならんからのぅ」

マリーダは、甲冑姿のリゼのお腹を指で差した。

「アレウスを見てたら、オレもアルベルトの子を欲しくてたまらなくなったから頑張るね」

マリーダの変わった性質とでもいうのか、旦那の側室であり、自らの愛人でもあるリゼに子を作るよう勧めていた。

自分が好きな相手同士なら、嫉妬するとかいう感情はないらしい。

「アルベルトも頑張らねばならんぞ。子が一人ではアレウスも寂しかろう」

「承知しております。兄弟姉妹は多い方が遊び相手には困りませんでしょうしね。頑張ってきますよ」

嫁公認の側室との子作りいくさ旅行を命じられた。

「では、マリーダ様はしっかりと身体を休めてください。そうだ！　魔王陛下には出産が無事に終わった手紙を送られましたか？」

「いや、忙しくてまだじゃ。留守居役じゃし、暇潰しに兄様を呼びつけるのもありじゃのぅ」

いやいやいや、それはやめてください。魔王陛下も暇じゃないですし。

呼びつけて、アレウスたんの可愛さにメロメロになったら、余の養子としてもらいうけるとか言われかねませんから！　絶対、俺がいない時に呼んだらダメですから！

「マリーダ様、魔王陛下には私から書簡を送っておきますのでご安心を。アルカナ領攻略を終え、落ち着きましたら、帝都に面会にまいりましょう」

「ふむ、それもそうじゃな。兄様にわざわざ来てもらうのも忍びない」

ふぅ、セーフ。アレウスたん連れ去り事件は回避できそうだ。

「では、改めて命じるのじゃ。リゼ・フォン・アルコー。そなたをアルカナ領攻略軍総司令官に任ずる。必ずや落としてまいれ」

「はい！　必ずやアルカナ領を落としてきます！」

甲冑姿のリゼは、マリーダから総司令官としての証である剣を受け取ると、自らの腰に差した。

「次にアルベルト・フォン・エルウィン。そなたを特別遊撃軍司令官に任ずる。リゼとよく相談し、リヒト・フォン・エラクシュの身柄を確保せよ！」

「承知しました。我が知略を使い、必ずやリヒトの身柄を捕えてみせます」

俺もマリーダから授けられた剣を受け取ると、腰に差す。そして、リュミナスに依頼しておいた銀色の仮面を被った。

「その仮面、アルベルトに似合っておるのぅ。衣装もド派手で戦場でもよく目立つ」

リュミナスには、銀色の仮面と合わせて、真紅の甲冑を作ってもらっていた。

戦場で目立つのは危険であるが、その分、影武者を使いやすくもなる。

「アレウスのため、簡単には死ねない身体になりましたからね。影武者を使うつもりです」

合図をすると、ゴシュート族の若者で背丈が似た者が、俺と同じ格好をして隣に立つ。

「仮面で、顔が分からぬと、見分けがつかぬか。よく考えたものじゃ」

「仮面は日常でも付けるつもりですので、よろしく頼みますね」

いつもの服に、銀色の仮面を付けた俺の影武者が追加で現れる。マリーダが平服の影武者の匂いを嗅いだ。

「ふむ、アルベルトから発する例の匂いはしておらぬな。これなら、皆が間違えることはない。よかろう。アルベルト不在時は、こやつを執務室に置いておく」

マリーダ含め、側室のみんなも、俺から甘ったるい匂いがすると言ってるんだが、男たちに聞いてみても、そんな匂いはしないと言われてて、ずっと首をひねっている。

でも、匂いで判別できるなら、問題も起きないだろうし、影武者にも迷惑は掛からないはずだ。ただ、執務室にいてもらうのは、俺に姿が似てる女性の影武者だけどね。

「では、我らはこれより出陣いたします！」

「うむ、城の守りと、アレウスのことは妾に任せよ」

俺とリゼは、マリーダに拝礼すると、執務室を出て、大広間に向かった。

大広間に入ると、鬼人族の主だった家臣と、アルコー家の家臣が座って待っていた。

「これより、軍議を行う！」

俺の部下によって、地図が広げられ、家臣たちの視線が集まった。

「アルカナ領の麦が採れる時期まで時間をかける余裕はない。作戦完遂までは1か月半だと、頭に叩き込むように！」

「「承知！」」

「よろしい、では、特別遊撃軍の編制。大将ブレスト殿、副将ラトール。鬼人族の兵200名にて、エルフェン川の手前に陣地を構築。この陣地は宿泊が可能なものとせよ。その後、エルフェン川を下り、すでにアレクサ王国軍の先兵が入ったザズ領を抜け、我が手の者と合流し、アルカナ国境付近に埋設してある資材を使い、簡易の関所を作り、エルウィン家の大将旗を掲げ、ザズ領から侵入するアレクサ王国軍を阻止せよ」

「うぉおおおっ！　任せろ！　いくさだぁああああっ！」

「アルベルト、オレが副将は納得いかねぇって！」

騒ぐ脳筋2名を無視し、彼らに注意点を与える。

「関所を防衛中、私の許可なく打って出て、敵兵を1名でもアルカナ領に通せば、ブレスト殿、ラトールには厳罰を与える！　私の指示あるまでは、関所を死守するように！」

「承知した。全部ぶっ殺せば問題あるまい」

「そういう話か！　よし、親父は関所を守れ！　オレが敵を斬ってくる！」

「馬鹿者！　そういうのは逆だ！　副将のお前が守れ！」

一抹の不安があるが、ワリドを付けておくので、暴走は止めてくれるだろう。

「お静かに！　続いてアルカナ攻略軍の編制。大将リゼ、副将ミラー。スラト衆50名、農民兵450名。総勢500名。アシュレイ領内にて、輜重隊と合流。食糧を護衛しつつ、エルフェン川を渡河。アルカナ領内を進み、談合が済んでいる敵方との合同軍事演習を重ね、食糧を配布し、各集落を回る。その間、重要人物の保護をして、後方基地としたエルフェン川近くの陣地に送り届けるよう申し付ける」

「承知した。オレが滞りなく進めるよ。ミラーもいるしね」

リゼの風貌は人に要らぬ緊張感を与えないから、まやかし戦争で事故も起きないと思う。あとはミラーが仕切るので、突発事態でも対応はできるはずだ。

「集落解放後は、農民兵は帰還。スラト衆と鬼人族でアルカナ城を包囲し、リヒトの身柄を捕える！」

「「「承知！」」」

「では、各自、兵を率いて出陣せよ！」

当主マリーダの代行であるため、出陣の下知は俺が行った。

「「「おぉ！」」」

大広間に詰めていた家臣たちが、それぞれの持ち場に向かい駆け出していく。

誰もいなくなった大広間に、1人の男が姿を現した。

「今回の遠征に呼んで頂き、ありがとうございます」

「すまないけれど、今回はフラン殿の力を貸してもらう」

現れたのは、俺が懇意にしている酒保商人のフランだった。彼にはアシュレイ城で毎年出る古い食糧品の販売を手伝ってもらっている。

ミレビスたち文官が倉庫の古くなった食糧を洗い出し、マルジェ商会が集めた各地の相場情報をもとに、フランが人手を出して売り捌き、大金を稼いでいる。

その繋がりもあり、フランはエルウィン家専属の酒保商人になりつつあった。

今回のいくさは、脳筋たちだけでは手が足らず、スラト衆や農民兵も動員しているが、さらにアルカナ領民に食糧を配る輸送隊も編制しないといけない。

その輸送隊まで、自前の農民兵で編制すると、とんでもない人数が必要となるし、今は真珠月（六月）で農繁期。

そのため、金で解決できる酒保商人のフランに輸送業務を委託した。

酒保商人たちは、戦場を駆け回る商人であり、その戦場で生き残ってきてる連中は、危険を察知する能力も高い。突発事態が起きても、動揺することなく作業に集中してくれることを期待して委託した。

「お世話になっているエルウィン家のためなら、このフラン、輸送業務を完遂してみせますよ」

「情報は秘匿しておいてくださいよ。敵方にバレたら、私は軍法に照らして貴方を斬らねばなりません」

俺は腰に差した剣の柄に手を掛けた。

情報が外に漏れるのは困るので、作戦が終わるまで、フランはエルウィン家の臨時雇いの家臣という身分で契約を結んである。

「承知しております。私も斬られたくありませんので、報告以外では口は堅く閉ざします」

「では、報告を頼みます」

「はっ！　すでにエルフェン川付近の陣地設営の予定地には、食糧品始め、物資がたんまりと集まるよう酒保商人たちを動かしております。リゼ殿に従い、私が率いる輸送隊が、かの地に到着すれば、すぐに積み込み作業が行えるでしょう！」

フランには、アルカナ領への食糧輸送費を帝国金貨1500枚で委託してある。もちろん、相手方と話し合いがついており、危険度が少ないことも説明してあるため、お安めの委託料となっていた。

輸送隊は荷馬車100台と、人員200名ほど用意してもらっているが、これでもかなりギリギリの人員だろう。

なにせ、ニコラスに提出してもらった食糧を必要とするアルカナ領民は、約2500名。

マルジェ商会の国内班が、秘密裏に小規模な食糧補給はしているものの、必要最小限にとどまっている。

そんなアルカナ領民の腹を満たすには、陣地と集落を何度もピストン輸送する必要があるはずだ。

「激務になると思うけど、よろしく頼みますよ」

「はっ！　承知しております。激務ではあるものの、荷を運ぶだけですからお任せください！」

「それと、例の件は考えてくれましたか？」

この作戦終了後、フランに対し、エルウィン家の家臣の列に加わるよう打診をしてあった。

今回はアウトソーシングしたが、俺としては輸送専門部隊をすぐにでも持ちたい。

けど、鬼人族は前線で戦い、武勲を挙げるのを好むため、後方勤務の輸送隊を嫌がる者が多く、なり手がいない。

そんな、なり手のいない輸送隊に、フランの率いる酒保商人たちをスライド採用しようと目論んでいた。

そのため、平時は酒保商人、戦時は輸送隊員という半商半士《はんしょうはんし》という身分を作ろうと考えている。

俸給は従者待遇であるため安いが、平時の商人としての仕事もエルウィン家から直接依頼する物資運搬や、マルジェ商会を介した物資運搬といった形で仕事を与え、囲い込むつもりだ。

そして戦時となれば、すぐさま招集され、指定の場所へ物資を運搬し、敵から奪った財貨を管理する部隊として編制する形だ。もちろん、輸送隊もいくさに参加すれば、危険手当という名の褒賞を授けるつもりではある。

「正規の家臣への昇格は、ありますでしょうな?」

「所属は武官としてではなく、文官採用。そのため権限は私に一任されております。なので、能力に応じ、随時昇格を検討しますよ」

「酒保商人は危険と隣り合わせですからな。アルベルト殿の提案に乗る者は多いと思います。私も含めてね」

フランは、俺に向かって手を差し出してきた。その手を握り返す。

「では、今回のアルカナ攻略軍に従っての食糧補給任務は、輸送隊採用の試験とさせてもらいますよ」

「よいでしょう。仲間たちに伝えておきます。アルベルト殿のお眼鏡に適えば、エルウィン家で立身出世ができるとね」

「期待しておりますぞ」

フランは無言で頷くと、大広間を出ていった。

「さて、これで懸念事項はなくなった。仕上げのいくさに行くとするか!」

俺は胸を叩くと、気合を入れ直し、出陣の準備を進めるリゼのもとに向かった。

先発したブレストたちが、エルフェン川付近の陣地構築を終え、ザズ領との境に移動し、エルウィン家の大将旗を掲げた報告を受け、アルカナ領攻略軍が動き出したのは真珠月（六月）の9日。

ミラー率いる農民兵たちが、手際よく小舟を並べ、流されないよう杭を打ち、板を渡して浮橋を作ると、荷物を満載した輸送隊が、最初の集落へ向け進んでいく。

俺はリゼとスラト衆とともに、最後方を守りながら、荷馬車で移動を始める。

「始まった。リヒトは完全に泡を喰ってるだろうね。エルウィン家の大将旗が、城に一直線に向かえる桟道の先に立ってるわけだし」

「だろうね。リヒトはステファン殿が主力で侵攻してくるだろうって考えただろうし、うちの軍が桟道側に陣取るなんて一切考えてなかったと思うよ」

「それだけに相手もビビってるでしょ。兵を率いて登城するようにって、太鼓の音が乱打されてるって話だしさ」

リゼの言葉に、リヒトが血相を変えている顔が思い浮かぶ。

凶悪な戦闘力を誇る鬼人族の旗が、城へ一番ショートカットできる場所にあって、自分の城を守る兵が通常の2割ほどしかいないわけだしな。

城から打って出て、追い払うという選択肢は選べない状況だ。

「おかげで、私たちは安全に進軍をできている」

アルカナ領内に入ったが、敵の警戒網は一切設置されておらず、無人の街道を集落に向け、荷馬車は止まることなく疾走していた。

「おっ！　合図の矢が飛んだようだ。先発のミラーが集落に到達したらしい」

「事故なく、模擬戦闘訓練が終わるといいなぁ。今日はあと2つ集落を落とす予定だしさ」

「そうだな。双方、連絡係を配置してあるので、そうそう事故は起きないと思う。けど、用心するに越したことはない」

「ミラーに伝令を出すよ。『よくよく、用心して事に当たるように』って伝えてきて！」

「はっ！　すぐに伝えてまいります！」

リゼが傍らに控えていたアルコー家の家臣を伝令に出した。

伝令が去って、しばらくの時がすぎ、集落から鬨の声が聞こえてくる。

俺の見える範囲では、ことは順調に進んでいた。まやかし戦争という名の模擬戦闘訓練が集落の者たちと、ミラーの率いる農民兵との間で行われている。

鏃のない矢が飛んだり、穂先のない槍（ただの棒とも言う）で突き合ったり、刃を落とした訓練用の剣で打ち合ったりと、2時間程度汗をかいて戦い、そろそろ降伏する時間が近づいていた。

『うあわー、やられたー』とか、『ちょ、マジ。エルウィン家の連中強くね』とか、『降伏するので、命ばかりはお助けを！』って声が、風に乗って聞こえてくる。

　全て事前に俺が仕込んだシナリオに沿って、皆が動いてくれた。


「この分だと、今日の予定を遅れなく消化できそうだ。夜は集落で泊まれるな」

「そうみたいだね。それにしても、オレもいくさは3度目だけど、こんな簡単ないくさってありえないよね」

「全部、事前準備のおかげさ。兵のいる集落は調略に応じた地元の家臣たちだし、兵がいないところは、こちらの侵攻を察知し、急いで登城してアルカナ城に籠った古参の家臣のところだしね。全て筋書き通りさ」

　おっと、戦闘は終了したみたいだな。

　リゼと話していたら、ミラーと集落の者との模擬戦闘訓練が終了した。

「フラン殿、仕事を頼みますよ！」

　ミラーの戦闘終了を見届けたフランが、手を挙げて応えると、荷馬車を集落へ進めていく。

　俺もリゼと一緒に集落へ入ると、縄を打たれた地元の家臣が目の前に引き出された。

「私はエルウィン家に降伏しますので、村の者には手荒なことだけはしないでください！」

「分かっている。エルウィン家に降伏した集落には危害を加えないから、安心してくれ。でも、君たちの身柄は拘束して、後方に送らせてもらうよ」

アルカナ領攻略軍の大将はリゼなので、彼女に捕虜の面会を任せてある。

俺がやってもいいが、爽やか中性イケメンのリゼの方が、いろんな意味で安心感を与えられると思うので任せている。

「よし、第1輸送隊から第15輸送隊は、ミラー殿に付いて先に進め、第16輸送隊から第20輸送隊は、ここで物資を下ろし、捕虜を乗せて、スラト衆に護衛をしてもらい陣地に戻り、また物資を持ってくるぞ！　急げ！　仕事ができないやつは、採用してもらえないからな！」

フランは100台の荷馬車を20個の部隊に分け、補給を行うつもりのようだ。

集落ごとに物資の集積拠点を設け、輸送隊を配置し、移動距離を短くすませようという考えらしい。

狭い街道を大量の荷馬車で往復するのは非効率だしな。拠点間輸送をして物資を充足させていく方が効率よく輸送できると判断したのだろう。

「集落の人は食糧もらってねー。いっぱい持ってきてるから、遠慮はいらないよ。全部、マリーダ様がアルカナの人に用意してくれた物だから、もらって、もらってー」

リゼが集落の人たちに自らの手で食糧を配っていく。

受け取った集落に人は、食糧がよほど嬉しかったのか、号泣する者も多数いた。

約束が守られないのではと思ってた人も、これで安心してくれるだろう。

「集落の者には、輸送隊の手伝いと、周辺警戒をお願いしたい。周囲に変な動きがあれば、輸送隊の者に報告してください。皆さんの力を貸してもらえば、アルカナの他の領民もすくわれます！」

俺の言葉を聞いた集落の者たちは、力強く頷きを返してくれた。

彼らの心はもう完全にエラクシュ家になく、エルウィン家に向いてくれているようだ。

「アルベルト様、次の集落へ向け、出発します！」

「ああ、こちらは問題ない。進んでくれ！」

休憩を終えたミラーが、次の集落へ向け、動き出す。

「アルベルト、さっきの人たちの表情でようやく理解したけど、このまやかし戦争は、アルカナ領民の心を落とすいくさなんだね」

「そういうこと。ここは、大事なエルウィン家の領地になる場所だからね。力でねじ伏せたらダメなのさ。心を落として支配する」

「さすが、軍師様は頭いいや」

「お褒め頂けましたようで」

こんな感じで、リゼとイチャイチャしながらの進軍であるが、模擬戦闘訓練を終え、降伏した集落に食糧を配布して回り、『輸送隊に協力してもらいつつ、農作業の方を優先して』と言い残し、捕虜という名の保護を受ける者以外は、普段の生活に戻ってもらっている。

そして、手勢を率いてアルカナ城に入った古参の家臣の集落は、残っていた住民全てを捕虜として、後方陣地に送り込んだ。

集落の主が降伏してない彼らを集落に残し、輸送隊への妨害工作はされたくなかったのと、戦後処理で、どのみち奴隷として売り飛ばすつもりなので、手間を省いた。

こちらに心を落としてない者をアルカナ領内に残すつもりはない。

恨むなら、手勢を率いて城に籠った集落の主を恨んでくれ。俺もお人よしではないので、敵と味方の区別は付ける男だ。

一方、リヒトは桟道の先に翻ったエルウィン家の大将旗に恐れをなして城に籠り、救援打診の使者を捕まえたとブレストたちから何度も連絡が入ったが、その使者は自由に通してやった。

なぜかって？　そりゃあ、ザーツバルム地方の領主たちに、アレクサ王国がリヒトを見捨てたことを知らしめるためさ。

『エランシア帝国の侵攻を受けても、アレクサ王国は守ってくれねぇじゃん』ってことを宣伝するためだ。

『建前として領地をわしが守るから、兵と金出せ』って言ってるアレクサ王国が、敵の侵攻を受け、孤立した味方を救援せずに見捨てるのはよろしくないよね。

エランシア帝国の対アレクサ王国の最前線であるエルウィン家としては、敵国の評判を落とすためにも、籠城してるリヒトから、悲愴な救援要請を何度もしてもらう方が良いのだ。

まぁ、アレクサ王国が援軍を出しても、すでに時機を失っているし、隘路に関所を構えた鬼人族の兵200名を抜けるとは思えないから、やらせていられるんだけどね。

そんな感じで、まやかし戦争によるアルカナ領攻略軍の進撃は順調に進み、15日でアルカナ領の9割はエルウィン家の手に落ちた。

そして、今日、リストに載った最後の内応者であるニコフスが降伏した。

奮戦虚しく集落の者の命を守るため、仕方なくうちに降伏したという筋書きである。

「お疲れさまでしたな。十分な食糧の提供だけでなく、こうして酒までお持ち頂き感謝する」

「ほら、最初にドノヴァン商会の副会頭としてきた時に約束したでしょう。いつの日か酒をお持ちすると」

ニコラスが考え込む仕草を見せ、しばらくすると思い出したように手を打った。

「ああ！　そうでしたな！　思えば、あの時からわたしを取り込もうと動いておったということですな！」

「そういうことです。ニコラス殿のおかげで、事故もなく、アルカナ領攻略軍は目的を達成することができました」

「いえいえ、これも全てアルベルト様たちアルカナ領攻略軍の方と、輸送隊の人が一生懸命にやってくれたおかげです。わたしなどほとんど仕事をしておりませぬ。ああ、立ち話もなんですので、屋敷にお入りください。今日も暑いですからなぁ」

先ほど行われたまやかし戦争（いや、合戦ごっこ）で集落の人と、うちの農民兵たちは意気投合し、こちらが持ち込んだ物資から酒を提供して、集落の各家庭で酒宴が始まっている。

損害なく、アルカナの人の心を落とし、こちらに取り込む。これが俺の描いたまやかし戦争だった。

その成果が実った酒宴を横目に見つつ、ニコラスの屋敷に入ると、勧められた席に腰を下ろす。

「これで、ニコラス殿の面目は立ったということですな。しばらくはエルフェン川付近に作った陣地でゆるりと生活し、私たちがアルカナ城を落とすのをお待ちください」

すでにニコラスの心は、エルウィン家に落ち、リヒトから離れているため、元主君の危機にも動じた様子はない。領民の命を守るため、リヒトを裏切ったことに後悔はないようだ。

アルカナ領の未来を託す男であるため、彼の気持ちがしっかりエルウィン家に向いてくれたことに安堵を感じる。

「すでにアルカナ領はエルウィン家の手に落ち、あとはリヒト殿が籠るアルカナ城を残すのみ。そして、籠った兵も古参の家臣の手勢のみで、さほど多くない。しかも、アルベルト殿のことだから、城内に籠った者にも、調略の手を伸ばしておるのだろう?」

「それは秘密です。でも、落城は時間の問題なので、ニコラス殿はしばらくの休暇を楽しんでください」

「休暇か……」

捕虜になる予定のニコラスが、苦笑いを浮かべる。

「アルカナ城を落としたら、ニコラス殿には、アルカナのためにしっかりと働いてもらいますからね。そのための休暇ですよ」

すでに俺の中ではアルカナ領の統治の方針は決定している。

ニコラスをエルウィン家の戦士長として迎え、アルカナ総代官という役職に就け、元エラクシュ家の地元の家臣たちを束ねさせ、アルカナ衆として再編成するつもりだ。

魔王陛下も自らを苦境に立たせたリヒトの身柄さえ得られれば、ニコラスたちのエルウィン家家臣団入りを拒む理由はないと思われる。

「ちなみに今年はいくさがあったので、アルカナ領内は租税を免除する許可をうちの当主からもらいますので、各集落に残った者には、しっかりと農事に励むように伝えてあります」

「租税免除!?　エルウィン家は、これだけアルカナに食糧を提供しても、租税を免除できるほどの財力をもっておられるのか!?」

「ええ、まぁ、近隣ではかなりの裕福な貴族家になりつつあると思いますよ」

まだ鬼人族がこさえた借金残ってるけどさ。でも、返済のめどは付いてるし、ちょろまかし撲滅で税収も上がってきてるし、なにより香油がバカ売れで儲かっているからね。

「そ、そうですか。アルカナの地は周囲を山に囲まれ、他国の情報を手に入れにくい土地ですから、気分を害されたらご容赦ください」

「いえいえ、問題ありませんよ。それと、アルカナには未来の希望がありますしね」

俺は例の銀鉱脈の位置を示した地図をニコラスの前に差し出した。

「アルカナに眠る銀鉱脈まで知っておられたか……。リヒト殿にも伝えたが、そんな莫大な資金がないと一蹴されました。でもエルウィン家ならば、銀山開発もできると?」

「まだ、正式に契約できておりませんが、鉱山技術者を招聘中です。契約ができれば、年内に試掘してもらい、銀鉱山としての可能性を見てもらうつもりです。鉱山としての可能性が見出されれば、租税は銀での上納に切り替える予定です」

農地の少ない山岳地帯のアルカナ領。農作物での租税の納入よりも銀鉱山からあがる銀を何割か納めてもらい、集落で作る農作物は自家消費用にしてもらえばよいかなと考えている。

レイモアに頼んである鉱山技術者の招聘に成功し、銀鉱山開発が成功すれば、アルカナ領に大いなる富をもたらしてくれるだろう。

ただ、銀鉱脈がどれくらいのものかは掘ってみないと分からないため、最悪、小規模だった時はヴェス川流域にアルカナ衆の開拓村を作ってもらい、そちらで農作物を作ってもらうつもりだ。その場合、アルカナ領は防衛拠点としてだけ使用するつもりだ。

土地から地元の人を引き剥がすのは、こちらとしても辛いので、銀鉱脈が鉱山開発に耐えうる大規模なものであるといいな。

「単独で銀山開発を行えるとは……、だが、その話、心得た。アルカナの未来が明るいものになるよう神に祈ろうではないか」

「ですね」

この後、ニコラスとともに酒を酌み交わしながら、アルカナ領の今後を語り合って、美味い酒を楽しんだ。


夜更けとなり、ニコラスが用意してくれた一軒家に移ると、就寝の準備を始める。

明日は、ニコラスを後方の陣地に送り出し、リヒトの籠るアルカナ城まで兵を進める予定なので、早めに就寝をするつもりだ。

「あ、あのさ！　アルベルト！　オレもマリーダ姉様みたいにアルベルトの子供が欲しい！」

ベッドに寝転がっていた俺の上に、小悪魔っぽい羽が付いた布地の少ないメイド服を着たリゼが跨ってきた。

「リゼ、その衣装は？」

「マリーダ姉様とリシェールさんが、遠征に持っていけってくれたやつ。今までは軍事演習も兼ねてて緊張してたから、着る機会がなかったんだけど、今日はいいかなって思ってさ」

中性的な顔立ちのリゼが着ると、これはこれでありだな……。うむ、えっちいぞ。

「どう？　似合ってる？　変じゃない？　ほら、胸もそんなにないしさ」

俺の上に跨っているリゼの胸に手を伸ばすと、いつものように揉みしだいていく。

最近、マリーダや俺から刺激を受けることが多いため、リゼの胸は成長著しく、以前よりも確実にサイズアップしていると思われる。そして、全体の柔らかさも増した。

エルウィン家でえっちなことをされ続けているため、リゼは女性らしい身体付きになりつつあるのだ。

「アルベルト、1つ聞いていい？」

胸を揉みしだかれ、頬を赤く染めたリゼが質問をしてきた。

「いいよ。何が聞きたい？」

「スラトの人たちは、オレが女だって知ったら失望するかな？」

「なんで、そう思うのさ？」

「いや、オレって男だってことにして、アルコー家の爵位を継いでるわけじゃん。それが女でしたーってなると、他の爵位継承権持ってる人たちが納得しないいんじゃないかなって思って」

アルコー家本家はリゼだけしかいないが、分家が存在してて、リゼに何か起きた場合はそちらの当主が爵位を継ぐことになっている。

まぁ、でも、その分家の当主もリゼの人柄に惚れ込み、忠誠を捧げているから、女性だとバレたとしても家を乗っ取ろうなんて考えない人物だ。

まぁ、俺が手入れして、そういう人物だけアルコー家に残したって話だけどさ。

だから、リゼの心配は杞憂でしかない。

「リゼは、リゼだからスラトの領民も分家の人たちも従っているのさ。そこに男も女も関係ないよ。リゼのすごいところは、真面目で努力家で根性があって、ひたむきに仕事に向かい合うから、誰でも手伝ってあげたくなるところだよ」

「アルベルトに褒められると、なんだかこそばゆい気がする。オレはマリーダ姉様みたいな武勇もないし、アルベルトみたいな知略もないし、他の人たちみたいに優れた能力もないから、頑張ってるだけだよ。えっちの方もね」

胸を弄られていたリゼが、こちらに倒れ込んでくると、舌を入れて濃厚なキスをしてきた。

たしかに、この1年でかなりえっちの技術も成長した気がする。

小悪魔衣装の中性的な女の子に襲われるのは、男子としていろいろと滾ってしまう。お返しはきちんとしてあげた方がいいな。

俺はリゼの口内に自らの舌を滑り込ませると、反撃に打って出る。

「んふぅ！」

びっくりして目を見開くリゼをよそに、俺は彼女の口内で舌を暴れさせていく。

耐えられなくなって、顔を離したリゼが、目を潤ませていた。

「ふぁ！　アルベルト、そんなにえっちな舌使いされたら、オレ、興奮しちゃうって」

「えっちなのは舌だけじゃないよ」

跨っているリゼのお尻を両手で鷲掴みにして下着をズラすと、えっちなマッサージをしていく。

「ちょ、ちょっと、アルベルト。オレのお尻を触ってるだけじゃないよね？ 下着は脱がしたらダメだってば！」

「なんで？ マッサージの邪魔になるから取っただけだよ。ほら、香油を手に垂らしてくれるかい」

俺は跨ったままのリゼの前に片手を出す。

「前、マリーダ姉様にしたえっちなマッサージをオレにもするんだろ。あれ、マリーダ姉様がすごく気持ちよさそうな顔をしてた」

「どうする？ やるの？ やらないの？」

香油マッサージを受けるか迷うリゼに、決断を急かす。

「ア、アルベルトはどうしたい？ オレにしたい？ したくない？」

寝台の近くに置いてあった香油の入った壺を手にしたリゼが、質問で返してきた。

「質問に質問で返すのはイケナイことだと教えた気がするけど？」

「オレはアルベルトが望むことをしてあげたいだけ。だから、聞いてるの。で、どっち？」

俺の上に跨ったまま、潤んだ瞳で見下ろすリゼは、衣装通りの小悪魔的な魅力が爆発した。

俺は妖しく微笑むリゼに魅了されたように、自分の欲望を口にする。

「私はリゼにえっちなマッサージをいっぱいしてあげたいんだ。してもいいかい？」

俺の口元に指を当てたリゼが、ニコリと微笑む。

「いいよ。アルベルトの望むままにして。オレはなんでも受け入れるからさ」

そう言ったリゼが、壷から自分の手で香油をすくうと、俺の手に絡ませて塗りたくってくる。

「じゃあ、えっちなマッサージしたら、そのまま子作りも頑張りたいんだけどいいかい？」

「今日はオレだけだから、手加減はしてね。ほら、アルベルトが本気出すとすごいわけだしさ。あれをオレだけで全部受け止めると、頭がふっとんじゃうわけで」

「そうならないよう気を付けるけど、リゼがえっちすぎたら、我慢できないかも」

リゼと話しながらも、手に塗られた香油をお尻の方に塗り拡げていく。

「ほんと、ダメだから。明日はアルカナ城まで進むわけだし。オレが腰砕けで、頭ふっとんでたらいろんな人に迷惑がかかっちゃうって」

「大丈夫、大丈夫。ミラーもいるし、私もいるからさ」

香油をリゼの下腹部にも塗り拡げていくと、彼女は俺の胸に顔を埋めた。

「ちょっ、えっちい手つきダメェ。最初から飛ばしすぎだって」

「ちゃんとしっかりと塗り込まないと、マッサージ効果はないからね。ほら、マリーダ様の時も私はしっかりと塗り込んでただろ？」

「そうだけどぉ。はぅ！　そんなところ塗らなくてもよくない？」

「だめだめ、しっかりと塗っておく方がいいんだ」

マッサージの効果でリゼの身体が熱を持ち始めた。

「顔をあげて」

「だめ、今はえっちな顔してるから無理。あう、無理。今のオレの顔を見られたらとんでもなくえっちな子だって思われちゃうって」

俺の手が香油をリゼの身体に伸ばしていくたび、小刻みに震えて、息が荒くなっていく。

翻弄されるリゼが可愛すぎて、俺の滾るものも反応を示す。

「ア、アルベルト。なんか、当たってるんだけど!? あっ、あのさ、ちょっといつもと違うんじゃない？」

「リゼがえっちすぎるからしょうがない。責任取ってくれるよね？」

「あ、あの、ちょっとこれは想定外というか。なんというか。元気になりすぎじゃないかな。オレ、絶対に壊れちゃうって」

「大丈夫、こうやって優しくはするからさ」

胸元を覆っていた下着を外すと、こぼれ出した胸に香油を塗り込んでいく。

「ひゃうん。ちょ、刺激つよ！」

リゼの気が逸れたうちに、俺は下半身の滾るものを彼女の中に収めた。

「ひゃうううんっ！　ア、アルベルト！　急には無理だからぁ！」

口の端から涎を垂らしたリゼが、絶叫して身体を震わせた。

「まだまだ夜は長いから、頑張らないと」

「オ、オレ、身体が持つかな……」

それから、夜通しリゼとイチャイチャして子作りを頑張ってしまった。

だって、小悪魔リゼにもう一回とかおねだりされたら、俺としては応えないわけにもいかないわけで、誠心誠意ご奉仕させてもらいました。

えっちな小悪魔ちゃんに、とても滾ってしまい、リゼには申し訳なかったけど、いつもより頑張ってしまいましたよ。

翌朝、ニコラスを後方の陣地へ送り出した俺たちは、さらに兵を進め、アルカナ城を包囲するように陣を作った。

※ブレスト視点

アルベルトに指示された場所に、即席で作り上げた関所の物見櫓から、眼下に広がる様子を眺めていると、苛立ちが増してくる。

「あいつらは馬鹿なのか？　なぜ、ふもとで待機しておるのだ？　とっとと対岸の大軍と合流して、こちらを攻めてこんか！」

隣に立つワリドに、自分の感じた疑問をぶつける。

「対岸にいるアレクサ王国軍の総大将は、第一王子オルグス殿ですからなぁ。ようやくザズ領の先への補給線が確保でき、ザザンを救援に向かわせようとした矢先、アルカナに通じる街道の先の高所には関所ができ、エルウィン家の旗が翻っていたわけです」

「だからこそ、後方の軍と合流せねば、話にならんだろう」

ニヤリと笑ったワリドが、東側の対岸に見えるズラ領を指差した。

そこには、ベイルリア家の軍勢が駐留し、旗が翻っている。

「先兵として渡ったザザンは、時機を失ったと察しているのでしょう。それにオルグス殿は肝の据わらぬ人物。ステファン殿の軍勢が気になってしょうがないのでしょう」

「指揮官はド素人か……。ステファンの軍勢など、ただ牽制するためだけの駐屯だと見破れんのか」

高所の物見櫓から見える敵の動きには、失望しかないな。

この2年でアレクサ王国軍は、かなりの指揮官を失ったわけだし、質が落ちるのは仕方なしか。

ふぅ、つまらんいくさになりそうだ。

「親父！　こんなところで籠ってないで、ザズ領の先兵だけでも蹴散らそうぜ！」

「馬鹿者！　出る、出ないは大将のワシが決める！　お前は黙って、武具でも磨いておれ！」

「磨きすぎて、もう磨く武具がねえよ！」

ラトールの返答を聞き、隣にいるワリドをチラリと見るが、首を振っている。

万が一、取り逃がした兵に関所を突破されれば、特別反省室にぶち込まれてしまう。

脳裏に浮かんだ窓のない白い壁を思い出し、ぶるぶると身体が震えた。

「待機だ！　お前は、あの白い壁を忘れたのか！　っと！」

ラトールを叱っていたら、遠くに見えるアルカナ城の前に、エルウィン家の旗が押し寄せるのが見えた。

「ワリド、アルベルトが作戦を完遂したようだぞ！」

「そのようですな。では、状況も変わりましたし、我々もアルベルト殿に合流せねばなりませぬが、今度はあちらが邪魔ですな」

それまでの態度を翻したワリドが指差したのは、先兵としてふもとに布陣しているザザンの指揮する1000名の部隊だ。

「たしかにアルカナ城の軍勢に合流するには、非常に邪魔であるな。あれを徹底的に潰しておけば、肝の据わらぬド素人指揮官は、対岸から渡ってこぬであろう」

「では、早速取りかかりましょうぞ」

「承知だ！　ラトール！　出陣の太鼓を鳴らせ！　すぐ出る！　敵はザズ領にいるアレクサ王国軍1000名！　徹底的に潰すぞ！」

「おっしゃあああ！　野郎ども！　出番だ！　太鼓鳴らせ！」

出陣の太鼓が乱打されると、関所の中は慌ただしくなり、すぐに出陣の支度を整えると、ふもとに向けて飛び出した。

「我こそは、ブレスト・フォン・エルウィン！　腕に覚えのある者は進み出よ！」

すれ違いざまに、馬に乗った騎士を斬り伏せる。

「エルウィンの鬼どもが来たぞ！　もう、だめだ！　逃げろ！」

「逃げる場所なんてねえぞ！　船は対岸に物資を取りに戻ってる！」

「なんで、こんな時に！　エルウィンどもめ！」

関所のふもとでは、エルウィン家の旗を恐れたアレクサ王国軍の兵が、右往左往して逃げ場を求めていた。

「それでもアレクサ王国軍の兵士か！　戦え——」

怖気づいた兵を鼓舞していた騎士を大槍で貫くと、馬をさらに駆けさせる。

「敵は逃げ腰だ！　回り込んで全部首を落とすぞ！　行け！　親父に首を挙げさせるな！」

兵の指揮はラトールがしっかりやっとるようだな。小規模な戦闘であれば、任せても問題はない指揮をするようになった。

ラトールの指揮を受けた兵たちは、バラバラに逃げ惑うアレクサ兵たちを手早く押し包み、集団にまとめ直していく。

「ワシのためによくやった！」

再び集団になったアレクサ兵の中に躍り込み、大槍を一閃する。

大槍の刃に触れた敵兵は首を失い、血を噴き上げる死体となって地面に伏せた。

「誰が、ワシの大槍を受けられる者はおらんのか！」

怯える敵兵が抵抗することなく、武器を捨てた。

「悪いが、今回はアルベルトの指示もないので、捕虜は取らぬぞ！」

エルウィン家の旗に怯え逃げ惑い、武器を捨てた連中は、ザーツバルム地方の兵だろう。最近のいくさで、武器を捨てれば、捕虜として捕縛され、生き延びられると学習した連中らしいが、今回はそんな指示はいっさい受けていないし、生かしておく理由もないので倒させてもらう。

「だから、戦わねば生き残れぬわ！」

武器を捨て、手を挙げている兵を横薙ぎにすると、周囲から叫び声が上がった。

「ひぃいいい！　馬鹿な！」

「許してくれ！　妻と子供が――」

「だから脱走しとけばよかったんだ！」

「いくさで泣き言を言うな！　ここは、命を懸けたやり取りをする場なのだぞ！」

叫んでいる敵兵の首を飛ばすと、返り血がべったりと身体に付いた。

「馬鹿野郎！　親父に向かって敵を集めるな！　こっちだ！　こっち！」

ラトールも戦斧を振り回して、再び逃げ惑い始めたアレクサ兵の中に躍り込んできた。

「遅かったな！　ワシがだいたい片付けたぞ」

「くぅ！　親父！　ずるいぞ！　兵の指揮ばかり、オレに押し付けやがって！」

「仕方あるまい！　副将は大将の指示に従うものであろうがっ！　馬鹿息子がっ！」

息子と言い争いをしつつも、周りに群がる敵兵を薙ぎ払って蹴散らす。

戦意を失っている敵兵で戦おうとする者はおらず、新たに敵が作り直した荷下ろし場に向かって、壊走していく。

捕虜を取らないことを明言したことで、鬼人族の兵たちは、背中を向けた敵兵にも容赦なく、武器を振り下ろし、倒れた敵兵の首を落としていた。

「親父！　船が！　あれ、大将首だろ！」

ラトールが指差した先には、漁村の船着き場から逃げ出す小舟が見えた。

河に出た船には、憔悴したザザンと護衛の騎士と見られる者が乗っている。

「間に合わん！　今は敵を倒せ！」

「お、おぅ！　分かってらい！」

指揮官に見捨てられた敵兵は、最後まで戦うか、諦めて倒されてるか、ドルフェン河に鎧を着けたまま飛び込み、溺死するかの3択しか残されていなかった。

しばらく抵抗する敵兵を斬り伏せていたが、動く敵兵はいなくなった。

「よし、これでいい！　大将首は獲れなかったが、敵の先兵は潰せた。このまま、アルベルトに合流するぞ」

「おぅ！　野郎ども敵兵の首は腰に下げていけー。アルカナ城で立て籠もる連中に、援軍が壊滅したこと見せてやるぜ！」

「珍しくいい案ではないか！」

「「「おぅ！」」」

兵たちは自らの武勲を示すように、狩り獲った敵兵の首を腰に下げていく。

「ブレスト殿、ラトール殿、関所はわしらの手の者に任せておいたから、急いでアルカナ城にまいりますぞ！」

「分かっている！　では、アルカナ城へまいる！」

ラトールに兵をまとめさせると、今来た道を駆け上がり、関所を抜けて、アルカナ城へ続く桟道を駆けた。

※オルグス視点

対岸の様子を眺めているが、味方の旗が次々に倒されていくのを見て、身体の震えが止まらない。

もしこの機会にステファンも動けば、あの鬼どもとこの場所で挟撃される。

ザザンは陣を固く守れと言っていたが、どうすればいい。守るにしても、わたしが指揮をせねばならんのか。

苛立ちが募り、天幕の中に戻ると、陣を守るコルシ地方の領主たちに視線を向けるが、皆がこちらを見ようとせず視線を逸らす。

くそ！　下手に意見して責任を押し付けられたくないという態度がありありと窺える。

わたしの責任で決断を下せということか！　クソどもが！

「殿下！　ザザン殿が戻られました！」

重苦しい空気に包まれた天幕へ、憔悴しきった鎧姿のザザンが戻ってきた。

「ザザン！　貴様！　あれだけの大言を吐き、対岸に渡ったくせに！　この体たらく！　どうするつもりだ！」

「面目次第もございません。エルウィン家の奇襲に遭い大事な兵を失いました……。対岸に渡った1000名の兵は全滅です。この責任は私が全て負います！」

「当たり前だ！　大事な兵を失いおって！　今すぐここですぐに果てよ！　無能者めっ！」

「ははっ！　では、この首にて、殿下のお怒りをお鎮めください！」

腰に差した剣を抜いたザザンが、自らの首筋に刃を押し当てる。その様子を見たコルシ地方の領主たちが、一斉にザザンの手から剣を取り上げるため群がった。

「ザザン殿！　まだ負けたわけではない！　アルカナも落ちたという報告もないのだ！　今、責任をとって死ぬのは早かろう！」

「だが、殿下にあれだけの大見得を切って、兵を率い対岸に渡ったのだ。責任は取らねば、軍はまとまらぬ！」

「オルグス殿下！　今、ザザン殿の責任を問い、首を刎ねれば、我らは兵を率いて領地に帰らせてもらう」

居並ぶコルシ地方の領主たちが、ザザンの助命をせねば、この陣を去るという意思を示した。

兵がいなくなっては、いくさは続けられぬ！　忌々しいが、これではザザンを許すしかないではないかっ！

「あぁぁぁぁぁぁあっ！　クソがぁ！」

腰の剣を引き抜くと、近くの机に叩きつける。ムチャクチャに振り下ろした剣は刃筋が通らず、刃こぼれが生じた。

「今回だけ、今回だけコルシ地方の領主たちに免じて、ザザンの命は助けてやる！　陣で謹慎しておれ！」

ザザンは床に額をこすりつけるように深く平伏すると、そのまま気を失って倒れてしまった。

「ザザン殿が倒れられた！　薬師を呼べ！」

領主たちに抱えられ、ザザンが天幕から出ていくと、誰一人わたしの下には残る者がいなかった。

どいつもこいつもわたしを馬鹿にしやがって！　ザザンがおらねば、兵の1人も動かせぬとはっ！

誰もいなくなった天幕で、刃こぼれした剣を投げ捨てると、近侍の家臣を呼ぶ。

「お呼びでしょうか！」

「ステファンの陣と対岸に斥候を出させろ！　とにかく今は情報を集めるのが先決だ！　どんな情報でもいい。全てわたしに上げさせろ！」

「はっ！　では、伝えてまいります！」

近侍の家臣が天幕から去ると、胃の辺りの痛みが増す。

ステファンさえあそこから動かぬという確証が得られれば、アルカナ領内でエルウィン家を挟み撃ちにしてやるものを！　いつでも襲うぞって様子を隠そうともしない！

おかげで、ドルフェン河を渡りたくても渡れず、しびれを切らしたザザンが兵を分離して渡って、エルウィンの鬼の餌食となった。

全てが向こうの思惑に沿って動かされている気がしてならない。

なんとか、なんとか、打開策を見つけねば、わたしが王位を継ぐことが不可能になってしまうではないか！

なんとか、なんとかせねば……。どうすればいい、どうするべきだ。クソ、誰かいい知恵を持つ者はおらぬのか！

痛みを発する胃の辺りを押さえ、答えを求めるが、答えてくれる者は誰一人天幕の中にいなかった。

第七章　アルカナ城陥落とリヒトの末路

帝国暦二六一年　紅玉月（七月）

順調に軍を進め、先月末にアルカナ城を包囲した俺たちに、特別遊撃隊であるブレストたちが合流したのは、紅玉月（七月）の2日である。

彼らは、腰にアレクサ王国軍の将兵の首をぶら下げた蛮族スタイルで現れた。

「アルベルト！　敵が不甲斐なかったぞ！　次はあの城、ぶっ壊していいんだよな？　はぁはぁ！」

「アルベルト！　ワシも力を持て余しておるのだ！　破城槌《はじょうつい》でもなんでも担ぐぞ！　そうだ！　大弓を持て！　城壁ごと城兵を射貫いてやる！　はぁはぁ！」

息が荒い。っていうか目が血走ってるし、腰に下げた敵兵の首が怖い。

ワリドの手の者からもらった報告では、関所のふもとにいたアレクサ王国軍の先兵1000名が『壊滅』、いや『殲滅』されたとのこと。

彼らは戦果として、その首を腰に下げているそうだ。

マジ、野蛮なんですけど！　やっぱ、アレウスたんに鬼人族は近づけないようにしないといけない！　ヒャッハー父上、首を挙げたぜー！　なんてことはさせないんだからな！

けど、今の俺には、ブレストたちのいでたちが、ありがたかったので利用させてもらっている。

「はいはい、その前に降伏勧告しますから、ブレスト殿もラトールも、他の鬼人族たちと同じように陣の前に並んでくださいねー」

「降伏なんてさせねえで、全部、やっちまおうぜ！」

「そうだぞ！　多少、歯応えのあるやつが残っているかもしれんのだぞ！」

「はいはい、私の指示に従えないなら、農民兵たちとともにお帰りくださーい！」

腰に敵の首をぶら下げた鬼人族を見て、ドン引きしている農民兵たちを指差す。

ブレストの率いる鬼人族の部隊が合流したので、彼ら農民兵は動員を解いて帰還させるつもりだ。ここからはガチのいくさが始まるからね。

ガチのいくさは専門職として雇っている鬼人族とアルコー家の家臣たちでやるつもりだ。

通常であれば農民兵も含め500名ほどが籠るアルカナ城も、地元の家臣に離反された今は100名満たない兵しか籠っていない。

いくら堅城であったとしても、守備兵が足りなければ、容易に落ちる存在に成り下がる。

「仕方ねぇ。アルベルトの降伏勧告で、開城しないよう、威圧しとくしかねぇな」

「そうだのぅ。降伏すれば、お前らもこの首と同じ道をたどると態度で示してやろう」

いくさ好きどもめ！　頭のネジがぶっ飛んでいる発言はやめなさい！

俺はため息を吐き、用意が整ったことを確認すると、紙で作ったメガホンを敵城に向けた。

「あー、あー、君たちは包囲されている！　大人しく我らエルウィン家に降伏せよ！　我らの欲するのは領主リヒトの身柄のみ！　改めて繰り返す！　降伏せよ！　君たちが希望をつなぐ、アレクサ王国軍は、そこの鬼人族たちが腰から下げている首に成り果てた！　無駄な抵抗をやめ、降伏するように！　命は惜しめ！」

俺が降伏勧告をする間も、鬼人族たちが『降伏したらどうなるか分かってんだろうな』的な威圧を敵に向かってやっていた。

その威圧に怯えた敵は、こちらの降伏勧告を無視し、開城を拒否。

「ブレスト殿たちの思惑どおりになりましたね。まぁ、もともと降伏を許す気はさらさらありませんからいいんですけどね。ちょっと、試したいこともあるので」

「あの玩具を持って来てたのか……」

「敵をビビらせることくらいには、使えますよ。それに実戦での経験を積ませたいので」

「まぁ、鬼人族が使うわけじゃないし、アルベルトの好きにやらせてやれよ」

「ラトールの言う通り、あれは農民兵の戦闘力を上げる兵器ですからね。とりあえず、私が選抜した者を使い、敵城を銃撃している間に、首を処分して身綺麗にするように指示してください。2人とも匂いますよ。なぁ、リゼ」

「うん、2人とも身体を洗った方がいいよ」

顔を歪ませたリゼが、鼻を押さえて手を振る。

ラトールとブレストが自らの身体の匂いを嗅ぐ。体臭と敵の血の臭いで、鼻が曲がりそうな臭いがした。

「こんなもの普通じゃろ。まぁ、いくさは継続となったし、いったん休憩をとらせてもらうか」

「親父！ あそこに酒があるぞ！ 身綺麗にしたら休憩がてら、飲もうぜ！ アルベルト、いいだろ？ この暑さだし、喉が渇く」

「いいでしょう。身綺麗にしたら敵兵から見えるよう派手に酒を飲んでてください」

「おっしゃーー！ 野郎ども、休憩だぁー！ 飲むぞーー！」

酒が出ると聞いた鬼人族たちは、即座に腰に下げた首を投げ捨て、交代で近くの水場に向かうと血と汗で汚れた身体を綺麗にし始めた。

同時に、帰り支度を終えた農民兵たちをアシュレイ領に向け出発させる。

ここから先は、秘匿兵器の実験タイムなので、情報統制のため、農民兵たちにはお帰りねがった。

「アルベルト様、銃兵教導《きょうどう》隊準備が整いました！」

「とりあえず、今回は射撃訓練の延長みたいなものだから、交戦距離200メートルを守るように！ 当たらなくてもいい！ 音で敵をビビらせろ！」

「はっ！　承知しました！」

火縄銃の運用を研究するため設立したのが、『銃兵教導隊』だ。

隊員30名は、全て俺の私兵。鬼人族の技術者もいれば、ユシュート族の者もいるし、スラトの領民もいるし、アシュレイの領民もいる。

彼らには、試作された火縄銃の技量を高めてもらっているが、火縄銃の情報が漏洩しないよう厳しい制約を課しており、全員独身者であった。

今後、火縄銃を量産化した際は、彼らに鉄砲隊の指揮官となってもらうつもりでいる。

その『銃兵教導隊』30名がミラーの指揮に従い、横列になって並ぶと、城の城壁に見える敵兵に向かい、各自の火縄銃で銃撃を開始する。

大きな射撃音と、黒色火薬の発する白煙が立ち昇り、銃撃が当たったのか、騎士の1人が城壁から下に落ちる姿が見えた。

「ミラー、持ち込んだ弾と火薬は使い切ってくれ。あと、命中率や威力の確認もするように。試作品もどんどん試せ！　使いつぶしてもいい！」

「承知しました！」

銃撃は散発的に続き、アルカナ城のいたるところで、敵兵が騒いでいる姿が見えた。

『銃兵教導隊』による実戦での射撃訓練は日が暮れてからも続いている。

敵も音には慣れたようだが、弾が当たった者が若干数出ているようで、城壁から顔を出してこちらを窺う者はいない。

俺はその様子をリゼやブレストたちとともに、鬼人族の酒盛り会場で眺めている。

「あの武器、今度スラト衆にも使わせてよ」

「うるさいだけではないか。リゼ殿の家臣であるスラト衆はもっと身体を鍛えねばならん」

「あの距離だと、敵に致命傷は与えられてないようだぞ」

リゼの言葉に、鬼人族の2人は、火縄銃への不満を漏らす。

「まだまだ改良中というところです。でも、おかげで敵は城壁から身を乗り出して、こちらを弓で狙撃できませんよ」

「まどろっこしいことをせぬとも、城門をぶっ壊して城壁の兵を一掃すればよいではないか」

ブレストの様子を見てると、『全軍、突撃！』って言い出して、肉弾攻撃で城壁破壊とかやりかねない。

とはいえ、軍師としては鬼人族の力に頼り切るのは危ないと思っているので、エルウィン家全体の軍の力を向上させなければならない。

リゼの率いるスラト衆、ニコラスが率いるアルカナ衆といった部隊も戦えるようにしていけば、エルウィン家の力はもっと強くなるはずだ。

そのための第一歩が、多数の敵を制する圧倒的な火力となる火縄銃の量産だと位置づけている。

「まぁまぁ、火縄銃は弱き者の武器としてお考えください」

「アルベルト、終わったみたいだぞ！」

持ち込んだ弾や火薬を使い果たしたようで、先ほどまで響いていた轟音が止んだ。

銃撃が止んだと察した敵兵たちが、城壁からこわごわと顔を出す。

アルカナ城は籠っている兵は100名満たず、すでに籠城によって、城内の食料や燃料は尽き、援軍は来ないため、戦意はかなり衰えている。それに加えて先ほどの銃撃だ。

精神的に相当まいっていると思われる。

俺たちは、そんな追い込まれた敵兵たちの目の前で、優雅に酒盛りをしているのだ。

そんな酒盛りをして楽しんでいる俺たちに対し、リヒトが城壁から吠え立てている姿が見える。

「敵将が顔を見せているな！　宴会の余興として、槍投げ大会でも企画するとしよう！　まずはワシからじゃ！　槍を持て！」

農民兵の使っていた長槍を受け取ったブレストが、助走を付けて思いっきりぶん投げた。

さすがに鬼人族が脳筋とはいえ、200メートル離れた城壁に届くわけが――。

遠眼鏡を使い、槍の軌道を目で追っていたら、グングンと飛距離を延ばし、リヒトの頬を掠め、奥の壁に突き立った。

「外したか」

脳筋の繰り出すありえない技を、常識人の俺に見せないで欲しい。普通届くわけねぇ……って。マジでありえねぇわ。

「だっせえなぁ。オレに任せろ」

別の槍を受け取ったラトールもブレストと同じように助走を付けて、槍をぶん投げる。

ブレストとは違い、放物線を描いて飛んだラトールの槍は、リヒトの手前に突き立つ。

あっぶね！　あと10センチ前に出てたら、脳天に槍がぶっ刺さってたぞ！

「あぁ！　惜しい！」

それから次々に鬼人族が挑戦し、腰を抜かしたリヒトの周りに槍が林立することになった。

「火縄銃よりか、ワシらが槍を投げた方が敵を効率的にやれると思うぞ」

ブレストが城壁の上に林立した槍を見て、満足そうな顔をしている。

「参考にはさせてもらいますよ。参考には」

鬼人族以外には、できない芸当だと思うけどね。

「さて、遊びは終わりにしましょう！　今より、内応者への最終通告の鏑矢《かぶらや》を打ち上げます。城門が開かなくとも戦闘開始とさせてもらいます。その際は2人に先鋒をお任せしますよ。私とリゼのスラト衆は後に続きます」

2人は俺の話を聞くと、酒樽を抱え、中身をグビグビと飲み干していく。

「承ったぞ！　酒で喉の渇きも潤ったしな」

「おっしゃあ！　任せろ！」

他の鬼人族たちも残りの酒を飲み切ると、次々に自らの得物を持ち、準備を始めた。

俺はそばに控える者に、鏑矢の合図を送るように目配せする。

大きな音を伴った鏑矢が、青空に向かって数十本打ち上がり轟音が響く。

リゼは鏑矢の轟音に耳を押さえた。

「これはさっきの銃撃くらいうるさいね。これだけ、大音響で打ち上げたら、『聞こえなかった』とか言い訳できないや」

「だろうね。言い訳はさせないさ」

「城内より、合図の光あり！　その後、城門付近で喚声！」

城の様子を見ていた部下から報告が上がる。

どうやら、すぐに裏切ったようだ。まぁ、散々追い詰めてたからね。助かる望みがあるなら、縋りつくのはしょうがない。助けるつもりはないけどさ。

「今です！　全軍、進撃！」

「うぉおおおおおおおおおおおっ！　一番のりぃいいいいい！」

「待てぇええ！　ワシが一番乗りじゃぁああああああ！」

鬼人族たちが、地鳴りのような喊声を上げ、破城槌を担いで城門に殺到していく。

「裏切りをさせるな！　ワシらでぶち破るぞ！　おらぁ！　せーの！」

酒が入って、いつも以上に気が荒い鬼人族たちが派手な音を上げて、鉄で補強された門を破城槌で乱打し一気に破壊した。

戦闘開始してまだほとんど時間が経っていないが、城門は見るも無残な姿を曝している。

鬼人族に遅れないよう、俺たちもあとに続くことにした。

「アルベルト、スラト衆が護衛に付くよ。ミラー、指揮を頼むね」

「はっ！　2人の警護はお任せください」

俺たちの周囲をスラト衆が固め、不測の事態に備える。

ミラーは、すでにアルコー家の家臣たちを掌握しており、彼の指示に異を唱える者は皆無だった。

「裏切る！　エルウィン家に裏切るからぁ！」

「やめてくれ！　裏切る！　そちらに付く！　味方だ！」

「話せば分かる！　私はリヒトのやつに唆されただけなんだ！」

おっと、裏切り者の数が多いねぇい。包囲する前から内応者募集はしてたわけだし、当然か。

でも、鬼人族たちが自力で門を破壊しちゃったからなぁ。

城内の敵兵は、我先にと降伏や内応したことを示すため武器を捨てていく。

もはや、倒産決定のエラクシュ家を捨て、超優良企業であるエルウィン家に転職しようと必死なのだろう。

「そんな話は知るか！　自分の命を守りたかったら、自分で戦え、ボケどもがっ！」

先に城内に突入したラトールが、裏切った者を戦斧で次々に斬り伏せる。

敵兵たちは抵抗する暇もなく、物言わぬ死体となった。

遅れること半歩、ブレストも裏切り者を次々に斬り伏せ、城門の前を綺麗にしていく。

「約束がちがう！　城門を開けようとしたのになぜぇ――」

「エルウィン家の卑怯者めぇ！」

「手がぁああああ！」

エルウィン家に鞍替えしようとしていた者たちが、血を流しのたうち回る。

酷い状況だが、彼らの転職活動は遅かったし、こちらとしても最初から助ける気はないので、ブレストたちの対応は致し方ない。

「進め！　進め！　敵将リヒトの身柄を捕獲しろ！　生きて捕まえろよ！」

ラトールの指揮で、鬼人族たちが城内の各所に雪崩れ込んでいく。

エラクシュ家の家臣たちは、降伏も許されず、血に飢えた鬼人族の獲物として狩られていった。

「おっと、リヒトは内城に籠ったか。面倒だね」

「城の中に城があるんだ。すごい作りだね。このアルカナ城って」

「内城は、最後の砦みたいな場所だしね。山の頂上の断崖絶壁を使って作ったアルカナ城の地勢を生かし、外城が陥落しても、跳ね橋を上げれば立て籠れるのさ」

目の前の跳ね橋は、内城に詰めた兵たちによって鎖が巻き上げられ、向こう側に渡る道が消えた。

退路を断たれた外城の兵が、内城に籠った兵へ喚き散らすが、鬼人族によってすぐに死体に変えられる。これもこの世界の習わしと思えば、致し方なし。この世界は、決断できない人に優しくない仕様。

瞬く間に外城の兵が殲滅されると、血に飢えた脳筋たちは、内城に籠った兵に狙いを付ける。

「ブレスト殿、どうします？　向こうに渡る道がなくなりましたよ」

「あの急斜面を登ってもよいが――」

ブレストが指差した斜面は、およそ人間が登れるとは思えないほど、急なものであった。

「面倒なので、こいつで橋を落とす！」

ブレストが部下から受け取ったのは、身の丈以上ある大きな弓だった。

さっきの投げ槍の件もあるし、また常識外れの技を見せてくれるんだろう。

それにしても、あの太い矢はやりすぎだ。

あれってたしか、据え置きの巨大な弩《いしゆみ》用だったはず。それを大弓で射るのか。

ブレストは引き絞った大弓に番えた太い矢を放つ。

ものすごい風切り音を発して飛んでいき、跳ね橋の巻き上げ用の鎖を断ち切った。

「すごいね。あんなことを人がやれるんだ」

「いやいや、鬼人族だからやれるんだと思うよ。私はやれる気はしないしね」

ありえない！　ありえないことが起きた！　清々しいほどの脳筋的解決法だったわー。

「2発目いくぞぉおお！」

ブレストが番えた2発目の太い矢も反対側の鎖にヒットする。

「跳ね橋が落ちるぞ！　野郎ども！　突入準備！」

「「「おぉお！」」」

巻き上げの鎖が両方断ち切られた跳ね橋は、ゆっくりと加速し、土煙を上げ地面に落ちた。

「ば、馬鹿な！　あいつらは化け物かっ！」

「リヒト様！　もはやここまで……」

「橋が落ちた……」

最後の抵抗を試みるため、内城に籠った敵兵も目の前で起きた事態に驚き、意気消沈する。

「進め！　進め！　生かして捕えるのはリヒトだけでいいぞ！　進め！」

戦斧をかざしたラトールが鬼人族たちを率いて跳ね橋を進んでいく。

「アルベルト、白旗が上がったよ」

「そうだね。無意味な行動だけど」

リゼが示した内城の高い場所には、白い布切れを振る敵兵が見えた。

「降伏などさせるか！」

ブレストが手近にあった槍を手に取り投げ込むと、白旗を振る敵兵を貫いた。

侵入したラトールと鬼人族の兵は次々に城兵を斬り伏せる。

降伏勧告を無視した時点で、捕虜を取る気はないため、鬼人族たちを止める気はない。

内城から敵兵の声が途絶えると、熊みたいな男が、縄に縛られ、ラトールとともに姿を現した。

「あれがリヒト・フォン・エラクシュか。熊人族って本当に熊みたいに見えるね」

連れてこられたリヒトを見たリゼの感想が、気に障ったのか、こちらを睨みつけてくる。

「リヒト殿、そう睨まれますな」

「エルウィンめ！　これで勝ったと思うなよ！　シュゲモリーの犬めっ！　私を害すればワレスバーン家が黙っておらぬぞ！」

引き据えられたリヒトは、酷くやつれ、眼の下には大きなクマができており、籠城戦の苦労が忍ばれた。

「ああんっ！　じゃあ、今ここでやってやんよっ！　おら、剣を取れ！」

「ラトール！　抜け駆けは許さんぞ！　ワシが先だ！」

「ハイ、そこまで！　それ以上やったら、今後いくさに出しませんよ」

鬼人族たちを手で制し、捕虜となったリヒトの肩を軽く叩く。

「触るな！　奇妙な仮面を着けおって！　ひょろくさいガヤがなんで戦場におるのだ！」

「魔王陛下のお気に入りであるエルウィン家の大軍師を知らんのか？　これだから熊人族はアホと言われる」

ブレストの言葉にリヒトがカッと目を見開いた。

「脳筋の鬼人族にアホと言われる筋合いはない！　大軍師だと！　ブレスト、寝言は寝て言え！　どうせ、ステファンの知恵を借りたのだろう！」

「だってさ。こいつ、アルベルトのヤバさ知らないらしい」

ラトールがリヒトを見て肩を竦める。

アルカナ領は僻地で孤立してるから、外の情報があまり入らないってニコラスも言ってたな。おかげでこっちはいろいろと仕込めたからいいけど。

「ステファン殿と比べられたら、私など足元にも及びませんよ。さて、無駄話はここまでにして、あなたには、帝都デクトリリスへ行ってもらいます。魔王陛下が、お世話になった貴殿にお会いしたいでしょうしね」

生きてリヒトを引き渡せば、俺のゴマすりポイント稼ぎにもなってもらえるわけだ。

あの魔王陛下のことだから、自分の悪口を言いふらしたうえ、敵に裏切ったやつを許すとは思えない。

きっと、他の派閥の貴族たちに、自分へ敵対した者の末路を見せつけるため、リヒトの命を使うだろう。

怖い、怖い、やっぱ魔王陛下の下だと、ブラック企業のパワハラ社長臭がする。それに対して、うちは俺に従順で可愛い嫁ちゃんが当主だから、とってもアットホームな職場だ。

守りたい、俺の心の平穏って感じだね。

「アルベルト様、魔王陛下からの使者がまいっております！」

「は？」

リヒトと対面していた俺たちのもとに、ゴシュート族の者が駆け込んできた。

「ご苦労でござったな。アルベルト殿」

音もなくゴシュート族の者の背後に現れたのは、魔王陛下の密偵の人だった。

「リヒト殿の身柄はこちらが預かる。魔王陛下は大変満足しておられますぞ。今、ちょうど護衛兵を率いて、アシュレイ城にマリーダ様の嫡男に会いに来ておりましてな。アルカナ城の陥落間近と聞き、私が身柄を受け取りにまいったしだい」

「は、はぁ……はぁあああっ！　魔王陛下がアシュレイ城に⁉」

「マリーダ様よりご招待の書簡が来ましたので、来城されました」

あ、ああ、マリーダさん！　やったね。やっちまったね。これでアレウス君が養子にされてしまうよ！　可愛すぎるし、天使だし、才能あふれる爽やかイケメンに育つの確定だし。魔王陛下もアレウスたんに魅了されて、連れていかれちゃうぅぅぅ！

俺は使者として訪れた密偵の肩を両手で強く抱く。

「へ、陛下は我が息子に関して、なんと申されておられましたか！」

「賢そうでもあり、頼もしそうでもあると申されておりました」

はぁあああぁっ！　らめぇぇぇえ！　俺の息子ちゃん！　ブラック企業のパワハラ社長に取られちゃう！

「す、すぐに本城へ帰還せねば！　ラトール、リゼ、ブレスト殿、ミラー、帰るよ！　帰る！」

「アルベルト、なにを急に取り乱しておる。クライスト殿は、マリーダの息子に会いに来ただけであろうが。まだ、やることも残っておる」

「そうだぜ！　少なくともこいつら片付けないとアルカナ城も使えないわけだしさ」

「そうそう、今帰ると、陛下に仕事をサボったたって思われるよ」

みんなに諭され、冷静さを取り戻す。

危ない、危ない。アレウスたんのことで取り乱してしまった。

そうだよな。魔王陛下もいきなりは連れ帰ったりはしないはず。まだ、陛下は独身だしな。

ふぅ焦って損したぜ。

「リヒト殿の身柄を預かって、大丈夫ですかな？」

「は、はい！　問題ありません。ご自由にお持ちください。私はアルカナでまだやらねばならぬことがあり、魔王陛下に面会できませんが、よろしくお伝えください」

「承知した。アルベルト殿のことはきちんとお伝えいたそう」

「やめろ！　私は行かんぞ！　クライストのもとになど、むぐぅうう！」

魔王陛下の密偵は、猿轡をされたリヒトを受け取ると、即席で作られた護送馬車に載せて去っていった。

自業自得。口は災いの元である。リヒトは、その口の悪さで、自らの命を失うことになるだろうが、頑張って魔王陛下の魔の手から、口八丁で生き残って欲しいものだ。

アディオス！　せいぜい、魔王陛下に可愛がってもらってくれたまえ。

その後、俺たちは占拠したアルカナ城の清掃作業に入った。

エラクシュ家側の損害は戦死88名。生き残りは0名。殲滅である。対するエルウィン家側の損害は軽傷10名という数字だった。

それと、エラクシュ家の古参の家臣の集落にいた者は、例外なく国外の奴隷商人に売り飛ばした。殺された古参の家臣の親類縁者たちだしね。

叛乱勢力になりそうな者たちであるため、せっかく綺麗に親エルウィン家の者を揃えたアルカナの地に、最後まで抵抗を示した古参派の親類縁者を置いておく場所はない。

ニコラスを総代官として認めるやつだけが、俺の想定するアルカナ領民という括りであった。

まぁ、まだこのいくさは終わってないわけで、これからいろいろと仕掛けを仕込まないといけないわけだけどね。

「アルベルト殿、見つけたぞ」

関所を部下に任せて、アルカナ城に来ていたワリドが、俺の探していたものを見つけ出してくれた。

「どこまで繋がっている?」

「出口は2つ。一方は東西の街道に近い場所に出る道。もう一方はエルフェン川に近い場所に出る道だった」

ワリドに捜索させていたのは、アルカナ城からの脱出路だ。落城の際、城主が逃げるための道である。

今回リヒトが使わなかったのは、アレクサ王国の援軍を得れば、持ちこたえられると踏んでたからだろうし、エランシア帝国側にしか繋がってないので、逃亡中の捕縛を恐れ、城に籠り続けた結果、身柄を拘束されたわけだが。

「東西の街道に現れる野盗どもの逃げ道は潰せたわけだね」

「そうですな。連中は、エランシア帝国の討伐軍が来たら、その脱出路を遡ってアルカナ領に逃げ込んでたものと思いますぞ。とりあえず、そちらの出口は崩落させますか?」

「ああ、今後は必要ない道だ。崩落させていい。ただ、エルフェン川に近い場所に出る道は使う予定があるので、残しておいてくれよ」

「承知しております。例の策を実行するのですね？」

「ああ、アレクサ王国軍の先兵は、ブレスト殿たちが殲滅してしまったし、アルカナ城に籠った兵も全滅だった。戦費もかかったし、鉱山の件が本格化したら莫大なお金もいるので、アレクサ王国からお金と無料労働力を稼がせてもらうつもりさ」

「釣られますかね？」

「釣られるだろ。このいくさでオルグスは自らの戦果を挙げねば、廃嫡決定なのだし」

「アレクサ王が重篤な状況だという報告も来ておりますが」

「それだけが、不安要素だね。オルグスが罠にかかる前にアレクサ王が亡くなれば、そのまま王都に帰って王位を継承するだろう」

　できれば、こちらの策にかかり、身柄を押さえた後、アレクサ王が崩御するというのが望ましいが。これればかりは、俺にも読めない。

「ゴラン殿には、王都からの退去を勧められますか？」

「安全策として、腹心の部下であるバルト伯爵の領地に引き籠ることを勧めておいてくれ。オルグスの悪運が強ければ、アレクサ王国は2つに割れるだろうしね。私としてはオルグスの下でアレクサ王国がまとまるのが最悪の展開さ。それを避ける意味でもゴラン殿には無事でいてもらいたい」

「承知しました。アレクサ班を通じ、ゴラン殿へ連絡を入れておきます」

「頼む。それと、ステファン殿に敵の足止め協力に感謝するとの書簡を届けてきて。『ゴンドトルーネ連合機構国軍の撃退を頑張りましょう』という訴も忘れずに伝えておいてくれ」

オルグスをより確実に釣り出すための餌の1つとして、敵国の侵攻をでっちあげるつもりだ。ステファンに大げさに騒いでもらい、ともに兵を下げ、相手を信じ込ませる。

諜報力の低いオルグスの手の者を騙すのは容易だし、焦っているやつの前に美味しい餌を出せば食らいつく可能性は高い。

「はっ！　あと、アレクサ王国軍に我が手の者を忍ばせておきます」

「ああ、弓《ゆみ》の腕のいいやつを頼むよ」

頷いたワリドが部下を呼び、指示を伝えると、何名ものゴシュート族の若者が駆け去っていく。

「さてさて、あとは罠を仕掛けて、獲物がかかるのを手ぐすね引いて待つとしよう。ブレスト殿！　ラトール！　ちょっと来てください！」

落城したアルカナ城内に残る死体の清掃作業を部下に任せ、休憩していた2人を呼び出す。

「なんじゃ？　アルベルト？」

「まだ、やることがあるのか？」

「ええ、実は鬼人族にやってもらいたいことがありましてね。もちろん、いくさの準備のためですよ。やってくれますよね？」

いくさの準備と聞いた2人が笑みを浮かべた。

あれだけ戦闘してたのに、まだ満足してないらしい。さすが変態いくさ職人たちだ。

俺は2人にやって欲しい作業を耳打ちしていく。内容を聞いた2人はさらに笑みを浮かべ早速、作業に取りかかってくれた。

その後、俺はリゼとともに護衛を連れ、解放した集落を回り、これから起きることの説明を詳しくした。

集落の者たちの間には、俺が苦心して行った心を落とす作戦の効果と、アルカナ城を陥落させた鬼人族たちの武勇とが加わり、エルウィン家への絶対的な信頼感を植え付けることに成功したため、これから起きることに対する、こちらの指示を快く受け入れてくれた。

信頼して指示を受け入れてくれた彼らのためにも、絶対に策の不発は避けねばならない。

オルグスが一番欲しいであろうものを餌にして、必ず釣り上げ、策にはめるつもりだ。

輸送隊によるアルカナ領への食糧補給が続き、タップリと食糧を貯め込み終え、策の用意が整ったのは、紅玉月（七月）も下旬に入り、暑さが厳しい時期に入った頃だった。

※オルグス視点

エルウィン家に、先兵1000名を殲滅され、敗走して帰ってきたザザンは病に倒れたまま療養している。

帰還したやつの首を刎ねようとしたが、コルシ地方の領主たちがザザンを斬れば、軍を領地に帰すと怒りだし、兵がいなければ戦果を挙げることもできないため、斬首はうやむやになった。

その後、なんとか状況を打開しようと、敵側を探らせているが、芳しい成果は得られていない。それに加え、すでにアルカナ城は落ちたという噂も陣内に広がって焦りが募っている。

「殿下！　ベイルリア家が国境から兵を撤兵させました！　それと、エルウィン家が駐留する関所からも兵が撤退したとのこと！　密偵が集めた情報によれば、ゴンドトルーネ連合機構国軍がエランシア帝国東部国境に大軍を投入したため、ベイルリア、エルウィン両家に参戦要請がきたらしいとのことを掴んでおります！」

「ほ、本当か！　間違いないのだな！」

近侍の報告を聞き、思わず椅子から立ち上がった。

「はい！　すでに偵察隊によって、ズラ領国境にベイルリア家の兵がいないのを確認！　ザズ領の関所も、もぬけの殻なのを確認しております！」

膠着した状況が変わる！　他国の侵攻を受けたエランシア帝国が、こちらを侮ってベイルリア、エルウィン両家の兵を下げた。

ステファンの奇襲もなく、あの忌まわしいエルウィンの鬼どもが関所から退いたなら、軍を進められる。

アルカナ領の奪還から始まり、上手くすればズラ、ザイザン、ベニアの奪還もできるかもしれない！　この機会を逃す手はない！

「兵を出す！　ドルフェン河の渡河の準備を急いで始めろ！　休むことは許さん！　一気にアルカナ領を奪還するのだ！　わたしも出る！」

「は、はい！」

近侍の者が天幕の外に駆け出していくと、陣内がにわかに騒がしくなった。

「やってやる！　やってやるぞ！　わたしの力を見せてやる！」

休むことなく続けられた準備によって、翌日には陣の守備兵500名を引いた3500名を率いて、ドルフェン河を渡河。警戒部隊を出しつつ、全速力でザズ領の高所にある関所を占拠した。

エルウィン家は、こちらが動くとは思ってなかったようで、桟道を走って関所に向かっていた敵兵が、こちらを見て、城に戻り始める。

「敵兵を率いているあの男は、もしかして賞金首のアルベルト・フォン・エルウィンではないか！」

先頭を進む兵からあがった声で、後続の兵の空気が変化する。

「勝てる！　このいくさ、わたしの勝利だ！　あの男を生きて捕えたやつに、このアルカナ領をくれてやる！　殺したら許さんぞ！　進め！　進め！」

大将首を狙う者たちが、砦から我先にと狭い桟道を進み、進軍速度が上がらず、アルカナ城へ逃げ込まれてしまった。

「くそ！　逃げられたか！　だが、やつももう逃げ場はない！　包囲させろ！　わたしを苦しめた代償をタップリと払わせる！」

関所から伝令が飛び出していき、混雑する桟道を抜け、先行する将兵に命令が届くころには日が暮れていた。

※ゴラン視点

「アルベルト殿が、王都を離れた方がいいと申しておるが、どう思う？」

密偵を介して届けられた書簡を焼き捨てながら、腹心のバルト伯爵の判断を聞いてみた。

「アルベルト殿からの助言は、王の容体が思わしくないからという理由でしょうな。王位継承のゴタゴタに巻き込まれ、ゴラン様の命が失われるのを嫌っておられるようです」

「で、あろうな。だが、オルグス不在とはいえ、私が王都を離れれば、再び旗を持ち変える者も出るであろうな」

「まぁ、そうでしょうな。逆に、派閥を結束させることはできますぞ」

「それは、私に国を割れと唆しているのか？」

「王を目指しておられるのでしょう？」

バルト伯爵は、国を割ることをすでに覚悟しているようだ。

兄弟間の王位継承争い。馬鹿らしい理由で国を割らなければならないが、私が生き残るために選べる道は、そこしか残されていない。

そして、その決断をするのに残された時間は少なかった。

「王が！　王が、崩御されました！」

部屋に走り込んできた家臣の言葉を聞き、決断を下す。

「バルト伯爵、私はすぐに父のもとへ出向き、別れを告げたら、その足で王都を出る。心労のため病に伏せるからな。療養は貴殿の領地で行おう」

「承知しました。すぐに馬車の手配をいたします。お父上とのお別れの挨拶は短めでお願いします。オルグス派もすぐに急使を派遣するでしょうしな」

「分かっている」

私は警護の家臣を連れると、騒然とする王宮の中を歩き、亡くなった父王に国を割ることを心の中で謝罪し、王都ルチューンを去った。

第八章　空城の計と逆包囲作戦

帝国暦二六一年　カンラン石月（八月）

援軍のため鬼人族たちやスラト衆を引き上げさせたら、アルカナ城、攻められちゃった！　てへ！　敵の数２０００！　こっち、リュミナスの率いる護衛10名。城門こそ直せたものの、敵は城を包囲しちゃってるし、アルベルト・フォン・エルツィン、絶体絶命の大ピンチ！

ってわけじゃない。敵はまんまとおびき寄せられ、俺が仕掛けた罠に飛び込む寸前で待機している。

「アルベルト様、準備が整いました。そろそろ限界ですので、作戦を始められますか？」

隣に立つリュミナスが、敵を見ても動じた様子を見せず、作戦開始の号令を待っている。

「予定時刻だし、しょうがないね。桟道の渋滞でオルグスが関所に留まったのは予定外だったが、２０００なら上等か。最低でも半分は捕虜にしたいね」

仕掛けた罠に狙った大魚はかからなかったが、満足できるものはかかったので、欲張らず始めるとしよう。

「では、これより作戦を開始する！　明かりを！」

「はい！」

黒装束のリュミナスが、部下の護衛たちに合図を送ると、夜の闇に包まれた城壁の上に、派手な服を着た俺の姿がはっきりと映し出された。

「我が名は『鬼使い』アルベルト・フォン・エルウィン！　我が首が欲しい者は進み出てまいれ！」

俺が相手を挑発するように、手招きすると、アルカナ城の城門が護衛たちの手で開かれた。

「城門が開いた！」

「敵は降伏するつもりだ！」

「身柄を押さえろ！　捕えればアルカナ領主だ！」

遠巻きにアルカナ城を包囲していたアレクサ王国軍の将兵が、俺を捕えようと、アルカナ城の門を目指し殺到する。

そんな彼らの姿がスッと闇に消え去った。

「お、落とし穴だ！　落とし穴があるぞ！」

「足元に巧妙に掘ってある！　押すな！　馬鹿！」

「早くいけ！　邪魔だ！」

城門に向け殺到した兵士や騎士が、鬼人族の作った巧妙に偽装された落とし穴に落ちる。

護衛の者が穴の中に向け、火薬を巻きつけた矢を放った次の瞬間、周囲を明るくするような光と轟音が響いた。

「言い忘れたが、私を捕えたければ、落とし穴を避けねばならん。落ちて、火矢を打ち込まれれば、爆発するようになっているので、頑張ってくれたまえ！」

爆発した穴からは、燃える水に引火した炎が噴き上がって、中に落ちた人間を焼く臭いと叫び声が聞こえた。

目の前に広がる罠への恐怖で、アレクサ王国兵たちの足が止まった。

「邪魔だ！　どけ！　穴のあった近くには、もう穴はない――」

足を止めていた兵を押しのけた別の兵が、鬼人族の作った別の落とし穴に消えた。

甘い、甘すぎる。うちの変態いくさ職人が、そんな甘っちょろい罠を仕掛けるわけがなかろう！　罠を仕掛けるとなったら、脳筋思考は消え失せ、対象の裏の裏の裏まで読んで、俺でもドン引きの罠を作り出す一族だぞ。

マジで俺は落とし穴掘ってねって頼んだだけだから。

落とし穴の底に燃える水が入った壷を仕込んで、火薬を巻きつけた火矢を射込んで爆発炎上で殺傷させろなんて言ってないからね。

「敵兵は少ないんだ！　足元に気を付けて進め！　落とし穴だけ気を付け――」

足元に注意が集中した敵兵の横にあった低木の茂みから、先の尖った木の杭が飛び出し、腹部を貫くと絶命させた。

「低木の茂みに罠がっ！　ただの茂みじゃないぞ！」

「なんだ、これっ！　うぐ！　弓矢だと……馬鹿な」

鬼人族が仕掛けた罠は巧妙で複雑。しかも、明かりの少ない夜だ。見つけるのは不可能に近い。

「さて、第二段階開始だね。リュミナス、合図を頼む」

「はい！」

リュミナスが手にした弓に番えた矢を上空に放つ。鏑矢の音が夜空に響いた。

しばらくすると、爆発音が連続して響いていく。

「さ、桟道が燃えてる！　燃えてるぞ！」

「おい！　消火しろ！　消火！」

「消えねえよ！　ものすごい火の勢いだ！　このままだと桟道ごと焼け落ちるぞ！」

アレクサ王国軍にとっての退路である桟道が焼かれている。

俺はあの桟道をアレクサ王国への出撃路として使うつもりは毛頭ないので、この機会を使って焼き落とし敵の退路を断った。

住民たちもアレクサ王国に繋がる桟道の存続は望んでいないしな。むしろ、アシュレイ領との街道整備を急いで欲しいとの嘆願が出ている。

戦争が終わったら、戦後復興の名目で、即着手するつもりだ。

燃える桟道を見て、退路を失ったアレクサ王国軍の兵たちが、動揺を見せた。

　このままでは、敵はこちらを警戒し、状況が膠着してしまうので、さらなる餌を撒く。

「アレクサ王国軍には、私を殺せる者もおらんのか！　だらしない！　カスどもめ！」

「ぬかせ！　貴様など射殺してやるわ！」

　激昂したアレクサ兵の放った矢が、夜空に放物線を浮かびあがらせ、俺の胸に吸い込まれた。

「カハッ！　馬鹿な……。嘘だろ……。こんなところで……」

　胸に生えた矢からは、赤い染みが広がっていく。

「アルベルト様！」

　リュミナスの悲鳴に似た声が聞こえたが、立っていられなくなった俺は、城壁から城内に向かって落ちた。

「敵将、アルベルト・フォン・エルウィン！　討ち取ったりー！　今だ！　攻めろ！」

　遠くの方でそんな声が聞こえてくる。まさか、俺がこんなところで――。

「はい、ご苦労様でした。アルベルト様、すぐに次の段階に入りますよ。敵はガンガン攻めてきてます」

　叫んで悲鳴を上げたリュミナスが、俺の隣に下り立つと、胸に刺さった矢を抜いた。

　胸に突き立った矢は、派手な服の下に着込んだ鎧を貫通せずにいる。

「矢が刺さったのは痛くなかったが、落ちるのは分かっててても意外と痛いな。それに動物の血までやらなくてもよかったかも」

城壁から落ちてくる俺を、下で待ち構えたゴシュート族の者が受け止めてくれたため、痛みは最小限ですんでいる。

「誘引は大成功ってところだね。退路のない彼らにとっては先に進むしかないわけだし、私の首を得れば、オルグスと連絡が通じた時に恩賞を与えられると見越して、罠を無視して城へ殺到してる」

「そうです。ですので、撤収しましょう」

「そうしよう。敵がこの城を占拠しても、エラクシュ家の者はいないし、抜け道の位置までは分からないはずだしね。とっとと逃げよう」

派手な衣装を脱ぎ捨てた俺は、アルカナ城に残っていた護衛たちと一緒に脱出路に逃げ込むと、喧騒が続く城を後にして、エルフェン川の陣で待機するエルウィン家の兵と、リゼのスラト衆に合流を急いだ。

「アルベルト～！　無事でよかったのじゃ！　妾は心配しておったのじゃぞー。アルカナ城に敵が急に攻め寄せたと兄様が言い始めたのでな！」

真夜中にエルフェン川の陣にたどり着いた俺を出迎えたのは、ブレストやラトール、リゼ、ミラーだけでなく、マリーダと魔王陛下も加わっていた。

「マリーダ様！　なぜここに！　アレウスはどうされた！」

状況の整理ができず、俺は立ち尽くすことしかできないでいる。

「アレウスはベルタとリシェールが面倒を見ておる！　妾は兄様の警護役としてこの場に付いてきたのじゃ！　ほれ！　これは兄様直筆の命令書じゃぞ！　控えおろう！」

マリーダが、魔王陛下の直筆の書類を差し出してくる。

護衛としてこの場にいるのは、間違いなさそうだ。

アシュレイ城へ、アレウスたんの顔を見に来ているとは聞いていたが、この陣まできているとは思ってもみなかった。

「そちの身を挺した敵の誘引作戦！　見事である！　それでこそ、『鬼使い』アルベルト・フォン・エルウィンだ！」

笑みを浮かべた魔王陛下が、俺の肩を叩き、褒めてくれた。

すぐさま、膝を突いて頭を下げる。

「ありがとうございます！　これより、仕上げのいくさを行うつもりです！」

「エルウィン家だけでは、逆包囲の兵が足らぬだろうから、余の護衛兵を使うがよい。遠慮はいらぬ」

魔王陛下が、部下の1人を手招きすると、こちらの指揮下に入るよう促す。

「心配するな。リヒトの身柄を引き渡してくれた礼だ」

魔王陛下が、気味悪いくらいにニコニコして、超ご機嫌なのは、リヒトの身柄確保のおかげだったか。超絶好感度爆上がりした気もする。これなら、あとでイチャモン付けられることはなさそうだ。

「では、謹んで陛下の兵をお借りします！　エルウィン家はこれより敵軍の逆包囲を開始する！　敵はアルカナ城にあり！　迅速に進軍し逆包囲をしてやるぞ！　水、食糧はアルカナの各集落が提供してくれる。休みなく進め！」

「「「おぉ！」」」

「先陣はリゼ・フォン・アルコー。副将ミラー。スラト衆と陛下の護衛兵を率い、夜明けまでに、一気にアルカナ城まで駆けよ！」

「了解した。ミラー行くよ」

「はい、陛下御臨席のいくさで、先陣の栄誉を賜りましたことを深く肝に銘じ、必ずや敵の逆包囲をやり遂げます！」

リゼとミラーが頭を下げると、スラト衆と指揮下に入った魔王陛下の護衛兵を連れ、陣を出発する。

せっかく魔王陛下が、うちのいくさを観戦してくれる機会を得たので、リゼの戦功稼ぎとミラーの能力査定をしてもらい、彼らへの猜疑心を緩めてもらうつもりだ。

「ブレスト殿、ラトール、エルウィン家の兵は、陛下の護衛をしつつ、先行したリゼたちを追いかけます！」

「承知した！　ラトール！　兵どもは任せる！　ワシはクライスト殿の護衛に付く！」

「親父だけ、そうやってまたクライスト様に褒めてもらおうとする！　ズルいぞ！」

「馬鹿者！　ワシの方が護衛には向いておるのだ！　お前は兵を指揮する方が向いている！　それくらい理解しろ！　バカ息子がっ！」

親子喧嘩が発生しそうな気配だったが、魔王陛下が間に入る。

「ラトール！　そなたの指揮官としての成長を、余が余《あま》さず見ておいてやるから安心せよ」

「やったぜ！　じゃあ、いくぞぉおお！　お前ら、クライスト様の前で無様ないくさをするんじゃねえぞ！」

ラトールは鬼人族たち100名を率い、リゼの後に続いて陣を出ていく。

「ブレスト殿はクライスト殿は100名を率いて、陛下の護衛を頼みます！」

「承知。クライスト殿には指一本どころか、矢すら狙わせぬから任せておけ」

「頼もしいかぎりだな。ブレストの護衛を受けるのは、久方ぶりの気がする」

「ですな。皇帝となられてからは、一緒の戦場に立つことがなくなりましたからな！」

「妾も兄様の前で戦いたいのぅ。ほら、護衛は叔父上がいるわけじゃし。最近、鍛錬も禁止されておったから、肉が付いてしまっておるのじゃぞ」

マリーダが自分の二の腕をつまむよう、こちらへ差し出してくる。

以前に比べ、全体的にぷにぷにはしてるわけだけど、それはそれで女性っぽさが増して色気がさらに出るという効果もあって――。

　俺としてはそういったマリーダも愛でたい気持ちは強いが――。

「マリーダ様、私たちは陛下の護衛です。お役目を忘れぬように」

「じゃがなー」

「アルベルトの言う通りだ。マリーダ！　余の警護をせよ！」

「兄様まで酷いのじゃ！　いくさをどれだけお預けされたとー」

「陛下のお言葉、痛み入ります！　マリーダ様、警護をよろしく」

　こうして俺たちは、ブレストの率いる護衛部隊とともに、夜の闇の中を全速力でアルカナ城へ向かい駆け戻ることになった。


　魔王陛下の護衛を加え、１２００余名ほどに膨らんだ集団は、アルカナの各集落で食糧や水の補給を受け、事前に街道脇に灯してもらった松明を目印に、夜の闇に包まれたアルカナ領内を駆け抜け、朝にはアルカナ城を攻め落とし占拠していたアレクサ王国軍の逆包囲を完了した。

「ミラーというやつは、なかなかに兵の指揮をする才を持っておるようだ。明かりがあったとはいえ、即席で編制された兵どもを脱落させず、行軍させ、包囲陣を組ませた。その手腕、見事である。あとで褒詞《ほうし》を授けてやろう。リゼ・フォン・アルコーは、よい買い物をしたようだな」

「アルコー家もエルウィン家とともに陛下の覇業を支える家となりましょう」

「アルベルトが、エルウィン家ともどもアルコー家もしっかりと管理せよ」

「はっ！　承知しました。これからも陛下のために両家を差配します」

俺という管理者がいれば、一度裏切ったアルコー家も信頼するという意思表示だろう。

点数稼ぎの効果は抜群のようだ。これでまたスラト領併合への障害が1つ排除された。

「逆包囲は完了したようだが。アルベルト、敵の持つ食糧はどれくらいか申せ」

観戦モードの魔王陛下から、敵の状況を説明せよと問われた。即座に情報を引き出し報告する。

「はっ！　敵は補給路を桟道に頼っており、その桟道が焼け落ちているため、兵が携帯している量は1日か2日分ほどです」

「アルカナ城内には、どれくらいあった？」

「ゼロです。一切、食糧は置いてありません」

魔王陛下の口角が片方あがり、底意地の悪いものに変化する。

「アルベルトは、本当に人を絶望させるのが好きな男であるな」

「お褒め頂き、恐悦至極でございます！」

腹黒いけど、別に好きで人を絶望させてるわけじゃない。それに、今回は降伏を許すわけだし、そこまで極悪な策じゃないはず。はずだよね？

補給を絶たれた敵側の兵が、夜を徹した命がけの突撃をして罠を抜け、ようやく城を落とし、食糧を確保しようと入った倉庫を見て、項垂れてるのを考えたら自然と俺も笑みがこぼれた。

今頃、アレクサ王国軍の首脳たちは、顔を蒼くしているだろう。

食糧もなく、矢もなく、炭や武具すらもない。しかも、城門は自らが突入するため壊し、応急修理程度しかしてないうえ、1200もの兵に逆包囲されているのだ。

「さて、食糧がないとなれば、必死に脱出路を探して打って出てくるであろうな」

「はっ！　その通りでございます！　各自、持ち場を守れ！　敵を外に出すな！」

「「「おぉ！」」」

「敵軍、アルカナ城より出撃！　その数500ほど！」

最前列で兵を率いるミラーが、城から出てきた敵兵の数を叫ぶ。

「退くな！　進め！　進め！　押し返すぞ！」

ミラーは自らも槍を突き出し、兵たちに槍衾を形成させると、押し寄せた敵を城へ押し返し始める。

「ラトール！　敵の度肝を抜いてこい！　鬼人族の強さを敵に知らしめよ！」

「うぉおおおおおおおおおおおおお！　さすがアルベルトだ！　これは腕が鳴るぜ！　全力でやっていいんだよな？」

「全力でいいぞ。ただ、自ら戦うだけでなく、陛下に兵の指揮をお見せせよ！」

「任せろ！　野郎ども槍だ、槍を持て！　出てくるやつらを突き殺すぞ！」

鬼人族の兵を率いたラトールが、ミラーと入れ替わるように、スムーズに前に出る。

鬼人族たちの槍先は、次々に敵兵の腹を貫き、戦闘員を減らしていく。

「護衛部隊はアルカナ城の城門の上の敵射手を狙え！　私たちの仕事は、城壁の弓手の処理と、城門付近に矢の雨を降らせることだ。間違って味方の位置に降らさないように！」

俺は弓を受け取り、自ら狙いを付けると、城壁の上の兵が地面に落ちた。

「アルベルトにいいところを取られるのはマズいのぅ。ワシも狙ってみるか」

部下から投げ槍をもらったブレストが、遠投をすると、3名同時に貫いて壁に縫い止めた。

相変わらずやることがムチャクチャだが、鬼人族なので仕方ない。

「鬼人族どものいくさは、まことに爽快だ。久々によいいくさを見れておる！」

魔王陛下は観戦モードだが、かなりの上機嫌のようだ。このまま、何事もなく終わって欲しい。

「ああっ！　辛抱たまらんのじゃ！　アルベルト、兄様、妾も戦ってまいる！」

「マリーダ様！」

「止めるな！　アルベルト、妾も自分の体調くらいは管理しておるのじゃ！　アレウスを母なし子にするわけにはいかぬからのぅ！　ほどほどに戦ったら戻るのじゃ！」

これでは戻れと言っても戻らないだろう。見たところ、体調はだいぶよさそうだし、けがをするということはなさそうだ。

「では、少しだけですぞ！　陛下、マリーダ様の参戦をお許しください！」

「よかろう。マリーダも首を挙げてまいれ！　エランシア帝国最強の戦士の力を見せつけ、敵の戦意を失わせろ！」

「承知したのじゃ！　マリーダ・フォン・エルウィン！　いざ、まいるのじゃ！」

マリーダは愛用の大剣を担ぐと、打って出てきた敵兵の中に躍り込んでいった。

打って出てきたアレクサ王国軍の兵士５００名は、ブレストの指揮する鬼人族たちの弓矢に射竦められ、怯んだところをラトールの兵や、ミラーに攻め立てられ、次々に討ち取られていく。

　それこそ、ラトールとかブレストは、怪物と言って過言ではないし、敵を横薙ぎに一閃して血の海を作るマリーダは殺戮兵器と言えた。

　鎧袖一触《がいしゅういっしょく》とは、まさにこの状況のことを言っているのだなと感心してしまう。

　俺もいくさに見惚れているわけにいかないので、矢を番えると城の弓兵を狙い撃つ。

「弓に自信のある者はラトールとマリーダ様を狙う弓手を射殺せ。ない者は、槍を持って前衛が取りこぼした者を刺し殺せ！」

　俺は兵たちの弓の技量の差を見て、狙う敵を細かく指示する。乱戦中の誤射だけは絶対に避けなければならない。

抜け出てくると思われた敵兵は、ラトールとミラーの前に攻勢を頓挫《とんざ》させられ、撤退していく。

「おおいぃ！　歯ごたえが、なさすぎるぞ！　俺は紅槍鬼《こうそうき》が一子ラトール・フォン・エルウィンだ！　腕に覚えのあるやつ！　出てきやがれ！　こんちくしょーーー！　戦わせろ！」

「ぐぬぅう！　先に名乗りをあげるとは、ワシはエルウィン家家老、紅槍鬼ことブレスト・フォン・エルウィンだ！　俺こそ最強だと思う者はいざ尋常に勝負せよ！」

「待て待て待つのじゃ！　エルウィン家当主マリーダ・フォン・エルウィンはここにおるのじゃぞ！　腕に覚えのあるやつは妾と勝負いたせ！」

すごすごと城内に引き上げていった敵兵や、城内に聞こえるように3人が敵を挑発する。

だが、戦意を喪失した敵が、日没まで打って出ることはなかった。

「アルベルト、アルカナ城を餌にして1000名を超えるアレクサ兵を包囲したのだから、この現状を打破する策は用意してあるな？」

魔王陛下の天幕で行われている軍議の席で、次の策を求められた。

俺としては、一気に敵を降伏させるつもりだったが、敵も追い込まれているし、自らの命がかかっているので、容易には降伏してこなかった。

「少し時間がかかりますが、用意してあります。ワリド、いるか？」

ワリドを呼ぶと、音もなく下り立つ。

「お呼びで？」

「ああ、夜に仕事をさせるのは忍びないが、アルカナ城のやつらに安眠を与えるわけにはいかん。夜も大音量で攻め立ててやれ」

「承知」

「陛下、これで数日のうちに敵は降伏してまいりましょう」

「うむ、被害の少なくて済む、よい策だと裁定する」

スッとワリドが消えると、数十分後にはアルカナ城に向り、銅鑼や鐘の音がけたたましく鳴り響き始めた。

睡眠不足と食糧不足と敵からの包囲に曝され、包囲三日目には、敵の戦意が急減して打って出てくることがなくなり、包囲五日目にアルカナ城には籠った者が絶望する状況が起きた。

補給路は途絶えたが、城に籠る者たちにとっては、希望であったザズ領の関所にいたオルグスの軍が姿を消したのだ。

オルグスの逃亡は、包囲された敵をぐらつかせ、こちらの送った降伏勧告を受諾した。

降伏の条件は、武装放棄及び身代金要求。恨みはうちじゃなく、バックレたオルグスに向けて欲しいので、緩めの身代金設定をしている。

魔王陛下からも、捕虜はエルウィン家が自由に処置をしていいと、お墨付きをもらってるから、とっとと交渉成立させた。

高貴な客人はアシュレイ城に向かってもらい、それ以外の武装解除した敵兵たちは、残念ながら我が家の無料労働力として使われることが決定。

こうしてオルグスが率いたアレクサ王国軍のアルカナ領侵攻戦は大した成果もなく、壊滅的被害を受け、頓挫することになった。

魔王陛下はアルカナ城のいくさが終結すると、そのまま帝都へ帰還していった。

一方、俺たちはアルカナの戦後処理を迅速に終わらせ、兵を率いてアシュレイ城に帰還する。

3度の外征失敗でアレクサ王国は多くの領民から恨みを買っており、エランシア帝国との国境周辺の領主たちへの影響力は、かなり低下した。

特に北部ザーツバルム地方は、3度の外征失敗の原因を作ったオルグスへの不満が強い。

そんなオルグスがアレクサ王に就任すれば、異母弟であるゴランを担ぎ上げることをいとわないはずだ。

オルグスが俺の仕掛けた罠にかからず、生きながらえたアレクサ王国は、近々2つの国に割れることになるのだろう。

それはそれで、こちらにも好都合であった。

政務をするため執務室に戻った俺に、アルカナ領攻略戦とアレクサ王国軍撃退戦の結果の報告書がイレーナから差し出された。

アルカナ領攻略戦及びアレクサ王国軍撃退戦収支報告書

支出
・ステファンへの協力費……5000万円
・ワリドへの情報工作費用……4320万円
・アルカナ領支援金……2億円
・討伐出兵費用……2898万円
・損耗品補充……1196万円
・輸送隊委託費……1500万円

収入
・接収物資売却……5425万円
・身代金代……2億4500万円

収支総計：4989万円減

ちょっと費用を使いすぎたかもしれないが、捕虜としての無料労働力は1380名ほど得られたし、アルカナ領の銀鉱山が上手く開発できれば、けっして大きな出費ではない。

それに、アルカナ城が落ちたことで、東西の街道の交易量も増え、税収もさらに増す予想もされているため、トータルではプラスの影響が多い。

「さて、イレーナ、政務を始める前にニコラスを呼んでもらえるかい」

「承知しました。すぐにお呼びしますね」

しばらく待つと、ニコラスが執務室へ入ってきた。

「アルカナ領への帰還が遅れた件、非常に申し訳ないと思っている」

「いえ、アルカナ領の住民を代表してお礼を申し上げます。集落の者やアルカナ衆の者たちも皆がアルベルト殿の知略に心服しておりますぞ。『アルベルト殿がいる限り、エルウィン家は常勝不敗の家であろう』と申しておりました」

そこまで心を掴めたのなら、身を挺した敵の誘引もやった甲斐がある。

「そう言ってもらえるとありがたい。そんなニコラス殿へはこちらの役目をしっかりと果たしてもらいたい」

差し出した書類には、ニコラスをエルウィン家の戦士長として迎え入れ、アルカナ領の家臣を束ねる総代官職に任じると書かれている。

本当なら家老職のブレストを領主にして統治するのが、序列的に収まりがいい。

だが、アルカナ領は銀鉱山ができるかもしれない重要な土地。

内政の力がアレな鬼人族のブレストでは治めきれないので、地元出身で地元の信頼厚いニコラスに総代官をさせた方が数億倍マシだった。なので、エルウィン家の者はアルカナ領に置かない。鬼人族は奇妙な性癖を持つ一族だし、トラブルメーカーだ。いろんなところに住まわせず、アシュレイにまとめておいた方が安心できるという思惑もある。

「本当に私が戦士長となり、アルカナ領を治めてよろしいのですか？」

「ああ、問題ない。マリーダ様も許可され、家老のブレスト殿も許可された人事だ。もちろん、私も許可している。今後はアルカナ衆を率いて、エルウィン家を助けてくれ」

「はっ！　承知しました。能力の及ぶ限り、エルウィン家のために働かせてもらいます！」

「では、アルカナ衆となった者たちを連れ、アルカナ領へ帰還し、統治を開始してくれ。困ったことがあればすぐに連絡するように！」

リストに載ってた家臣もニコラスと一緒に地元に帰して、それぞれアルカナの統治を助けさせるつもりだ。

こうして、アルカナ領はエルウィン家の領土となり、敵から奪取した新領地としては、非常に穏やかに統治を受け入れた。

※オルグス視点

「急げ！　急げ！　王都ルチューンに戻るのだ！　嫡男であるわたしが、亡くなった父の弔いをせねばならん！」

アルカナ領でアルベルトの策略にはまり、ドルフェン河対岸陣地を守っていた５００名を合流させ、やっと2000になった軍勢ではあるが、いるのといないのとでは大違いである。

王都ルチューンを押さえ、王位継承を宣言し、ゴランを捕えて処刑し、アレクサ王となれば、誰もわたしに逆らうことはできなくなる。

「殿下、兵が疲れております。休憩を！」

「馬鹿者！　休憩など王都に帰還してからだ！　王都にいるゴランに王位を継承されたら一大事なのだぞ！」

「ですが、兵が――」

「くどい！　2度も言わすな！」

近侍の家臣の進言を退け、自らが乗る馬の速度を上げる。慣れない乗馬での移動で身体が悲鳴を上げているが、今はそんなことを構っている時ではない。

「王都だ！　王都に戻り！　わたしがアレクサ王となれば、この行軍を耐えた者に褒賞を授けてやる！　急げ！」

疲れを見せる兵を叱咤すると、自身の操る馬に鞭を振るい速度を上げた。

強行軍を続け、アルカナ領からティアナを経由し、王都ルチューンにたどり着いた時には、月が改まろうとしていた。

第九章　魔王陛下からの贈り物

帝国暦二六一年　青玉月（九月）

産休を終えたマリーダが当主復帰の手続きをするため、帝都デクトリリスに向かう馬車に、俺も同乗している。

「当主に復帰したくないのぅ。あの地獄の日々が帰ってくるのは嫌じゃ！　嫌じゃ！　嫌じゃーー！」

リゼに膝枕をしてもらっているマリーダが、ずっと同じ言葉を発している。

「私は代行です。体調も戻られたマリーダ様がいるのに、私がずっと代行すれば、魔王陛下より要らぬ嫌疑をかけられますので、諦めて当主へ復帰してください」

魔王陛下から信用はされていると思うが、鬼人族までの信頼は得ていないので、身は慎まねばならない。

「はぁー、嫌じゃのう。いくさのない時は、可愛い女の子に囲まれて、キャッキャしていたいのじゃ」

「マリーダ姉様、アレウスが育つまでの我慢だよ。エランシア帝国だと後見人立てれば、10歳で当主になれるわけだし。アルベルトを後見人とすれば、10年後は自由の身になるわけで」

嫡男アレウスが、マリーダより政務に対しての意欲を見せるなら、リゼの言った案も考えてある。マリーダは政務に関して二重バツが付くレベルだし、俺としても当主を隠居して、嫁兼エルウィン家の将として頑張ってもらう方が適任だと思う。

「10年も当主をやったら、干からびて死んでしまうのじゃ」

「ほら、オレも隣で頑張るし、マリーダ姉様も成長してるから頑張れるって」

膝枕されていたマリーダが顔を上げると、瞳をウルウルさせ、リゼを抱き締めた。

「リゼたーん！　大好きなのじゃ！　妾はその一言で頑張ることを決めたのじゃ！　んちゅぅ」

リゼを抱き締めたマリーダが、熱烈なキスを頬に降らせていく。

「マリーダ様、リゼ様みたくはできませんが、ボクもいろいろと助けられるよう頑張ります！」

護衛として同行しているリュミナスも、マリーダに抱き着かれてキスの雨を受けた。

「リュミナスたんもしゅき、しゅき！　愛してるのじゃ！　これからも妾を支えてくれ！」

「承知しております。マリーダ様、尻尾はダメですから。アルベルト様も見てますし」

「よいよい、妾たちの仲の良さをアルベルトに見せつけてやるのじゃ」

「マリーダ姉様、服の中に手を入れられたら困る」

「リゼたん、ちょっと胸が大きくなったのではないか」

「ほんとに⁉　あっ、ちょっと、そこは！」

両脇に美少女を従えた美女が、馬車の中でセクハラまがいの行為を見せつけてくる。

愛人たちは、マリーダ大好きっ子でもあるので、セクハラ行為を拒絶することはない。

これは、これでよいものだ。

「アルベルトがジッとこちらを見ておるのぅ。眼がいやらしいのじゃ」

「とても魅力的な女性たちが目の前におりますのでね。見るなと言われても、目はそちらに向いてしまいますよ」

「見るだけでよいのか？」

マリーダがニヤリと笑みを浮かべる。

「見るだけでは物足りませんね」

「帝都までは時間がかかるのぅ」

「そうですね。あと3日ほどはかかりましょう」

「であれば、するべきことは――」

まぁ、答えは分かっているので、答えずにおく。

それから、帝都到着までは、嫡男を生んでくれた嫁の労いもかねて頑張った。

側室たちとも頑張ったし、マリーダにも感謝の気持ちを込めて、頑張らせてもらった。

その後、帝都に到着すると、魔王陛下からすぐに呼び出され、全国から招集した帝国貴族が出席する戦勝報告会が行われている会場に移動した。

皇城の大広間で行われている戦勝報告会には、エランシア帝国各地から招集された貴族たちが集まっていた。

シュゲモリー派閥だけでなく、ワレスバーン派閥、ヒックス派閥、ノット派閥の貴族もいる。

大公家派閥の貴族もいるし、大半のエランシア帝国貴族が集められたようだ。

ざわざわとしていた大広間に、魔王陛下が姿を現すと、声が止んで静寂が訪れる。

「皆の者、余の招集に応えてくれて、ありがたく思う。皆も知っておると思うが、先月アレクサ王国とのいくさは大勝利に終わり、アルカナ領がエランシア帝国に復帰した」

「「「おめでとうございます！」」」

集まった貴族たちは、一斉に膝を突くと、魔王陛下に頭を垂れて、祝意を表す。

もちろん、呼ばれている俺たちも一緒に膝を突いて、頭を垂れた。

「マリーダ・フォン・エルウィン！　前へ進み出よ！」

「はい、なのじゃ！」

頭を上げ立ち上がったマリーダが、頭を垂れたままの貴族たちを押しのけ、魔王陛下の前に進み出る。

「アルカナ領の攻略と、その後のアレクサ王国軍の侵攻撃退を行ったこと、まことに見事であった！　その功に報い、奪取したアルカナ領をエルウィン家に与え、帝国女子爵を与えることとする！」

魔王陛下の言葉に、頭を下げていた貴族たちからどよめきが起こる。

どよめきの原因は、帝国貴族の超問題児であるエルウィン家か、前例を破って『子爵』に叙任されたからであろう。

「お待ちください！　エルウィン家が戦功をあげたとはいえ、帝国子爵になるなど、ありえぬ！」

魔王陛下の裁定に異を唱え立ち上がったのは、皇帝選挙において接戦で敗れたドーレス・フォン・ワレスバーンだった。

皇家ワレスバーン家当主であり、西部守護職を務める熊人族の男。赤い髪と髯に覆われているため、『赤熊髭』との異名を持つ。皇帝選挙が接戦であったこともあり、派閥に属する貴族は多く、魔王陛下が不慮の死を遂げれば、次代の皇帝に一番近い場所にいる者だ。

「ドーレス殿は、余の裁定に不満があると申すか？」

「ある！　一昨年も、前年のいくさでも陛下はエルウィン家へ褒賞を授けておったはず！　それに加え、前例を破る叙任など認められぬ！　帝国貴族をないがしろにする行為だ！」

腹に響く大声で、ドーレスは魔王陛下の裁定にケチを付けた。賛同するように派閥の貴族たちも騒ぎ始める。

「ふむ、それは困った。では、どうであろう。エルウィン家の叙任は保留とし、アルカナ領だけを与えるということでどうであろうか？」

は？　マジで？　うちの爵位叙任取りやめ!?　聞いてませんけど！

魔王陛下は、ワレスバーン派閥の機嫌を取るため、うちへの約束を反故にしたということか！

「断る。アルカナ領は、もとをたどれば我がワレスバーン家の血を受けた者が統治していた土地。敵国から奪還したのであれば、我がワレスバーン家に返還されるのが筋であろう！」

は？　はぁあああ!?　マジでありえねぇ！　何言ってくれてんだ！　ゴラァア！

うちがどれだけ時間と金を使って奪還したと思ってるんだよっ！　それを返還しろだと！

寝言は寝て言え！

ブチ切れそうになるが、陪臣としてこの場に参加しているため、問題を起こすわけにはいかず、グッと唇を噛みしめた。

エランシア帝国皇帝の権力は、めちゃめちゃ強いわけじゃない。皇家や大公家の機嫌を損ねれば、内乱に近い紛争も起きたりする国だし、暗殺されたら皇帝選挙に持ち込まれる。

そんな面倒なシステムを持った国のため、独裁者のような皇帝が出現しにくくなっていた。

「余の譲歩を受け入れず、あまつさえ、エルウィン家が兵を出して奪還したアルカナ領の返還を求めるか……」

シュゲモリー派閥の貴族たちも魔王陛下の言葉を聞いて、ワレスバーン派閥の貴族たちを睨みつけた。

一触即発の空気が、皇城の大広間に漂う。

「では、こちらも切り札を使わせてもらおう。例の者を引き立てよ」

近侍の家臣に合図を送ると、ぼこぼこに顔を腫らしたリヒトが、魔王陛下の前に引き据えられた。

「皆もこの顔に見覚えがあると思うが、こやつはリヒト・フォン・エラクシュ。エランシア帝国皇帝の血を受けたにもかかわらず、恥知らずにもアレクサ王国へ寝返ったアルカナ領主であった男だ」

リヒトの姿を見た帝国貴族たちがどよめく。

特にさっきまで威勢のよかったワレスバーン派閥の貴族は、途端に顔を曇らせ、リヒトから顔を背ける者が多かった。

彼らにとって、リヒトは汚点であり、弱点でもあった。

「実は彼からとても面白い話が聞けてな。余が皇帝となる前に行われた皇帝選挙のことは、皆も覚えておるであろう」

皇帝選挙の話と知り、ドーレスの顔色が変化する。

「実は——。これは余が喋るより、リヒトに言わせた方がよいな」

猿轡を外した魔王陛下が、リヒトになにやら耳打ちする。頷いたリヒトは帝国貴族たちの前に立つと、口を開いた。

「皇帝選挙の際、私が語ったクライスト殿の話は全て嘘であり、虚言であった。そうするようにと言われ仕方なく、皆に触れ回っただけである。重ねて、言わせてもらう。クライスト殿に関する私の発言は全て虚言であった！」

必死の形相で叫ぶリヒトに、帝国貴族たちは息をのむ。

謀略云々で父と兄を葬って、シュゲモリー家当主になったという話のことだろう。

シュゲモリー派閥の貴族は、魔王陛下がそんな手を使うとは露ほどにも思ってないが、他の派閥の貴族には、今でもそう思われていると聞いたことがあった。

その元凶を作ったのがリヒトだ。彼に虚言だったと言わせることで、イメージの刷新を図ったらしい。

「では、今一つ問おう。そちに虚言を弄するよう指示した者を申せ」

魔王陛下の問いに、反応を示した者がいた。ドーレス・フォン・ワレスバーンだ。

皇帝選挙は謀略、内戦、代理戦争、脅し、政略結婚、なんでもありの争いであるが、ドーレスは前回選挙で、クライストとは違い謀略を使わない、愚直な武人として他派閥の支持を集めたそうだ。

そのドーレスが、実はリヒトに虚言を喋らせるという謀略を使っていたら、さぁ、大変。

愚直な武人のイメージ台無し、クライストに万が一のことがあれば、次期皇帝なのでよしみを通じてる他の派閥もドーレスを警戒し距離をとろうとするだろう。

リヒトがチラリとドーレスを見るが、目を閉じると口を開いた。

「ドーレス・フォン・ワレスバーンに頼まれた！　虚言を弄し、クライストの評判を貶めろと頼まれたのだ！　私は頼まれただけなのだ！　クライスト殿！　隠さずに喋ったぞ！」

ざわつきが拡がり、参加していた貴族の視線がドーレスに集まった。

「な、なにを申すのだ！　わしはそのような申し出はしておらんぞ！　陛下がリヒトを脅して言わせたのであろう！」

「ドーレスはそう申しておるが？」

「違う！　私はドーレスから依頼された！　間違いない！　戦闘神アレキシアスに誓ってもいい！　私はドーレスに頼まれたから、虚言を弄し、クライスト殿の評判を下げたのだ！」

大広間に集まった貴族たちは、リヒトの告白を本物だと受け取ったようで、ドーレスに向ける視線が変化するのを感じた。

「リヒト・フォン・エラクシュ。よくぞ、本当のことを申した。余に対し、虚言を弄したことは許そう」

リヒトは、魔王陛下に向き直ると、床に頭を擦り付けて平伏した。

「面を上げよ。リヒト」

魔王陛下の言葉に顔を上げたリヒトの首が、胴体から離れ、床に転がった。

「ただし、エランシア帝国を裏切った罪は許してはおらぬ。その罪は自らの命で償うしかない」

用済みになったリヒトをバッサリ斬ったよ。さすが、魔王陛下だけのことはある。

エランシア帝国で安楽な暮らしを手に入れるなら、魔王陛下に恨みを買うのだけは、避けないといけない。

「さて、ドーレス殿に聞きたい。この死体となった裏切り者は、ワレスバーン家の血を引いていたはず。皇家当主として、この事態をどう考えておられる？」

魔王陛下に問い詰められたドーレスが言葉を詰まらせる。

皇家ワレスバーン家の血を受けた者が、敵国に走ったのを見逃した当主の罪は重い。

居並ぶ帝国貴族たちが、ドーレスの返答を、固唾を飲んで待った。

「一度、持ち帰り自身の処分を検討させてもら――」

「持ち帰ることはならぬ。帝国貴族が揃う、この場で答えよ！」

「ぐぅ！」

魔王陛下にガチ詰めされたドーレスの顔が、悔しさで歪むのが見えた。

「と、思ったが、この問題に関し、余としても皇家ワレスバーン家の顔も立てねばならぬと思う。そこで、エルウィン家が『子爵』になることと、アルカナ領を領有する件を認めれば、ドーレス殿への責任追及はいたさぬが」

きゃあああ！　ステキ！　惚れちゃう！　魔王陛下、しゅき！

ドーレスからのいちゃもんで、取り上げられそうになっていた、うちへのご褒美を取り返す提案を出してくれた。

「ドーレス殿、いかがいたす？」

「ぐぅ！　仕方ない！　認めよう。陛下の好きにせよ。ただし、エルウィン家が問題を起こせば陛下の責任は追及させてもらうつもりだ！　それだけは、忘れられるな！　では、ごめん！」

怒気を見せたドーレスは、荒々しい足取りで派閥の貴族を引き連れ、大広間を出ていった。

「ドーレス殿の賛同は得られた。他にエルウィン家が『子爵』となるのに異議を唱える者はおるか？」

魔王陛下の問いに、誰もが口を閉ざす。

今回の件で、エランシア帝国内のパワーバランスが少しだけ変化をした。

ワレスバーン家の当主ドーレスの評価は落ち、シュゲモリー家から皇帝となったクライストの権力基盤が強化されただろう。

まぁ、でもまだまだ皇帝としての権限は脆弱なものだと思われ、改革するにしても様々な困難が待ち受けているはずだ。

「ドーレスの顔を見た時は、愉快すぎて噴き出しそうだったのじゃ！　あいつはいつも鬼人族を目の敵にするからのぅ」

　大広間での戦勝報告会が終わり、俺たちは魔王陛下の私室に呼び出されていた。

「それはいつも鬼人族が、戦功を挙げるからであろう。熊人族はエランシア帝国最強の戦士の称号を欲しておるからな」

「面倒くさいやつらじゃのぅ」

「たしかに面倒くさい連中ではあるが、宿願である四皇四大公制による皇帝選挙の廃止がされるまで、まだ余の敵に回すわけにはいかん」

　魔王陛下も皇帝権限の拡大を目指し、いろいろと奮闘中ではあるが、エランシア帝国は常に皇帝選挙という内乱の火種を抱えた国だ。

　そのシステムを廃止し、強固な権限をもった皇帝が君臨する国家への改革が、魔王陛下の目指す場所らしい。

　代替わりの際、必ず発生する内乱の火種がなくなれば、エランシア帝国はさらなる強国へ生まれ変わることができると思う。

「マリーダたちには、今後も余のためにさらに頑張ってもらわねばならん」

　そう言った魔王陛下が鈴を鳴らすと、扉が開き、木箱を持った近衛兵が入ってくる。

　近衛兵の様子から、俺たちの前に置かれた木箱は、かなりの重量物のようだ。

「アルベルト、忘れておったが、嫡男誕生の祝いの品だ。遠慮なく、受け取るがいい。これは、皇帝としてではなく、クライスト・フォン・シュゲモリーとして贈る品である」

「は、はぁ」

「開けてみよ」

言われるがまま、木箱の蓋を開けると、金貨がぎっしりと詰まっていた。

「帝国金貨５万枚を与える。その金を使い、アレウスによい領地を残してやれ。あれは傑物になるであろう。なにせ、『鮮血鬼』を母に持ち、『鬼使い』を父に持つ子であるからな」

らめぇええ！　アレウスたん、お金で買おうとするのらめぇええ！

「陛下が、我が嫡男アレウスをいたく気に入ってくれたことには、感謝しておりますが、私としては、養子に出す気はなく、エルウィン家の次代を継ぐ大事な子であるため――」

「アルベルト、兄様は別に養子にくれと言っておらぬぞ」

は、早とちりした！　俺としたことが、慌ててしまったようだ！

「ふむ、余の養子か……。それもよいかもしれんな」

「そ、それだけはご勘弁を！」

「冗談だ」

ふぅ、焦ったぜ。うちのアレウスたんは、マジ天使だから、気を付けておかないと攫われちゃうよ。

「アレウスへの祝いの品。ありがたく頂戴いたします。アシュレイを発展させ、エルウィン家がさらに栄えるよう使わせてもらいます」

「うむ。それと、リゼ・フォン・アルコー」

「は、はい！」

「ミラー採用の件、よくぞ余に進言した。あのまま野に埋もれさせては、国の損失であったと思うくらい、やつはよい指揮官となろう。褒美として名剣を遣わす。やつに渡してやってくれ」

魔王陛下は、近衛兵に目線で指示を送ると、装飾の施された立派な剣を持って戻ってきた。

「は、はい！ミラーも陛下から名剣を賜ったと知れば喜ぶと思います！」

「今後ともよい人材を見つけたら、遠慮なく進言するがよい！」

「は、はい！　承知しました」

リゼもミラーの件で、さらに魔王陛下の信用を得たようだ。裏切者から派閥入り、そして案外使えるやつってところまでランクアップしたと思う。

今後もアルコー家の戦功稼ぎは必要だが、魔王陛下の性格からして、使えるやつを無慈悲に潰すことはなくなったはずだ。

アルコー家も俺の子が継ぐ家だから、頑張って繁栄させてやらないといけない。

魔王陛下と面会後、数日間帝都に滞在し、新たに『子爵』の印章を授けられ、俺たちはアシユレイに帰還することとなった。

※オルグス視点

「探せ！　ゴランの姿がないわけがないだろう！」

王都ルチューンを占拠して半月。父王の国葬の準備を進めつつ、異母弟ゴランの行方を探させていた。

「王都内にもういないのでは？」

「王位を狙っているゴランが王都を捨てるわけがなかろう！　手勢とともにどこかに隠れ、わたしを倒す機会を狙っておるはずだ！」

アレクサ王になりたいゴランにとって、今一番邪魔なのはわたしだけだ。

「はっ！　引き続き王都内を捜索します！」

近侍の者が王宮の執務室から駆け去ると、別の者が入ってきた。

「国葬の準備は問題なく進んでおりますが、1つだけ問題が発生しております」

「なんだ！　申せ！」

「ユーテル大神官様が、オルグス様の王位継承に賛同せずとの見解を送ってきました！」

くっ！　大神官めっ！　まだ、『勇者の剣』のことを根に持っているのか！

嫡男であり、王位継承権第一位のわたし以外が、アレクサ王位を継ぐことの方がおかしい話ではないか！

「なら、ユーテル大神官の祝福は省け！　叡智の神殿の神殿長を代わりに呼べ！　やつの祝福で戴冠式を行う！」

「はっ！」

エゲレアの神殿長とは、繋がりが深いから、こちらの申し出を断ることはあるまい。神の祝福など、形式でしかないのだ。

「王位に就けば、わたしに逆らう者を滅ぼすまでだ！」

数日後、王都にいた貴族たちだけを呼び集め、前国王の国葬を開催し、そのまま叡智の神殿の神殿長の祝福を授けた戴冠式を挙行し、わたしはアレクサ王オルグス・ダイダロスとなった。

第十章　穴掘り職人と銀鉱山

帝国暦二六一年　紅水晶月（一〇月）

アルカナ領攻略を終え、やっと落ち着いて政務ができると思ったら、すでに今年の納税は終わっており、年も後半戦の半分を過ぎていた。

「アレウスたん。パパでちゅよー。はいはい、おむつ替えまちゅねー。おおぅ、大量でちゅねー。パパがすぐに綺麗にしまちゅねー」

愛しい息子のオムツ替えも板に付いた。おっぱいの後のゲップだし中、背中に吐かれるのにも慣れた。夜泣きをあやすスキルは絶賛爆上がり中だ。

全部が初めての経験であり、命を育てる大変さを教えてくれている。

それに、うちのアレウスたんは、泣いてもマジで天使。元気もいっぱいだし、丈夫に育って欲しい。

「よし！　完璧！」

「では、そろそろベルタさんにアレウス様の面倒を見てもらい、お仕事を再開して頂いてよろしいでしょうか?」

イレーナの眉間の皺は危険水域に達している。いろんな案件が重なり、今年は特に政務が積み上がっている。

新たに領土に加わったアルカナ領の件もあるし、以前から進めていた案件もある。

それらの仕事はイレーナとミレビスがなんとか停滞しないように進めてくれていたが、そろそろ限界らしい。

「ア、アレウスたん！　パパはちょっと、仕事してくるから、いい子にしてるんでちゅよー。ベルタ、アレウスが泣いたら、私を呼ぶように！」

「承知しましただぴょん」

ベルタにアレウスを預けると、イレーナを連れ、執務室に戻った。

「アルベルト、あまり甘やかすのはよくないのじゃ。アレウスは鬼人族の頭領になる男じゃぞ！」

新たに授けられた『子爵』の印章を手にしたマリーダが、飽きれたような顔でこちらを見る。

「ですが、アレウスが泣いておりますので！　父親としてきちんと対処をして来ただけのこと！　そして、今日は熱もなく、体調もよさそうでした」

「はいはい、承知したのじゃ。イレーナの眉間の皺が取れなくなる前に、アルベルトも仕事をするようにのぅ」

マリーダが呆れたままの表情で、黙々と印章押しに戻った。

政務担当官としては、仕事をしてくれるのはとても嬉しいが、アレウスの親としては、彼女には母親をきちんとやって欲しいという想いもあり、ジレンマに陥りそうだった。

「アルベルト様、政務を再開してよろしいでしょうか？」

「あ、ああ。すまない。待たせたようだ。再開してくれ」

「では、こちらの案件から」

イレーナの差し出した書類は、ゴシュート族の集落と、スラト城下街を結ぶ新規街道の敷設の進捗状況だった。

ふむ、年初から開始して、おおむね街道の敷設工事は終わり、あとはトンネル工事を終わらせれば、開通ってところまで来てるのか。

そのトンネル工事も、レイモアが例の鉱山技術者たちを連れて来てくれて、進捗度はかなり進んでいるらしい。彼が言った通り、掘る腕はたしかな連中のようだ。

「この街道が仕上がれば、ゴシュート族の集落と行き来がしやすくなるな」

「そのようですね。スラト領内もゴシュート族の方を介して、山の民へ物資を売れるようになりましたしね。街道ができれば、三者ともさらによい効果が期待されます」

「街道が開通したら、ゴシュート族の集落にある香油製造施設の拡大を進めてくれ。まだまだ需要に対して量が足りない」

「はい、すでに予算は組んで準備を進めてあります。こちらをどうぞ」

俺は新たな書類を受け取り、中身を確認する。

この施設増強ができれば、香油生産量は倍増か。多少値段も下げられて、貴族や富裕層だけでなく、小金持ちの庶民まで使えるようにすれば、さらに販路拡大って感じにできるな。

「素早い仕事をありがとう。これでいこう」

俺は香油施設増強案に決裁の印を押すと、決裁済みの箱に入れる。

「では、続いて開拓村より提案書が来ております」

差し出された書類を確認していく。

えっと、流民たちから開墾中の畑を耕す人手が欲しくて、アレクサ王国に残った親類縁者を呼びたいという要望が多いって話ねー。人口が増える分には、うちとしては大歓迎なので、ガンガン呼んでいい。アシュレイ領内は、新たな水路ができて、耕したいところばかりだしね。

「提案は承知。ただし、アレクサ王国ザーツバルム地方に住む者。うちの簡単な審査を受けられる者。戸籍の登録はしてもらうのが条件。この条件が飲めるなら、老若男女を問わず受け入れる通達を出しておいて」

「ザーツバルム地方限定ですか？」

「ああ、そうさ。北部のザーツバルム地方は、この数年で酷く荒れ果てた土地になった。土地を捨てたいと思ってる者も多いはずさ。けど、南部のコルミ地方は荒れてないし、反エランシア帝国の気質が北部よりもっと強い地域なのさ。だから、ザーツバルム地方限定にさせてもらう」

「なるほど。承知しました。アルベルト様の決められた条件を通達しておきます」

「審査に関しては、リシェールと話し合って、マルジェ商会の国内班に面通しさせて。密偵は把握しておきたいからね。リシェール頼むよ」

「はーい。国内班から審査の人員は出しておきます。把握だけでいいですね？」

「ああ、機密に近づかなければ把握だけでいい。そうしておけば、後で使い道もあるだろうしね」

「承知しましたー。任せておいてください」

よし、これで開拓村の人手不足も解消していってくれるだろう。

俺は開拓村の提案書に決裁の印章を押すと、決裁済みの箱に入れた。

「続いて、ブレスト様から――」

イレーナから差し出された書類をそのまま却下の箱に入れる。

「アルカナ城、大規模改修計画なんて費用は一切ないからね。無視、無視」

鬼人族がアルカナ城の堅牢さを気に入り、自分たちの戦闘技術の粋を集めた難攻不落の城を作りたいと、ブレストを通じて意見書を出してきたようだ。

すでにアレクサとの交通網は、桟道を焼き落としたことで途絶え、周囲を包む、高い山々が城壁の代わりを務めているため、アルカナ城の強化は優先度が低い。それよりも、鉱山開発の成否の方が大事。

「ぬぁ！　アルベルト！　あの城は数万の大軍を撃退できる城にできるのだぞ！」

「そうだぜ！　あのまま、城門の修理だけじゃもったいねえって！」

「却下！　お金は有限！　物事には優先度というものが存在します。今回もかなりの戦費を使いましたので、どうしてもアルカナ城の改修をしたいというなら、有志の寄付金を募らなければなりませんね」

「さって、鍛錬するか！　新調した武具の具合をたしかめねばならん」

「あ！　オレ、用事があったわ！」

寄付金を募ると聞いて、２人とも執務室の窓の外から姿を消した。

「イレーナ、次」

「あ、はい。こちらとなっております」

続いての書類は、輸送隊への採用者か。半商半士として採用する者をフランが選定してくれたリストらしい。

採用予定者50名。平時は物流を担う商人、戦時はエルウィン家の輸送隊員となる者たちだ。従者身分を与え、エルウィン家の家臣となる。

「第一期としては、まずまずの数かな。採用に漏れた酒保商人も、マルジェ商会の下請けに入ってくれたみたいだし、物流停滞はこれで解消できそうだね。エランシア帝国内の物を動かし、利ざやを稼がないと」

「そちらは、新たに従者頭となられたフラン殿が、しっかりとやってくれるはずです」

「輸送隊員は、半分は商人だから、ちゃんと向こうにも利益が出るように依頼を頼む」

「承知しております。その分、多少の無茶を言わせてもらいますが」

専属契約みたいなものなので、超緊急時の物資移動とかは彼ら輸送隊員やマルジェ商会に加わった酒保商人たちに頑張ってもらおう。

「彼らが納得できる金額なら、多少の無茶も受けてくれると思う」

「承知しました」

輸送隊採用者のリストに決裁の印章を押すと、決裁済みの箱へ入れた。

「そろそろ懇談会のお時間ですので、移動をお願いします」

「お、もう、そんな時間か。急ごう」

俺は執務室を後にすると、イレーナを伴い、会場に向かった。

レイモアが交渉してくれている鉱山技術者集団のリーダーと懇談会がセッティングされているのだ。

まだアルカナの銀鉱脈のことは明かしていないらしいが、おおよその試掘費用と期間は聞き出せているらしい。

試掘で良い結果が出れば、本格的な鉱山開発に入るわけだけど、そうなると専属契約という形で彼らを雇い続けなければいけない。

鉱脈の良し悪しを判断し、鉱石を採掘する技術は、一般人では持ちえない特殊技能だからだ。

その段階になって、金額が折り合わないのは避けたい。

なので、懇談会という形で彼らの状況を聞き出し、お互いが納得できる条件を探ろうと思っている。

懇談会の会場にした部屋に着くと、鉱山技術者のリーダーがすでに到着していて、レイモアと酒を交わしていた。

「アルベルト殿、ゲイブ殿と先に始めさせてもらっていますぞ」

「ああ、問題ない。ゲイブ殿も今回は、街道の敷設にご尽力頂きありがとうございます」

筋肉質の体躯をして、小柄な髯もじゃの男が、こちらを見ると頭を下げた。

「こっちこそ、仕事があって助かった。最近は、穴掘りができずにいたからなぁ。腕はなまってなかったようだ」

俺は酒を酌み交わしている2人の間の席に腰を下ろすと、酒壷から両者の酒杯に酒を注ぐ。

「街道敷設も無事に終わりそうですし、ゲイブ殿たちの掘ったトンネルは丈夫そうだと、レイモアから聞いております」

トンネル工事を褒めたら、ゲイブの顔色が曇った。

「本来なら、わたしら『地竜の牙』は鉱山技術者であり、鉱脈を探し、鉱山の坑道を掘って、鉱石を製錬する施設を作るのが仕事。今回は、レイモア殿が、穴掘りに手を貸してくれと言うから貸しただけだ」

「そうでしたか。私の不勉強で、ゲイブ殿に不快な思いをさせましたこと、平にご容赦を」

「すまぬ。こちらも仕事を回してもらった相手に言いすぎた」

仕事に対する自負を持った職人集団という意味では、ゲイブたちの『地竜の牙』は、鬼人族と似た気質を有している感じがする。

「鉱山技術者とのことですが、仕事の方は――」

「開店休業状態だ」

「後学のため、お聞きしたいのですが、鉱脈の試掘作業などの費用はどれくらいになるんでしょうか？」

俺が試掘の費用を聞くと、ゲイブの顔色が赤みを増す。

レイモアを通じておおよその金額は聞き出せているが、再確認の意味を込めて質問してみた。

「試掘の規模によって金額や期間が変わるが、標準的な試掘なら帝国金貨2万枚が最低限必要だろうな。金をかけて試掘の範囲を増せば、鉱脈の規模の大小の精査もしやすくなる」

「試掘にお金をかければ、鉱脈の大小が分かると？」

「あくまで試掘は試掘でしかない。金をかけて試掘して、いい鉱脈だと思っても、本番で掘ったら期待外れというのも起きるのが鉱山開発だ」

「賭けみたいなものですか？」

「そうとも言い切れない。金をかけて試掘した方が、外れを引く可能性は減るわけだしな」

「ただ、試掘に投下した金額と、鉱脈の規模が見合わない場合も起きると――」

「そういうことだ。そう言った場合、金主と話し合って開発を断念する場合もあるな」

意外と鉱山開発は大変なんだな。アルカナの銀鉱脈の規模がどれくらいかで、いろいろと予算の規模も変わっていくという感じになる。

「では、仮に試掘でいい結果が出て、期待の持てる鉱脈だった場合、その後の費用はどれくらいかかったりするものなのです？　いろんな貴族家がお金を出し合うと聞いてますが」

「まぁ、最低でも帝国金貨10万枚。より規模を大きくした鉱山を作るとなると、15万枚とかかかるかもしれないな。大きな貴族家でも簡単に用意できない金額だし、鉱山開発は数人の領主が出資して、鉱山開発組合を作り、組合組織に鉱山の採掘から製錬を任せ、上がった収益を出資割合に応じて、各領主へ分配していく方法が基本だ。で、うちはその鉱山開発組合の運営を委託してもらう形で関与し収益から取り分をもらう」

「なるほど。ですが、それだと『地竜の牙』の仕事はなくならないのでは？」

俺の質問にゲイブの顔が再び曇った。

「そうでもないさ。組合組織には領主のところからも人が派遣されてるからな。そいつらが採掘や製錬の技術を覚えると、うちとの契約はたいがい切られるわけさ。それに、うちは坑道内外の安全管理や製錬所の周囲の環境維持にうるさいから、その分、鉱山の収益も圧迫するわけで。ある日突然、来期の契約はなしって言われ、定住地に帰ってくるのさ」

「そうでしたか。でも、安全対策や環境維持の対策は必要なのですよね？」

「まあな。坑道崩落事故なんて起こしたら、仲間が死ぬし、鉱石の製錬作業は周囲に悪影響を与える可能性が高いからな。長く鉱山として開発するなら、最初から対策しておいた方が後々に助かるんだが。領主たちは目先の収益を伸ばせと言うので、喧嘩になって契約打ち切りもあるな」

莫大な金がかかる鉱山開発だからこそ、貴族からの横槍がいっぱい入って大変だってわけか。

これは、意外と大変な事業なのかもしれないなぁ。

「もしエルウィン家が鉱山開発を考えてるなら、一攫千金を夢見ない方がいいし、しみったれた貴族家を仲間に引き込むと、儲かるものも儲からなくなるってことだけは頭に入れた方がいい」

「なるほど、ゲイブ殿のご忠告。心に留め置きましょう」

俺は持っていた酒壷をテーブルに置くと、レイモアに視線で合図を送る。

この部屋に持ち込んである例の鉱石を、ゲイブに見てもらうことを事前に打ち合わせてあった。

「そうそう、鉱山の話で思い出した。ゲイブ殿に見てもらいたいものがありましてな。とある商人が大量に持ち込んだ物で、エルウィン家では鉱石の良し悪しを鑑定できずに困り果てておるのですよ。ちょっとみてもらえますかな？　もちろん、鑑定料はアルベルト殿が支払ってくれるそうですので」

「鉱石の鑑定か。まぁ、見るくらいはいいが」

レイモアが手を叩くと、奥の部屋から例の鉱石が運び込まれ、蓋が開けられた。

「ふむ、銀鉱石か。ほぅ、製錬すると面白そうな鉱石だな。この質を有する鉱石なら、けっこうな銀を取り出せると思うぞ。持ち込んだ商人はどこで手に入れたと言っていた？　エランシア帝国の銀鉱山は、ここまで質のいい鉱石を産出しないはずだしな」

ゲイブが手に取った鉱石を眺めつつ、出所を聞いてくる。

「知りたいです？」

「ああ、国内じゃあこんな銀鉱石を見たことないしな。仕事柄どこの国で産出したやつか気になる」

鉱石に興味を持ったゲイブに近づくと、一枚の書類を差し出す。

「これに一筆頂ければ、教えましょう」

書類は鉱石の出所の秘密を守る誓約書だ。万が一、秘密の暴露をすれば、処刑されるという文言も入れてある。

「大仰な書類だな。たかが、鉱石の出所だろう」

「うちにとっては大口の鉱石購入計画ですので、外に漏れては困るのですよ」

架空の商人から銀鉱石を購入する計画を匂わせる。

「エルウィン家は、大量の銀鉱石を買い付けて、銀の製錬事業でも始めるつもりか？」

「それは、これに一筆書くまで教えられません」

今一度、ゲイブに書類を差し出す。鉱石を見た彼は好奇心と、製錬作業だけでも関われないかという思惑が働いたのか、すぐに署名をした。

「ありがとうございます。これで、今からする話を外に漏らした瞬間、ゲイブ殿の命は、我が手の者が奪わせてもらいます」

ゲイブの周りに、俺の護衛の者たちが音もなく下り立つ。

「いやに厳重だな……」

「それだけ、うちにとって、アルカナで発見された銀鉱脈は大事な資源だということです」

俺の言葉にゲイブの表情が固まるのが見えた。

「アルベルト殿、今なんと申された⁉」

「アルカナ領内にて、銀鉱脈が露出している場所が発見されたと申し上げました」

「アルカナだと⁉　アルカナに銀鉱脈だと！」

「ええ、ゲイブ殿がお持ちの鉱石は、アルカナで私が露出した銀鉱脈から採取した鉱石です」

ゲイブは、手に持っていた鉱石をジッと見つめ直す。

「ア、アルカナにこんな質のいい鉱石を産出する鉱脈が！」

「実はエルウィン家では、その銀鉱脈の開発を単独で目指しております」

「は？　今なんと？」

「単独開発です。銀鉱山のね」

鉱石と俺の顔を交互に見て、ゲイブの表情が目まぐるしく変わるのが見えた。

「本気で言っておられるのか？」

「ええ、我が家が単独で開発に成功すれば、利益を分配する者が少なくなりますしね」

「さっきも言ったが試掘で帝国金貨2万枚、鉱山開発となれば帝国金貨10万枚が必要なのだぞ。いくらエルウィン家が裕福な家だとしても、さすがにそれだけの大金を用意するのは厳しいはずだ」

俺はずいっとゲイブとの距離を詰めると、その手を取る。

「そこで、我が家に力を貸して欲しいのですよ。先ほど聞いた話では、ゲイブ殿たちは仕事がないとのこと。できれば、今回のトンネル工事で見せてもらえた採掘の腕と、製錬の技術を生かして欲しいのです」

「待て待て！　契約の話なら、きちんと現地を確認しないと返答はできん。うちの連中の命の安全は確保しないといけないからな！　知らない場所の採掘など、試掘であってもやれない」

「では、場所も教えましょう。ただし、断られる場合は、先ほどお書き頂いた件は永久に効力を発しますのでご了承ください」

脅したくはないが、できれば外に知られたくないので、釘を刺しておいた。

「うむ、分かった」

「では、さっそく現地を視察いたしましょう！　イレーナ、馬車を用意してくれたまえ」

「は！　承知しました」

「レイモアもアルカナとアシュレイを繋ぐ新規街道の下見を兼ねるので、同行するように！」

「ははっ！　では、同行させてもらいましょう」

「ちょ、今から行くのか？　酒が――」

「馬車で移動しながらでも酒は飲めますよ！　ささ、早く現地へまいりましょう！」

俺はゲイブとレイモアを従え、アルカナの銀鉱脈が露出した場所へ、馬車を走らせた。

その後、現地の露出した銀鉱脈を見たゲイブから、興奮気味に『すぐにでも試掘がしたい』との申し出があり、標準的な契約料より割安な帝国金貨1万5千枚で試掘の契約を取り交わし、有望な鉱脈であることが判明したら、改めて鉱山開発と製錬作業を含めた本契約を結ぶという取り決めを加えておいた。

現地を見たゲイブによれば、期待度は高いとのことだ。試掘で詳しい状況が判明していけば、規模も把握しやすくなり、必要な開発費用も定まってくると言われている。

大きな鉱脈であるといいなと思うし、ゲイブたちといい形で契約を結べれば、銀鉱山がエルウィン家を飛躍させるための大きな財源となるはずだ。

併せて、アルカナ領とアシュレイ領を結ぶ街道と、エルフェン川に架ける石橋をレイモアに下見してもらい、費用の見積もりを出してもらった。

エルフェン川に架ける石橋の値段がかなりかかるが、試掘の結果により、本格的な鉱山開発になれば、物資の行き来は増えるので、橋を架ける計画をしておく必要はある。

鉱山の採算が取れなさそうな場合は、木造橋にランクダウンを予定してあるので、どっちに転がってもいいようにはしてあった。

こうして、銀鉱脈のことでいろいろと動く間に、アシュレイの秋も深まっていった。

第十一章　マリーダの復活とアルベルトのパパ活

帝国暦二六一年　黄玉月（一一月）

「アレウスたんが、寝返りしているぞ！　これは、歴史的な瞬間だ！　すぐに絵師を呼んで、この雄姿を肖像に――」

はぁあぁ！　マジで、うちの子スゲーー！　やっぱ、英雄になる子は子供時代からちげーな！

執務室に作られたアレウス専用のお昼寝寝台にかじりついた俺を、マリーダが呆れた顔で眺めている。

「アルベルト、ここは仕事をする場所なのだぞ。アレウスを見守る場所ではないのじゃ」

「ですが！　ベルタが掃除中！　リシェールはマリーダ様の監視！　イレーナは会合中！　リゼは仕事中！　リュミナスは外に出てます！　アレウスを見守る者がおりませぬ！　ですから、私が――」

「子など、放っておいても勝手に育つのじゃ。アレウスは妾の子で鬼人族でもあるわけじゃし」

「いや、いや、いや！　放っておいて、熱を出してしまったらどうするんですか！　寝返りで窒息する可能性もあるんですよ！　放置などもってのほか！」
「アレウス様のこととなると、アルベルト様は冷静さを失いますねー。まぁ、可愛い息子です
し、しょうがないとは思いますがー」
「アルベルトがあの調子だと、アレウスも大変だね。マリーダ姉様」
「そうじゃのう。アルベルトの様子は、子煩悩《こぼんのう》というのを超えておるからなぁ」
みんなになんと言われようと、俺はアレウスたんのために、なんでもするつもりだ。
天使のような寝顔を見せるアレウスの頬に触れると、謀略を使いこなすため凍り付かせた心
が温かさを取り戻していく。
「私はもっと頑張らねばならんのです！　マリーダ様のため、アレウスのため、みんなのため
にも！」
俺の声で眼が覚めたのか、アレウスがぐずり始めた。
「あー、起きちゃいましたねー。ごめん、ごめん、パパが大きい声出したねー。あー、これは
大きい方だ。すぐにキレイにしないとー。オムツ、オムツ」
寝台の下に用意してあった新しい布おむつを取り出すと、ぐずり始めたアレウスをあやしな
がらオムツを手早く交換していく。
「今日も体調はよろしい！」
「アルベルト様、掃除が終わりましただぴょん。アレウス様をこちらへお連れください」

「アレウスたん、あとは向こうで遊んでてねー。パパもあとで行くからー」

プライベート居室の掃除をしていたベルタが、終わったことを告げたので、完全に覚醒したアレウスを抱きかかえると、彼女に後を任せた。

「ふぅ、お仕事終わり――」

「アルベルト様、残念ながら追加のお仕事が決定しました。リュミナスちゃんが、例の東西の街道に出没する野盗連中の拠点を突き止めました」

執務室に戻った俺を出迎えたのは、外に出ていたリュミナスとリシェールだった。

「野盗たちは、こちらの追跡を逃れるため、街道沿いにいくつも拠点を持ち、定期的に場所を変えたり、アルカナ領内に逃げ込んだりしていたため、捕捉できなかったと思われます。でも、アルカナ領内への逃走が不可能となり、やっと捕捉できました」

ステファンも隊商を襲う野盗の討伐に兵を何度も出したが、逃げられていたと言ってたな。

そいつらの拠点をうちが捕捉したか。これはステファンに恩を売るチャンスであり、またも無料労働力を確保するチャンスでもあるな。

俺は執務室の机の上に置いていた銀仮面を手に取り装着する。

「敵の数は？」

「３００名ほどの襲撃隊がいます。ただ、奪った財貨を保管する場所が特定できておりません」

「では、罠を張る。貴金属を大量に積んだ隊商が、東西の街道を通ると、連中の耳に入るようにしてくれ」

「金に目が眩んで、隊商の馬車を襲ってきた連中を捕えるんですね」

「正解、その後、連中の貯め込んだ財貨を分捕らせてもらうつもりだ」

「野盗の上前をはねるんですか。さすが、アルベルト様ですね。野盗たちも涙目ですよ。きっと」

「うちもこれから何かと物入りだからね。稼げる時に稼いでおかないと」

「承知しました。リュミナスちゃん、国内班を使って連中に貴金属の大量輸送が近々行われることを知らせてきて」

「了解です！　行ってきます！」

リュミナスが、スッと姿を消すと、マリーダがニヤニヤとした笑みを浮かべてこちらを見ているのが目に入った。

「アルベルト、その野盗連中は、妾が斬ってもよいのじゃろうな？　ほれ、今年はまともないくさに参加しておらぬし、人を斬っておらぬので、腕がなまってしまってのぅ。それに、ほれ、二の腕がこんなにたるんでおる」

マリーダの二の腕は、ぷにぷにしているように見えるが、あれでも人を真っ二つにできる筋力は持ち合わせているので、騙されてはいけない。

「マリーダ様、敵兵は捕虜にします。斬ってはいけません」

「なんじゃと！　領主として領内で悪事をなす者を許すわけには――」

まともそうなことを言っているが、顔には『人を斬らねば、腕が落ちる』とヤベー本音が垣間見える。

「100人で手を打とう。それくらいなら、よいじゃろう？」

エランシア帝国最強の戦士様の口から、斬りたい人の人数が出ました。もちろん、了承する気はない。彼らは大事な無償労働力。

「ダメですね。却下」

「むむっ！　75人ならどうじゃ？」

「ダメです。全員、捕えてください。マリーダ様なら余裕で達成できるはず」

「じゃ、じゃがのう。捕えるのと、斬るのは違うのじゃぞ。50人でどうじゃ！」

俺はノーの意味を込めて首を振る。

「25人、頼むのじゃ！　少しだけ、ほんのちょっとだけじゃぞ！」

俺はふぅと息を吐くと、指を1本立てた。

「10人。10人だけ斬るのを許可します。それで、敵を制圧してください。10人以上斬れば、1人に付き、帝国金貨1枚お小遣いが減りますので、よろしくお願いします」

愕然とした表情を浮かべたマリーダが自分の椅子に崩れ落ちた。

「たった10人。10人じゃと……。ありえぬ。ありえぬのじゃ！ 異議を——」

「断るなら、この話はラトールに持って行きます。彼なら喜んで——」

「やる！ やります！ やるのじゃ！ 10人ぶった斬って、野盗どもを黙らせればよいのじゃな！ 任せておけ！ それくらいなら、妾1人でも十分じゃ！ さぁ、いくぞ！ リシェール支度をいたすのじゃ！」

「マリーダ様、まだ準備は早いですよ。リュミナスちゃんの噂の仕込みも時間がかかりますからねー」

「くぅぅぅ！ 暴れたいのじゃー！ 妾は我慢ならん！」

「はいはい、お楽しみのため、お仕事を先に片付けておきましょうねー。追加の仕事ですー」

「なんじゃと！ ありえぬ！ 仕事の後に仕事をせよと申すのか！」

ニコリと笑うリシェールが、無言で頷く。

「くぅ！ ここは地獄なのじゃ！」

涙目の嫁が、文句を言いながらも野盗退治に出向くため、仕事を片付けていく。

まぁ、多少張り切りすぎてぽっくりいっちゃった野盗も出るだろうけど、その時は大目に見てあげるとしよう。

7日後、野盗たちがこちらの撒いた噂に食いつき、東西の街道を走るマルジェ商会の旗を掲げた隊商を襲ってきた。

隊商は、リュミナス率いるゴシュート族の護衛20名が警備しているが、襲ってきた野盗たちは総勢200名近い数がおり、絶体絶命のピンチっぽい感じだ。

まぁ、でもうちは地上最強の生物が乗り込んでるし、ラトールに指揮させた鬼人族30名を先行させて森に伏せてあるから、相手の方が可哀想な戦力差になっている。

隊商の行く手を遮って包囲した野盗のリーダーが、御者席にいた俺に向かって剣を突き付けた。

「金目の物を出せ！　この隊商がかなりの量の貴金属を――」

「欲しければくれてやるのじゃー！」

荷馬車から飛び降りたマリーダが手にした岩を野盗に投げつける。

顔面に岩を受けた野盗の頭部が破裂して消え失せた。

「ひとーつ」

「ま、待て！　待つのじゃ！　今のは、斬っておらぬのじゃ！　岩を投げただけ――」

こちらに振り向いたマリーダが、弁明を口にするが、お目付け役として同行している俺は首を振った。

「お、おい！　あの女！『鮮血鬼』マリーダだろ！　なんで、隊商の馬車に！」

「そんなこと知るか！　マズいぞ！　殺される！」

「鮮血鬼が出てきたって、ことは――。これは、罠か!? クソ！ 謀られた！ エルウィン家の罠だ！」

襲ってきた野盗が事態を把握したようで、うろたえた様子を見せる。

「マリーダ様に狙われて生きて帰れると思わない方がよろしいですよ。今、降伏すれば命は助け、エルウィン家での無料労働をさせてあげます。どっちにします？」

俺が野盗たちに向かい降伏勧告を突き付けた。

「うるせぇ！ 相手は少ない！ 押し包めば勝てないことはない！ やれ！」

リーダーっぽい男の号令で、金縛りが解けた部下たちが、一斉にこちらに向かってくる。

「マリーダ様、敵は降伏を拒否しました。後はよろしくお願いしますね。斬るのはあと9名です。残りは五体満足で戦闘不能にしてください」

「ちくしょーーー！ 妾は不本意なのじゃ！ じゃが、仕方あるまい！ これも次のいくさのための鍛錬と思うてやるしかないのぅ！」

剣を抜かず、拳を構えたマリーダが、敵中に躍り込んでいく。

マリーダを狙った敵の剣はかすりもせず、逆に拳を受けた野盗たちが腹やみぞおちを押さえて地面に倒れ込んだ。

「一方的ですねー。マリーダ様の強さは反則的な気もします」

「ボクたちもお手伝いした方がいいですかね？」

「いやいや、リュミナスたちは、こっちの護衛に徹してくれ。下手に手を貸すと、後でへそを曲げられると思う」

「承知しました。護衛に徹します」

野盗たちはマリーダを倒そうと、次々に襲いかかるが、拳を打ち込まれ、地面に倒れ込む。

おっと、力が入りすぎたのか、内臓破裂で即死したやつがいるな。

「ふたーっ」

「ま、待つのじゃ！　今のは、不可抗力なのじゃ！　相手が勝手に――」

「待ちませぬ」

「くぅう！　たかが拳を受けた程度で死ぬとは、軟弱者どもめぇ！　勝手に死ぬのは許さぬ！」

マリーダの怒気に触れた野盗たちが、恐怖を感じたようで一歩後ずさる。

「勝てるわけがない」

「化け物すぎる」

「これが『鮮血鬼マリーダ』の力……。敵うわけない」

怯えた野盗は、背を向けて逃げ始める者が出た。

「逃げるな！　妾の相手をせよ！」

野盗の中を駆け抜けたマリーダが、逃げ出せないよう大剣を引き抜き、行く手を阻む。

「ここより先に行きたいやつは、妾の剣を避けていくのじゃ！」

「ひぃ！　死にたくねぇ——ごふっ」

逃げ出そうとした野盗の首が、マリーダの振り抜いた大剣の刃によって刎ね飛ばされる。

首を失った胴体が、ドサリと地面に崩れ落ちた。

「ひぃ！　見えない剣筋で首が飛んだ！」

「みっつ！」

「くっ！　歯応えがなさすぎるのじゃ！　妾に勝てると思う者はすぐに進み出よ！」

マリーダの言葉に怯えた野盗たちが、逆方向に逃げ出す。

跳躍したマリーダが、背を向けて逃げ出していた野盗を上から振り下ろした大剣で2枚に斬り分けた。

「ひぃ！　人がっ！」

「逃げるな！　自らの命を賭けて妾と戦うのじゃ！」

着地して、大剣の血振りをすると、野盗たちを挑発する。

首を振って拒絶を示した野盗たちに、マリーダが無言で大剣を一閃させた。

一気に野盗たちの首が飛び、10人以上の首なしの胴体が地面に倒れ込んだ。

「し、しまったのじゃ！　やりすぎた！　アルベルト！　これは手が滑っただけじゃ！　わざとではないぞ！　本当なのじゃ！」

「んー、まぁ、その言い訳は認めましょう」

惨殺された味方を見て、腰を抜かした野盗たちが、声も出ず震えて身を寄せ合っていた。

頃合いだな。もう一度、降伏勧告をさせてもらうとしよう。

弓を取り出すと、森に伏せているであろうラトールに向け、鏑矢を放った。

即座にエルウィン家の旗が上がり、喚声を上げ、鬼人族が姿を現す。

「新手!?」

「さて、皆さん方には、もう一度だけ、選択する権利を与えます。1つは、このままマリーダ様と戦って惨殺される選択肢。もう1つは降伏しエルウィン家の捕虜として無料労働の刑期を務め生き延びる選択肢。どちらか好きな方を選んでください」

新たに現れた鬼人族と、俺の降伏勧告を聞いた野盗たちは、すぐさま武器を捨て、地面に額を擦り付けて、降伏を願い出てきた。

「きぃいいい！　弱っちい連中なのじゃ！」

「マリーダ様、敵は降伏しましたので、これ以上の戦闘は認めませんよ。お疲れさまでした。次の出番は、連中の隠れ家を襲う時ですね」

「くぅう！　もっと血を浴びたいのじゃー！」

不満げなマリーダを横目に、俺はラトール配下の鬼人族と、リュミナスたち護衛に指示を出し、降伏した連中を捕虜にしていく。

「さて、貴方たちが貯め込んだ財貨を集めた場所にも案内してもらいますよ。あー、言っておきますが、誤魔化したら、あの人がぶった斬りますからねー。命が惜しかったら白状した方がいいですよー」

リシェールが捕虜になった者たちに対し、目を血走らせているマリーダとラトールを見せ、財貨の隠し場所を聞き出していく。

「ふしゅー！　死にたいやつはおらんのかー！　妾は一瞬で送ってやるのじゃ！」

「死にてぇやつは、前に出ろ！　出ていいぞ！　いや！　出ろ！　ふしゅーー！」

大斧と大剣を構え、威圧的な視線を送るマリーダとラトールに怯えた野盗たちは、口々に財貨の隠し場所をバラしてくれた。

野盗たちが財貨を隠していたのは、東西の街道からアルカナ領に近い山岳部のふもとの森に作られた隠れ家だった。

捕らえた捕虜の連行をラトールに無理やり任せると、俺はマリーダ様と護衛たちを引き連れ、隠れ家に向かった。

隠れ家にいた連中は、エルウィン家の旗と殺意の溢れるマリーダを見て、戦意を喪失し、すぐさま降伏をしてしまった。

「はいはい、そっちの箱は持ち帰って。こっちのは大したものないから、後回し。そこ、捕虜は慎重に扱ってくれたまえ、これからしっかり働いてもらわないといけない身体だからね」

「けっこう貯め込んでましたねー。臨時収入があって、ミレビスさんの頭のツヤも返ってきそうですよー」

「アルベルト様！　こちらに来てもらえますか！」

リュミナスのいる隠れ家の方へ近づいていくと、硫黄の臭いが鼻を突く。

これって、もしかして――。

リュミナスの後に続き、隠れ家の中に入り、扉を開けると、視界の先には湯気のあがる温泉があった。

「温泉があったのか。どうりで硫黄の臭いがするわけだ。熱さもちょうどいい」

自然に湧出している源泉から水道が引かれ、大岩をくり貫いた浴槽にはお湯がなみなみと満ちている。

仕事の疲れを癒す隠れ家的な温泉宿。って感じで連中も使ってたのか。

浴槽は広いし、洗い場もきちんと作ってあるし、景観にまでこだわってて、実に贅沢な仕様だな。

「財貨を回収したら、この隠れ家は再利用されないよう廃却しようかと思ってたが、もったいないな」

「あ、でしたらマルジェ商会の拠点にしますか？」

財貨の輸送手配を終えたリシェールも姿を現した。

「ああ、いいですね。ボクも賛成です。移動の疲れとか癒すのに温泉はいいと思います」

「とりあえず、入ってみるとするか」

「うひょおおお！　温泉なのじゃあぁあ！」

俺たちの横を全裸のマリーダが駆け抜けたかと思うと、浴槽にダイブした。

「おひょおお！　良い湯なのじゃ！　皆もすぐに入るのじゃ！」

「承知しました。リシェール、リュミナスも一緒に汗を流すとしよう」

俺たちは服を脱ぎ、全裸になると、湯をかけて浴槽の中に入っていく。

先に温泉を楽しんでいるマリーダの横に腰を下ろすと、肩まで湯につかった。

「温くもなく、熱くもない。ほどよい湯加減で長湯もできそうだ」

「おほぉお！　身体に染みこむのぅ。アシュレイ城にも温泉が欲しいが、金がのぅ」

隣にいるマリーダが、チラチラとこちらを見てくるが、さすがに温泉は費用がかかるので引けない。薪で沸かした湯を貯める浴槽を作るのが精いっぱいだ。

「無理です」

「こうやって、愛人たちとキャッキャしながら、いつまでも温かいお風呂に入れるのじゃぞ」

リシェールとリュミナスを両脇に抱えおっぱいを揉むマリーダが、真剣な表情で温泉の導入を勧めてくる。

くっ！　それはやってみたい……。この世界では南国生まれだが、前世は日本人。風呂は心の洗濯ができるし、えっちなことをした後の処理も簡単になる。それに衛生環境の向上も……。

叶わないと思いつつも、費用算定の算盤を心の中で弾いていく。

「む、無理ですね」

「お、アルベルトの顔色が変わったようじゃ。無理すれば行けるらしい。つまり、もっとえっちなことができるなら、許可が下りる可能性があるようじゃぞ」

「えっちなことですか？　お風呂って普通に入るところだとボクは思ってましたが」

「リュミナスたん、妾と一緒に風呂から出て、アルベルトの身体を洗ってやるのじゃ」

「は？　はぁ？」

「ほれほれ。アルベルトも用意せい」

俺はマリーダに言われるがまま、浴槽を出ると洗い場にあった木の椅子に腰を掛けた。

「ここに石鹸があるじゃろ？　これをこうすると――」

マリーダが石鹸で泡立てた泡をリュミナスの身体に塗りたくる。

「泡塗れになってしまいました。ボクが洗われるのですか？」

「違う、違うのじゃ。リュミナスたんが、その身体を使って、アルベルトの身体を綺麗にするのじゃぞー。ほれほれ、抱き着く感じで」

マリーダの指示に従ったリュミナスが、言われるがまま俺の身体に抱き着いてくる。

「ピッタリと隙間なく、身体を密着させるのじゃ！　よいのう！　そうじゃ！　それでいい」

うむ、これは悪くない……。よい、感触だ。

「アルベルト様、綺麗になってますか？　大丈夫です？」

密着する格好で、泡をこすりつけてくるリュミナスが、恥ずかしいのか顔を赤らめている。

「ああ、いい感じだと思うよ。もっと、強く抱き着いてもいいかな」

「こうですか？」

「ああ、いいね」

強く抱き着いてきたことで、さらに密着度があがり、リュミナスの体温が感じられるようになった。

それと同時に、リュミナスが動くたび、尖った物が肌に触れる感触がする。

「もしかして、リュミナス興奮してる？　さっきから尖ってるんだけど」

「ちっ！　ちがっ！　違うんです！　勝手に、勝手になんです。ボクが興奮してるなんてことは――」

顔を真っ赤にしたリュミナスが、あまりに可愛くて、思わず強く抱きしめていた。

「こういう時のアルベルト様は、えっちな匂いがして、頭がボーっとしちゃうんです」

「だから、興奮しちゃってるんだろ？　胸の先も尖らせてさ」

耳元で囁くとリュミナスの体温が一段と上がった。

「ちが、違います。興奮なんて――」

「じゃあ、尻尾を触っていい？ 興奮してないなら、いいよね？」

顔を上げたリュミナスが、無言で顔を振るが、俺は無視して石鹸を持つと彼女の尻尾に塗りたくり泡立たせていく。

「はぁ、あはぁ。アルベルト様、ボクの尻尾はラメですって！ んぅふ！」

「なんで？ 興奮してないんでしょ。私の身体を綺麗にしてくれてるお礼に、リュミナスの尻尾を綺麗にしてあげてるだけだよ」

強弱を付けた動きで、リュミナスの尻尾をマッサージしていく。強弱に敏感に反応するようにリュミナスは身体を震わせた。

「だめ、だめです。尻尾はだめ。強弱付けたらダメですぅ」

リュミナスの顔が蕩けたように緩むと、密着している胸の先が、ドンドンと硬さを増していった。

「アルベルト様、らめぇ！ もう、我慢できないかも！ らめぇ、イク、イキます！ ボク、イっちゃいますぅうう！」

激しく震えたかと思うと、一気にリュミナスの体温が上がり、石鹸の匂いとは別の臭いが周囲に広がった。

「ちゃんと、イクって言えたね。えらい、えらい」

俺はクタリと脱力したリュミナスの頭を撫でてやる。

「すごかったれすぅ……。こんなのを続けられたら、頭がどうにかなっちゃいますぅ」

「アルベルトは、リュミナスたんとお楽しみのようじゃのー。妾は暇じゃから、風呂に――。リ、リシェール、何をするのじゃ！　妾は風呂に――」

「妊娠出産して、旦那様に放置され、寂しい思いをする奥方を寝取る百合メイド長役を務めさせてもらおうかと。ほらほら、マリーダ様も興奮されてますよね？」

「違うのじゃ！　妾は興奮などしておらぬ！　あっ！　リシェール！　そんなところに手を忍び込ませるでない！　あっ！　違うのじゃ！　そこではない！　いやいや、そういう意味ではないのじゃぞ！」

「マリーダ様の身体のことは、アルベルト様と同じくらいよく知っておりますので、あたしにお任せください。出産されたことで、感じる場所が変わっておられるのでしょう」

マリーダの身体へ絡みつくようにリシェールが重なっていく。

うちのえっちなメイド長は、嫁の身体のことを俺以上に熟知しているようだ。

「手をどかすのじゃ！　そこは、触るでない！　あっ！　あっ！　やめるのじゃ！　アルベルトに見られておるのじゃぞ！　あくぅう！」

えっちなメイド長に責められた嫁が、顔を火照らせて、感じているのを見られないよう顔を腕で隠した。

「では、こっちの方がよろしかったですかね？　んちゅう」

「はくううっ！　違うのじゃ！　そこはアレウスに与えるおっぱいなのじゃぞ！　強い！　強く吸ってはいかんのじゃ！」

「ではこうですかねー？」

「はうぅん！　違う、違う！　舐めるのもなしじゃ！　アルベルト、見るでない。見てはいかんのじゃ！　んくぅううん！」

　母乳が詰まって大きく膨らんでいるマリーダの胸をリシュールが責め抜いていく。

　マジでなんかネトラレ嫁感が満載です。

「アルベルト様は、今リュミナスちゃんにご執心ですから、マリーダ様の心の隙間は、あたしが埋めてあげますよ。ほら、こうしたら気持ちいいでしょ？」

「違うのじゃ！　妾はアルベルトだけなのじゃぞ！　本当じゃ！　本当なのじゃ！　信じてくれなのじゃ！　んふぅううう！」

「そうなのですか？　あたしはマリーダ様のこと大好きですよー。もちろん、アルベルト様も大好きですけど」

　リシェールに責められ、ビクンビクンと身体を震わせたマリーダが、こちらの様子を窺うようにチラ見してくる。

「アルベルト、これは違うのじゃ！　身体が勝手に、勝手に反応してしまうのじゃ！　けっして、寝取られてるわけじゃないのじゃぞ！」

くっそ、燃える展開なんだが！　うちの嫁可愛すぎて、我慢できねぇ！

「アルベルト様のが、とんでもないことになってます。あ、あの！　こんなの初めてかも」

俺の身体に密着していたリュミナスが、滾るものに触れたようで、驚いた様子を見せた。

俺自身でもそれは感じている。このシチュエーション、燃える要素しかない。

寝取ったメイド長には、ちゃんと寝取らないよう再教育してやらないといけないし、嫁であり正室とのえっちも頑張らないといけないし、側室とも励まないといけないのだ。

つまり、チョー頑張らねばならないの確定。

「マリーダ様、誰がマリーダ様の配偶者かを今一度ご理解して頂かねばなりませんな」

「分かっておるのじゃ。妾の旦那様は――」

俺はリュミナスを抱え、椅子から立ち上がると、マリーダたちに襲いかかることにした。

翌朝、隠れ家に備え付けられたベッドで目を覚ますと、両隣にはマリーダたちの姿があった。

あれから風呂で頑張りまくり、メイド長には、寝取らないようしっかりと身体に刻み付けるように再教育し、嫁とは久し振りにイチャイチャエッチを楽しみ、側室ともしっかりと子作りに励ましてもらった。

「アルベルト……えっちなのは、無理なのじゃ！　こんな格好でなんて……すぅ、すぅ」

「アルベルト様、マリーダ様……２人とも大好きです。もっと、したい……すぅ、すぅ」

「ボク、こんなの無理れすぅ……。身体壊れちゃぅ……すぅ、すぅ」

頑張ったことで、いろいろと身体にガタがきそうだが、帰るまでにまだ時間があるので、再び温泉で身体の疲れを癒すつもりだ。

とりあえず、予算の都合でアシュレイ城に温泉は引けないが、この隠れ家温泉はマルジェ商会の拠点として保守することが決定した。

たまにここに来て、嫁や愛人たちと仕事や育児の疲れを癒すのもありだと思う。

あ、そうそう。本来の目的であった野盗の連中の集めた財貨を処分したら、帝国金貨３０００枚となったし、いろいろと役に立ってくれた。

第十二章　お金が欲しい！

帝国暦二六一年　瑠璃月（一二月）

隠れ家温泉で嫁たちと一緒に英気を養った俺のヤル気はＭＡＸ。

アレウスたんもすくすくと成長し、乳歯が生え始め、そろそろ離乳食も食べ始めている。

エルウィン家は順風満帆、今年も領地を増やし、がっぽり稼いで年末を越えようとしていた。

「アルベルト様……。これは、マズいかもしれません。これだけ巨額の予算を組むとなると、今のエルウィン家の収入では危険です。ミレビス殿が泡を吹いて倒れてしまいます」

イレーナが俺の差し出した予算書を見て、眉間の皺を深くする。

彼女が手にしているのは、来年度から本格化させる銀鉱山開発プロジェクトの予算規模をまとめた書類だ。

試掘を行っている『地竜の牙』からの進捗報告に基づき、鉱山規模とそれを作る費用を算出してみた。

イレーナの持っている書類には、予算総額帝国金貨20万枚という数字が躍っている。

鉱山への物資搬入搬出をする街道整備費、鉱山の坑道掘り、鉱山で働く者の住宅整備費、鉱山排水を植物浄化するための人工湿地造成費、製錬設備費、鉱石粉砕設備費等々、銀鉱脈から掘り出し、製錬して銀を作り出すまでをアルカナ領で一貫して行うための設備投資をすると、あの予算総額になる。

特に銀鉱石には鉛も含まれるし、製錬過程でも鉛を使う。俺は現代知識で鉛中毒を知っているため、『地竜の牙』のゲイブが提案してきた安全対策を全て採用する予定を組んだため、予算が膨大に膨らんだ。

「でも、一気にその予算を使うわけじゃないさ。試掘の結果を見つつ、ゲイブ殿と話し合って徐々に段階を踏んでやるという考えだ。第一期は露出部の採掘、小規模製錬設備、鉱山への街道、汚染される雨水を貯め、鉛を沈殿させる人工湿地を作るつもりだ。来年度だけの投資金額で言えば帝国金貨5万枚というところだな」

それでもかなりデカい金額であるのは承知している。ただ、小規模ながらも銀の製錬ができれば、それを予算に充てることはできるはずだ。

「ですが、さすがに帝国金貨5万枚は……。かなりの財政を圧迫します。あちら《マルジェ商会》の利益を回しますか？」

「最悪、それも考えておくが、最終手段だと思う」

マルジェ商会は各地の相場情報を元にした物資販売の利ざやと、香油の販売で儲かっているものの、諜報費用や人件費がわりとかかっているため、できれば鉱山開発はエルウィン家の資金で行いたい。

「もしくは、アレウス様の誕生祝いとして魔王陛下から下賜された資金を使いますか？」

「できれば、手を付けたくないが、魔王陛下もアレウスのために良い領地を残してやれと言われたので、予算に繰り入れるかも」

「そうなると、来年度予算はなんとかなりそうですが、その次が厳しい綱渡りかもしれませんね。いちおう、ミレビス殿とどれくらい工面できるかは確認しておきます」

「最大規模がそれくらいになると思ってくれればいいさ。最速でも数年はかかる事業だろうしね」

「はい、承知しております」

イレーナは書類を脇に抱えると、隣接する文官たちが詰める部屋へ移動した。

「妾のお小遣いを減らすのは断固拒否じゃぞ！　あと、アレウスの生活費も減らしてはならん！」

話を聞いていたマリーダが、お小遣いと息子の生活費の心配をしていた。

「無論です。質素倹約はしてもらっておりますので、これ以上マリーダ様やアレウスに節約を命じることはありませんよ」

「妾は最近、武具もまともに新調できておらぬからのぅ。今の剣が折れたら、替えがない状態じゃ。アレウスも成長すれば自分の武具を欲しがるであろうしな」

「はいはい、分かっております」

どこかに金の成る木は生えてないかなぁ。マジで欲しいぜ。

その後、アレウスの育児と政務をこなしながら、資金繰りをどうするか考えてたら、年末がすぎた。

帝国暦二六二年　柘榴石月（一月）

年が明けた。新年だ。俺もパパになったからね。今までみたいにガキっぽい新年の挨拶などしないのだよ。

あばば、アレウスたん。パパだよ。パパ。うーん、かわいいでちゅねー。

ほっぺにチューしていいかい？　あー、かわいいなぁ。食べちゃいたいくらいだ。

おや、この臭い……大きい方の予感。アレウス、しばし待て！

あ、ちょ、ちょっと取り込むので、その間は去年の決算書でも目を通しておいてくれ。

アレウスたんー！　まだ、早いぞー！　待つんだー！

エルウィン家　帝国歴二六一年決算書

人口：アシュレイ城（本領）２０５１３名（＋１４３９名）　スラト城（アルコー家保護領）３５５４名（＋２４８名）　アルカナ城（新領地）２４９９名　合計２６５６６名　家臣

総数：563名（+140名）　農民兵最大動員数：3100名（+500名）
　租税収入総計：1億595万円（+1473万円）
　租税外収入総計：10億8069万円（放出品売却益1億8689万円、香油専売利益645万円、アレクサ王国軍の鹵獲物資売却5425万円、身代金2億4500万円、魔王陛下からの下賜金5億円、野盗の財貨3000万円）
　収入総計：11億8664万円
　人件費総計：1億9380万円（+3480万円）
　諸雑費総計：6億1751万円（ベイルリア家との交易路開設の負担金2000万円、ステファンへの協力費5000万円、ワリドへの情報工作費用4320万円、アルカナ領支援金2億円、討伐出兵費用2898万円、損耗品補充1196万円、輸送隊委託費1500万円、当主生活費600万円、飼料代90万円、城修繕費1560万円、装備修繕費2628万円、火縄銃量産化支援金1500万円、『地竜の牙』との試掘契約金1億5000万円、スラトからゴシュート族集落への街道敷設費3459万円
　支出総計：8億1131万円
　収支差し引き：3億7533万円
　借入金返済：1億円

借入金残高：1億円
繰り越し金：4億7797万円

ふぅ、ダメだった。間に合わなかったよ。キッチリとおむつを交換し、乳母のベルタにアレウスを任せてきた。新年早々運が付いたと思うとしよう。今年もパパはアレウスたんと嫁たちのいい暮らしのため、お金を稼がねばならない。そうだ。やることリストも更新しておかないとな。

やることリスト一二六二年。
・領内の度量衡の統一（アルカナ領開始）
・領内の農村の正確な納税基礎台帳の作成（アルカナ領開始）
・銀鉱山の開発（試掘から初期採掘段階へ）
・アシュレイ領からアルカナ領への街道敷設（着工）
・人口増加策促進（一部完了）
・新たな収入源確保（思案中）
・周辺情報の収集（収集中）
・今年も子作り（チョー頑張る）

とりあえず、お金をいっぱい稼ぎ出す銀鉱山を開発するのに、お金がいっぱいいることが判明した。今年はガンガンお金稼ぐイヤーになる！　内政に力を注いで、領内を開発しまくり、税収を増やしまくるターンにするつもりだ。

まぁ、でも魔王陛下がそれを許してくれるかは分からない。だって、オルグスがアレクサ王国の王位を継承し、異母弟ゴランがゴソゴソしてるわけだしさ。

アレクサ王国の土台が、ガタガタしてる状態をあの魔王陛下が放っておくわけない。

ってなれば、対アレクサ王国の最前線であるうちが矢面に立たされるのは、既定路線なわけでそっちの備えも疎かにはできない状況。

アレウスたん、パパは忙しすぎて過労死するかもしれない。でも、お仕事いっぱいしてお金稼いでみんなにいい暮らしをさせてやるからね！

番外編　旦那様の性癖を知るのは嫁の務め

※マリーダ視点

「ただいまより、アルベルト・フォン・エルウィンに関する性癖検討会を開催するのじゃ。進行役はイレーナたん、頼む」

年末の仕事納めを終え、休暇に入ったアシュレイ城の一室に愛人たちが一堂に会している。

夫であるアルベルトは、仕事が休みに入ると、嫡男アレウスの世話に励んでおり、今は昼食を終えた息子と一緒に、お昼寝をしていた。

「では、まずはベルタさんから聞かせてもらいましょう。今回初参加ですが、リシェールさんより事前に説明はされておりますよね？」

兎耳を生やしたベルタが、緊張した面持ちで席から立ちあがる。

「は、はい！　聞いております！」

「ベルタ、ぴょんをつけ忘れてますよー」

「は、はい！　聞いてますだぴょん！」

リシェールが、ベルタに『ぴょん』という語尾を付けろと強要している。

妾としては、違和感がある話し方なのじゃが、アルベルトは意外と気に入っておるようで、やめさせろとは言わないのぅ。

「私は乳母ですので、夜の寝所には呼ばれておりませんぴょん。ですから、アルベルト様の性癖と言われましても思いつきませんぴょん」

「そうかのぅ。妾が知ってる範囲だけでも、寝室でアレウスに授乳したあと、アルベルトに母乳を飲ませていたのを見たことがあるのじゃが」

ベルタの顔色がサッと変わる。

「あ、あれは、アルベルト様がアレウス様を寝かしつけた後、味の確認をしたいと申されたので、飲ませただけで――」

「そのまま、なし崩し的にベッドに押し倒されて、致しておりましたねー。あたしもマリーダ様と一緒に扉の隙間から覗いてました」

ベルタの顔が赤く火照る。

「ア、アルベルト様が、育児でお疲れのご様子だったので、ご休憩をお手伝いしただけですぴょん。けっして、やましい気持ちでは」

「よいよい、ベルタを責めておるわけじゃないのじゃ。ここは、アルベルトの性癖を検討する会。恥ずかしがらず、全てをさらけ出す場なのじゃ。今一度問う。性癖はなんじゃ？」

「母乳かもしれませんだぴょん。マリーダ様のも執拗に確認と称し、飲まれておりましたので」

「あー、それはあるかもしれませんね。明らかに興奮してましたし、反応が違ってました」

「妊娠してからは、何かにつけて胸を揉まれていた記憶しかないのぅ」

「では、アルベルト様の性癖として『母乳に対し興奮する』を追記してよろしいでしょうか？　賛成の方は挙手を」

話が逸れそうになったので、進行役のイレーナが決議を取ってくれた。

「全員、賛成ということなので、アルベルト様の性癖情報に追記いたします」

イレーナが手にしていた手帳に内容を書き止めていく。

あの手帳には、様々な夜の営みで積み上がったアルベルトの好むことの情報が蓄積されているため、エルウィン家の最重要機密事項にしてあった。

「では、続いてリゼ様どうぞ」

「はいはい、オレはマリーダ姉様とリシェールさんに取り寄せてもらった、あの小悪魔衣装がとっても反応よかったことを報告するね」

あー、そう言えば、リシェールが帝都の服屋から取り寄せたやつの中に、そんな衣装があった気がするのぅ。

「たしかあの衣装をリゼたんに授けたのは、アルカナ攻略戦の最中であったはず」

「実はあの衣装の件は、アルベルトから口止めされてて、今まで言えなかったけど、この場は秘密会議だから喋ってもいいよね？」

「よいのじゃ、リゼたんに責任は及ばぬようにする。妾の愛人でもあるわけじゃし、夫の秘密はちゃんと共有せねばならんし、当主としても把握しておかねばならんのじゃ。で、どれくらいの反応の良さであったのじゃ？」

「ものすごく気に入ったのか、一度脱がされた後に、もう一回着せられて致したんだ。朝までずっと。激しく致されちゃった。だから、オレは次の日ずっと馬車で横になってた」

リゼの話に他の者たちがざわつく。

リゼの話から察するに、衣装が相当気に入った時の反応じゃな。

「リシェール、あの小悪魔衣装を妾以外の人数分揃えるのじゃ！　夜の衣装に追加することとする！」

「だ、大丈夫？　アレ、ほんとにヤバいからっ！　アルベルトの目つきがとんでもなく、やらしかったからね」

リゼの言葉に、皆が一斉に唾を飲み込んだ。

そ、そんなにすごいのか……。これは、早いところ皆に着せてみねばなるまい。

「では、小悪魔衣装については、マリーダ様権限で夜の衣装に追加を決定。性癖情報にも追記しておきます」

「そうしてくれなのじゃ。そうか、あの衣装はそれほどまでの破壊力を持っておったのか」

「お針子さんたちに超特急仕上げを頼んでおきますねー」

「では、続いてはリシェールさんの報告をお願いします」

「はいはい、えーっと、これはマリーダ様もリュミナスちゃんも知ってると思いますが、アルベルト様はああ見えて意外と独占欲が強い方でして、ネトラレを感じるといつもの何十倍も激しく致されましたー。いやー、激しすぎてあたし癖になりそうですよ。今度、誰か試しませんか？」

温泉の時の話じゃな。あれは、妾もリシェールの仕掛けた悪戯に巻き込まれてえらい目にあったのじゃ。

妾を寝取って手籠めにしようとしたリシェールは、興奮したアルベルトにきっちりと『わからせ』られた。それこそ、妾も巻き込んで執拗に徹底的に『わからせ』られた事件じゃったのう。いやー、冷静沈着なアルベルトにあのような一面があったとは知らなんだ。

でも、おかげで妾がとってもアルベルトに愛されていることは再確認できた事件だった。

「そうじゃのう。今度は、アルベルトのお気に入りメイド長を妻である妾が寝取るのも悪くない気がするのじゃぞ。リシェールはアルベルトの最初の側室になったわけじゃしのう。アルベルトの独占欲を刺激するのは、よい反応を引き出せそうじゃ」

「ボ、ボクもマリーダ様にネトラレたいです！　あの時のアルベルト様は本当にケダモノという感じで、思い出すだけでも身体の奥が痺れてきちゃいます」

「リュミナスも妾とリシェールと同じく、アルベルトの『わからせ』を受けた者じゃったな。

アレは体験した者しか分からぬ領域である。普段の夜の生活では、アルベルトが相当抑えているのではないかと、疑ってしまうくらいすごいことを執拗にされたのぅ」

体験していない者たちが、妾の話を真剣な表情で聞いていた。

「では、アルベルト様に対し寝取り設定を仕掛けると、『わからせ』行為に走るという性癖を追記してよろしいでしょうか？　賛成の方は挙手を」

イレーナが決議をとると、全員が手を挙げた。

何度もやると飽きられるが、たまに使う分には、アルベルトへのよい刺激になると思う。

「全員、挙手のため性癖情報に追記しました」

「で、イレーナたんは、あれかのー。ほら、打ち合わせと称した休憩タイムの件を報告してくれるんじゃろうな？」

「へ？　あ、あ、あれは秘書業務の一環ですので、けっして、アルベルト様の性癖というわけでもなく、わたくしが誘っているわけでもないわけで、その場の成り行きといいますか、空気感というか、『分かってるよね』という信頼感というか……」

「就業時間中に、イレーナさんとアルベルトの姿が執務室に見えない時は、だいたいどっかの部屋で致してるかなーってオレは思ってる」

「ボクも護衛として、どこまで立ち入っていいか迷うんですよね。イレーナさんにも悪いですし」

「アルベルト様は基本的に執務に励んでおられて、そういつもいつも致してるわけでは……」

「妾も仕事の疲れを癒すのにリゼたんの膝枕とかしてもらっているし、リシェールの胸を揉んで気を紛らわせることもある。アルベルトも仕事の疲れが溜まると、イレーナと致して疲れを抜きたいと思う気持ちも非常によく分かるのじゃぞ」

イレーナは顔を真っ赤にして手帳に視線を落とした。

「わたくしは業務の一環として、アルベルト様が執務に万全な体制で挑める状況を提供しております。でも、業務が溜まり残業される場合、夜の生活がない日もあるので、処理をお手伝いとかする時は多くなりますね」

「イレーナたんの献身には頭が下がるのじゃ。きつければ、残業時の処理は他の者に替わってもらってもよいのじゃぞ」

「いいえ！　わたくし、しっかりとやらせてもらいます！　お任せください！」

イレーナたんもアルベルトのことが大好きなので、いろいろと世話をしたい気持ちが強いのじゃろう。仕事に関して鬼のように厳しいアルベルトのことじゃから、えっちにのめり込み仕事に支障が出るなんてことは起きないので、好きなようにさせておく方がよさそうじゃ。

「分かった。では、そこはイレーナたんに任せるのじゃ。妾の愛人ではあるが、業務中はアルベルトの秘書じゃからのう。ちゃんと面倒をみてやってくれなのじゃ」

「は、はい！　承知しました！」

「というか、みんなで集まって何を話し合っているかと思えば――」

聞き覚えのある声がして扉の方へ振り返ると、そこにはアレウスを抱えたアルベルトが立っているのが見えた。

「なんでもないのじゃぞ！　愛人としての生活に不満はないか、皆に確認しておっただけじゃぞ。アルベルトの性癖など――」

「マリーダ様！　その話は――」

「はっ！　しまったのじゃ！　性癖ではなく、性格じゃ、性格。最近、口が妾の言うことを聞かぬのでなぁ」

「アルベルト様、アレウス様は私が預かりますだぴょん。そろそろ、オムツも替えた方がよろしいでしょうし」

「あ、うん。頼む。今は寝てるけど、たぶん、さっき漏らしてると思う」

「あ、あたしは仕事があった！　マリーダ様、当主の仕事はお休みですが、年始の祝いの席に向けた奥方の仕事もありますので、遊んでいる暇はありませんよ！　さぁ、お仕事、お仕事！」

「あ、オレ、そろそろ里帰りの準備をしないとなー。忙しい。忙しい」

「わ、わたくしは決算書の間違いを見つけたので、確認せねばなりません」

集まっていた者たちが蜘蛛の子を散らすように、部屋から出ていった。

「マリーダ様、私の性癖を把握すると、それはより一層の激しい夜の生活へ踏み込むことになりますが、覚悟はおありでしょうか?」

「な、な、なんのことじゃ。妾たちはそんなこと話し合っておらぬのじゃぞ。アルベルトも、年始の挨拶の準備をせねばならんじゃろう。ささ、やるべきことをやっておかねば、新年を迎えることはできぬぞ」

アルベルトの追及を逃れるため、リシェールを伴って、部屋から出ると、年始の祝いの席の準備をするため、フレイのもとを訪れることにした。

本書に対するご意見、ご感想をお寄せください。

あて先

〒162-8540 東京都新宿区東五軒町3-28
双葉社　モンスター文庫編集部
「シンギョウ ガク先生」係／「をん先生」係
もしくは monster@futabasha.co.jp まで

MONSTER bunko

異《い》世《せ》界《かい》最《さい》強《きょう》の嫁《よめ》ですが、夜《よる》の戦《たたか》いは俺《おれ》の方《ほう》が強《つよ》いようです～知《ち》略《りゃく》を活《い》かして成《な》り上《あ》がるハーレム戦《せん》記《き》～③

2023年9月2日　第1刷発行

著者　シンギョウ ガク

発行者　島野浩二

発行所　株式会社双葉社
〒162-8540
東京都新宿区東五軒町3-28
電話　03-5261-4818（営業）
　　　03-5261-4851（編集）
http://www.futabasha.co.jp
（双葉社の書籍・コミック・ムックが買えます）

印刷・製本所　三晃印刷株式会社

フォーマットデザイン　ムシカゴグラフィクス

ISBN978-4-575-75330-1　C0193
Printed in Japan

Mし05-03

モンスター文庫

1
超難関ダンジョンで10万年修行した結果、世界最強に
～最弱無能の下剋上～
力水
ill 瑠奈璃亜
【この世で一番の無能】カイ・ハイネマンは13歳でこのギフトを得た。しかし、ギフトの効果により、カイの身体能力は著しく低くなり、ギフト至上主義のラムールでは、蔑まれ、いじめられるようになる。カイは家から出ていくことになり、王都へ向かう途中襲われてしまい必死に逃げていると、ダンジョンに迷い込んでしまった――。そのダンジョンでは、『神々の試練』をクリアしないと出ることができないようになっており、時間も進まないようになっていた。カイは死ぬような思いをしながら『神々の試練』を10万年かけてクリアする。クリアする過程で個性的な強い仲間を得たりしながら、世界最強の存在になっていた――。かつて、無能と呼ばれた少年による爽快無双ファンタジー開幕！
モンスター文庫